大事小情

董之林 著

上海人民出版社

题 记

《热风时节——当代中国“十七年”小说史论(1949—1966)》(上下册)一书出版前，上海书店出版社王为松先生曾问我，下册第六章《亦新亦旧的“新时期”小说》所涉及的范围在 20 世纪七八十年代，何以放入“十七年小说史论”中？我怎么回答的，现在已记不太清，大概说有这样一个后续，使读者不感觉突兀，有助于读者了解新时期小说的来龙去脉。

2008 年《热风时节》出版后，有感于当时的写作框架对一些重要作家作品的个案分析来不及展开，我又陆续写了一些文章，以这一时期小说为轴心，兼及更广泛的时间跨度和叙事范畴，对读者了解这段小说史或有所裨益。如今，历史讲述方式的多元化趋势日益明显，这一时期的作家作品或文学思潮作为材料数据，经常被引用在政治史、思想史或读解 20 世纪知识分子心灵史的著作之中，这当然是其价值的重要方面。但小说和文学毕竟有自己的身份，通过这些个案分析可见，即使政治立场鲜明的小说家，其文学大梦也与意识形态若即若离，而与小说和文化传统渊源不断，成就了小说史上一个个特殊阶段。

西方新历史主义有一种看法，人们看到的历史，并不是客观存在物，而是被叙述者建构起来的。因此阅读历史，不仅要看历史所讲述的年代，还要关注讲述历史的年代。新时期文学建立在批判旧时期文学基础上，我开始对此也深信不疑。但随时间推移，逐渐冷静下来分析，就感觉事情没那么简单。新与旧往往表现在同一时期、同一个作家身上，只不过现实被称之为新，过去却被视之为旧；曾经引领潮流、光鲜一时的作品，后来竟是百孔千疮、陈旧不堪；或者变旧为宝，成就一时之新。比如，说新时期文学直承五四传统，回避“十七年”，便是一例。新时期伊始，赵树理、姚雪垠等当代小说家及其作品被否定；而王林的小说《腹地》1949 年刚出版就受到严厉批判，强令作者修改，以至于大部分读者时隔半个世纪才相其貌。这样一路寻踪下来发现，孰新孰旧，如何评判，政治的干预起重要作用，甚至掌握作品生杀大权。

政治无所不在，特别是传统中国向现代转变，无论五四、“十七年”，还是新时期，政治都强烈地影响和导引中国社会各个领域。在大力提倡阶级斗争的年代，文艺更被看作政治斗争晴雨表。然而如此高调的政治，对文学和小说也有无可奈何的一面。其中不容忽略一点，不同时代的政治观念在文学创作中，都有一个被接受、撒播、移植和变异的耗散史。就此而言，优秀的小说家择善而从，凸显其经验储备、提炼取舍、对现实敏锐的感受、艺术创造力和坚忍不拔的毅力，实在是一件很了不起的事。我认为当代有这样一批优秀的小说家，赵树理、姚雪垠、王林等人的小说就是这一文学传统在当代首开先河之作。

把十多年来陆续写成的有关当代小说个案分析的文章、讲稿汇集起来，把对同一作家或同一性别小说家分门别类加以整理，不仅可以看到小说写作过程的不同侧面，也可以找到研究者不断学习、有所深入的足迹。上面对政治与文学关系的看法，并非一日形成，而是通过撰写这些论文，一步一步得出的结论。

由于涉及同一时期作家作品，各篇中材料和表述有重复的问题，原打算做一些删节，使各篇内容相对集中在某一方面。但一经处理，思想的逻辑被切断，文章显得上气不接下气，反而让人不甚了了。所以目前收集在这里的依然是原文，也算立此存照，让读者看到研究者在写作过程中更真实的一面。

2016年8月8日

于北京城南

目录 / *Contents*

题　记 …………………………………………………………… 001

上篇

视角改变视界（访谈录） ……………………………………… 003

叙事缘起——反思"忆苦思甜"模式——文字蒙求的启示——"刺猬与狐狸"之辩证——布满张力的艺术理念——时间序列中的历史相关性与文化网络

正视当代文学史叙述内部的张力 ……………………………… 031

"戴了着色的眼镜观察"历史"更其靠不住"——新文化与旧传统胶着的年代——小说革命化与改造革命化的过程

中篇(1)

小说故里——论当代"精神还乡"的一种写作动因 …… 043

《山乡巨变》写作缘起——社会转型期的艺术驱动力——急流勇退与寄情自然——大众化困境与精神还乡

周立波小说的唯美倾向 ……………………………………… 065

取名"立波"(Liberty)——作家早期文学道路——按照生活应该成为的样子——艺术为生活提供美的形式——"从血管里出来的都是血"，文学镜子照出作家心灵——与鲁迅文艺思想交锋与折服——从《秘密的中国》到《暴风骤雨》、《山乡巨变》及《山那面人家》

回想“春暖时节”——一份“大跃进”年代的女性写作个案 …………………………………………………… 089

“杯水风波”里的时代脉动——女性角色分裂——向传统情感方式回眸——时代女性楷模变异——趋新与守成之间无声的博弈

“静物写生”中的艺术变奏——论茹志鹃、刘真的“十七年”小说 …………………………………………… 101

《百合花》争论始末——斗争年代呼唤纯真——“没有爱情的爱情牧歌”——战时新女性：从《我和小荣》到《英雄的乐章》——《长长的流水》中大姐的“委屈”——女性写作的前世今生

中篇(2) **由历史小说看五四时代的延续——论《李自成》研究再度兴起 …………………………………………… 115**

茅盾与姚雪垠八十余封通信——历史老人心有灵犀——《李自成》与新史学运动——姚雪垠与郭沫若关于李岩人物形象的分歧——崇祯王朝与大顺王朝殊途同归的重要原因

观念与小说——关于姚雪垠的五卷本《李自成》……… 127

“1957 年动笔”的写作动机——以郭沫若“私淑弟子”自诩——“历史科学”与“艺术使命”的纠葛——明王朝、起义军和清军三足鼎立的小说布局——崇祯与明王朝悲剧探究——起义军结局寻踪

"旁生枝节"对写实小说观念的补正——以《腹地》再版为关注点 ………………………………………… 153

《腹地》事件来龙去脉——"旁生枝节"惹来的风波——正面人物形象的"小恩小怨"——好人与坏人真伪之辨——沈从文的学生——写实主义的本质及其传承

以写作反抗幻灭与虚无——有感于《王蒙自传》 ……… 180

"不能老是靠历史大兴奋度日"——旧时代与新中国:《活动变人形》与《青春万岁》——一种人生自救方案——王锦第父子的抒情气质——从"个人机密"到"国家日记"

下篇

"工农兵小说":通俗外观下的生活隐喻——从赵树理《小二黑结婚》说起(讲稿) ……………………………… 195

三仙姑形象的生活隐喻——"让故事自身去说明"的写实要义——小说家的苦恼——"文艺方向"与小说实际矛盾重重

韧性坚守与"小调"介入——赵树理小说再分析 ……… 215

"小调"改变了原有的抒情方式——"赵树理的文学"与"茅盾的文学"——不拘格套的"问题小说"——启蒙文学:批评与向往的双重变奏

当代小说的传统延伸——论赵树理、张爱玲小说的两重文化向度 ………… 225

抗战引发文学向传统回眸——文化潮流向度之一：指向传统经典的美文——文化潮流向度之二：指向未来不确定性的尝试——"正因写实，转成新鲜"——"琐琐碎碎"的故事和"从头说起"的小说

关于"十七年"文学的历史反思——以赵树理小说为例 ………… 251

现代性的一种粗糙——难以"断裂"的现代小说趋向——"文摊"文学的志向——《小二黑结婚》、《李家庄变迁》、《李有才板话》：开启文学新时代——"不断增大的机制"与"撒播和移植的原则"

后 记 ………… 278

上篇

「事有是非，义难隐讳」

（宋·苏轼）

·絮语·

这里的“义”指事情真髓，也是事物变化的一种逻辑或相关性。观察半个多世纪当代小说的历程，其实并没有单一的选择。谁都无法否认，现代化的历史潮流使传统社会产生激变，当代小说追随新文学传统，积极参与其中。但传统文化的暗流始终是变革的底子，若隐若现，躲闪腾挪，推陈出新，蔚为大观。特别在新政权建立初期，对小说家横跨在变革断崖之上的种种尝试，贸然结论说它是进步还是落后，文学还是非文学，都难尽其义。

视角改变视界（访谈录）①

叶立文　董之林

叶立文：董老师，您好！非常感谢您能接受我的采访。作为一位在当代文学研究领域内卓有建树的学者，我很感兴趣的一点是您为什么将“十七年文学”研究作为自己的学术志向？您介入这一研究领域的出发点是什么？

董之林：感谢立文和《新文学评论》，让我有这样一个机会，把十多年来对“十七年文学”研究的心得加以总结。我在职期间主要从事文学学术期刊的编辑工作，处理稿件的同时，也使我对当代文学发展过程产生浓厚的兴趣。我最初的研究所得是讨论新时期知青小说《走出历史的雾霭》，也做过女性主义批评理论、接受美学理论的翻译，以及对当代作品的评论（后者多收入《盈尺集——当代文学思辨与随想》），并开始探讨“十七年”小说。我想，从事这项研究，大概主要与我出生于20世纪50年代初有关，而不在于当今有多少引人瞩目的宏大命题。那些童年和少年时代的文学阅读，后来变成了许多纠缠不清的问题，探讨历史有如探讨个人的精神生活历程。另外，我对问题的兴趣也随时间推移、学术眼界不断拓展而逐渐深入，旧的谜团解开了，新的问题又出现了，引发自己的思考跟进，寻找新的答案。由于这种经历，我想，一个学者的“学术志向”不是自己事先可以选定的，而是伴

① 叶立文，武汉大学文学院教授。该文应《新文学评论》的《新文学史家访谈录》栏目所约，原载《新文学评论》2014年第4期。

随学术发展和自我认识不断加深被选定的。

叶立文：在我的印象中，您以“十七年文学”作为历史研究的切入点，但学术关怀却不止于此，比如您对十七年文学的很多看法，实际上都与八十年代文学密切相关。在您看来，“80 年代”这一“亦新亦旧”的文学时代对于您的“十七年文学”研究究竟意味着什么？

董之林：我的专业领域是中国现当代文学（主要关于 1949 年新中国成立后的大陆部分），在 80 年代启蒙话语占主导的背景下，“十七年文学”显然是一个备受争议的历史阶段。仅举小说为例，因其上限是五四运动形成的新文学繁盛期，不仅文学方面大师辈出、果实累累，在对传统资源的清理和推陈出新方面也成就不菲；而其下限是文革爆发，文学期刊停刊、出版社停业，一时无限上纲上线的大批判肆虐，致使创作凋零。文革结束后“拨乱反正”，先是全面肯定“十七年文学”，进而把文革与“十七年”政治运动对文学的影响联系起来，再后来甚至将两者画上等号。于是便有“十七年文学”是对五四新文化“断裂”之说，意思是直到 80 年代“新时期”，现代文学传统才得以续接。“断裂”一时成为“十七年文学”背负的“红字”，既然有如此不可饶恕的罪责，那么它在文学史上的价值便无从谈起，成为一段历史空白。

但 80 年代这种说法，与我探讨新时期知青小说时了解到的情况不同。不论大家如何诅咒过去，在当时一些比较著名的小说家身上，不难发现“十七年”的影子，比如《绿叶》《西望茅草地》《黑骏马》《高原的风》之于《组织部来了个年轻人》、《青春万岁》、《边疆晓歌》、《你到底要什么》（60 年代前苏联小说中译本）；《乔厂长上任记》等改革题材小说之于《百炼成钢》、《铁水奔流》、《州委书记》（60 年代前苏联小说中译本）等。且不论那些兼具“十七年”和新时期生活经历的读者或作家，其人生履历无法用“断裂”来定义；单从文学创作与批评这两条线索看，80 年代对这一时期现实主义文学主潮的表述与概括，依然包含对社会本质、时代精神推断所赋予的文学价值取向。这一点与“十七年文学”观念在很大成分上是一致的。虽然前后期作品中具体的褒贬对象变了，革命与反革命的形象定义被转换了，或者悲剧多一些、喜剧少一点，但至少在 1985 年以前，在新时期文学主要阶段，文学的审美理想与“十七年”并非迥然相异。因此我在《旧梦新知》一书中说，1980 年前后是“亦新亦旧”的文学时代。

叶立文：从“十七年”到新时期，历史的连续性因为研究者不同的价值立场而被断然割裂。我在一篇讨论《热风时节》的文章中说过，为反拨早年的文化专制主义，八十年代的一些文学史家在描述“十七年文学”的基本知识时，往往以激进的启蒙立场展开其历史叙述。在此过程中，裹挟着文学史家启蒙诉求的知识分子主体性意识，无疑会在涤荡文化专制主义、弘扬人性正义的“求善”过程中，模糊、歪曲甚至是篡改了“十七年文学”的知识建构。换句话说，文学史家这种求善不求真的启蒙学风，实际上很难保持历史叙述理应秉有的客观立场①。相较之下，您对“十七年文学”历史空白的弥合、对八十年代文学知识谱系的探寻，似乎都排除了以启蒙主义为元话语的史学立场。如果是这样，那么怎样才能做到一般学人所期望、如您所描述的“不以今人尺度为尺度，尽量客观、公正地对待历史，让叙述还原历史本身”？②

董之林：对历史做减法比较容易，但剪掉一段所谓“空白”之后，那些被剪掉的历史元素在后来不同场合又顽强地浮现出来，却使后来者知其然而不知其所以然了。这里首先需要讨论的是，如果这是一段大家都厌恶的历

① 叶立文：《启蒙神话的祛魅与改写——论董之林〈热风时节〉中的历史叙述》，《贵州社会科学》2014 年第 2 期。

② 董之林：《热风时节——当代中国“十七年”小说史论(1949—1966)》，上海书店出版社 2008 年版，第 6 页。

史，为什么研究者偏要说来说去、乐此不疲，好像成心要与人的自然情感相悖？但事实又是如此不可思议，并没有人真正讨厌历史，三皇五帝史，近代民国范儿，当时人也许并不看好，现时人却津津乐道。看来人们讨厌的不是历史，只是不喜欢自己的过去，也就是从自我某一角度所看到的历史。比如处在不同历史时期的人们一会儿说：1949 年以后的文学比此前的文学如何如何的好；一会儿又说："十七年文学"比新时期文学如何如何的坏。历史评价与时俱进，思维方式却如出一辙。如果我们把这种思维方式看作是受启蒙观念影响的时代变异，那么不如称其为"忆苦思甜"更确切，它也应该是读解历史的一种方法或一种角度。不过当时我对这种方式还只是提出疑问，并没找到一种新的、在思想方法上与之不同的解决方案。

关于如何客观、公正地对待历史，我的难言之隐即在于那是我一直说不清楚的一大堆问题。有时候我也想抓住一个现成的角度，或套用当年一种理论模式，先写了再说，但随即意识到在一种理论模式下（如革命现实主义）可能自圆其说的表述，必然以牺牲从另一角度（如人本主义）所看到的历史为代价。因为任何一种理论都有自己的"家世"，有产生的语境和针对的问题，而且是对某种思考范型的概括与总结，这就决定了它不可能"放之四海而皆准"。受知识传承影响，人们可以借鉴其方式方法，但不要异想天开，以为从此便找到一把万能钥匙。

现在回想起来，我开始从事"十七年文学"研究迈出的第一步，竟然有点儿像古人在《文字蒙求》一书中的说文解字①，教书先生为小孩子识字发蒙，把象形文字拆解开来，看每一部分原来在小篆字体结构中的意思，也就是最终形成文字象形、指事、会意、形声的有机成分各是什么。先生为让小孩子记住成百上千个象形文字而使用这种拆解的办法，有助于儿童对中国语文

① ［清］王筠：《文字蒙求·自序》，载《文字蒙求》，中华书局 1962 年版，第 1 页。

和文化的初步了解，或称为“入门”，即所谓“蒙求”。反之，如果只把文字当作由横、竖、撇、捺等单一笔画拼凑起来的，那么一笔一画地记，不大好记，识字发蒙的效果也不如前者。对我而言，这种方法重要的一点在于，被分解的各种元素是有意涵、可增殖的。我关于“十七年文学”的第一本书《追忆燃情岁月——五十年代小说艺术类型论》①，讨论对象是 20 世纪 50 年代作品，我将其分为“青春体小说”“乡土情结小说”“诗化小说”“革命传奇小说”和“史诗类小说”。我把这一时期小说分解为不同的艺术类型，希望从艺术类型角度勾连这一时期小说大体的模样，为“一个理想飞扬的时代”留一份历史存照。这种写作方式虽无法囊括全部作品，却一定会使每一类型元素中的意涵增殖，比如它在历史上的来龙去脉、文化成因，以及当时阅读环境和受众市场对写作无形的诱导与干预，等等。总之，通过这样的分解与重新定义，这些隶属于“十七年”的小说，显然不再是政治斗争“晴雨表”“政治附属品”便可一言以蔽之，而在文学史和社会文化史中占有重要位置。姑且将此看作是我介入该领域的出发点，也可以说是一种尝试。

叶立文：您的这种尝试显然是将文学史研究的叙述形式问题提到了一个非常重要的位置。不论是《追忆燃情岁月》里的艺术类型研究，还是《热风时节》中初春与百花时代的时间形态分析，可以说都摒弃了当时学界所普遍操持的理论模式。但这种缺少了先验价值立场的叙述形式，反倒更能映衬出您对历史一元论和本质主义的反思。您曾经说过，希望自己的研究能够“贴着作家作品、以及批评家当时的批评，贴着那些被丢失、或已经被‘遗忘’得七零八落的历史碎片，去看它们究竟是怎样的，它们与艺术史的源流关系，与由于现代激变而产生的一种张力关系。”（参见董之林致笔者信，2013

① 董之林：《追忆燃情岁月——五十年代小说艺术类型论》，河南人民出版社 2001 年版。

年 10 月 11 日。)我想,对这种张力的发现,的确在很大程度上了弥合“十七年”与新时期文学之间的历史空白。

顺着刚才这个话题,我觉得正是因为您在文学史叙述形式层面的方法论意识,才使您有别于很多同时代的文学史家。借用伯林的“狐狸与刺猬”说,当今的文学史家实际上也可分为狐狸和刺猬这两种类型。刺猬型的文学史家往往是真正意义上的文学研究专家,他们在治文学史时,主要集中于对各种文学现象的梳理整合。在这当中,辨析理论观念的历史流变和解读不同时期的作家作品,当然也包括社团、流派、期刊等研究工作,几乎成为了这一类文学史家的首要任务。而狐狸型的文学史家则更像是历史学家,因为他们不仅要致力于对文学史写作中历史观问题的辨析,而且还要论证当代文学史的学科合法性问题,更在意如何讲述历史这一文学史的叙述形式问题。但这种分类在您的文学史研究工作中似乎界限并不明显,因为您对“十七年文学”一些细节问题的关注,几乎和您对当代文学史整体研究的看法同等重要。所以在我的印象中,您是一位两者兼具的文学史家。我想问的是,您在具体的研究工作中,如何处理这两者之间的关系?还是说您因为有了一个完整的文学史观,所以在具体到问题研究时,才会时时贯彻自己的文学史观?如果是,请具体谈一谈这个问题。

董之林:好,先谈谈我对英国学者伯林关于“刺猬和狐狸”说法一点粗浅的理解。伯林 1978 年面世的《俄国思想家》一书中有一篇专论,题目就是《刺猬与狐狸》。该文开篇借用希腊诗人断简残篇中一句话:“狐狸多知,而刺猬有一大知。”所谓“狐狸机巧百出,不敌刺猬一计防御”,其原意是狐狸不及刺猬。伯林由此而转向探讨作家与思想家持一元论与多元论的观念分歧。通过对俄罗斯文豪托尔斯泰及其长篇小说《战争与和平》的分析,伯林将一元与多元这个看似二者择一的问题,其背后的复杂性充分揭示出来。

托尔斯泰的长篇小说《战争与和平》写作于 1863 年至 1869 年,作品以

1812年俄法战争为中心事件，主要描写1805年至1820年期间俄罗斯上流社会的生活场景。关于托尔斯泰小说的历史描写，或者说关于托尔斯泰的历史写作观，伯林引用半个多世纪后英国女作家弗吉尼亚·伍尔夫的观点(《现代小说》《班内特先生与布朗太太》)做具体阐释。伍尔夫曾"对她当代的公众先知，如萧伯纳、威尔斯与班内特，提出著名的指责。她指责他们是丝毫不解生命之真实何在的盲目物质主义者；他们误认为外在的偶然事件、个体灵魂以外的无关紧要层面——所谓社会、经济、政治现实——才是纯正之事，才是构成一切实然——现实——的因素，而不知道，平凡日常的络绎不绝的私人资料，如个体经验，个体的特殊关系，个体的色彩、气味、品位、声音、运动、嗔妒、爱、恨、激情，难得闪现的洞识，使身心变化的刹那，等等，才是实在。"伯林接着说："托尔斯泰与她(伍尔夫)在各方面都几乎全无相似之处，不过，他(托尔斯泰)也许是提出这类指责的第一人。"①

如果仅仅由于托尔斯泰对某种一元论历史观提出上面的指责，我们便把他归于历史多元论者，事情也就简单了。问题是托尔斯泰非但没有止步于此，而且说他作品对那些淑女绅士、他们小奸小坏的钩心斗角、赏心悦目的交谈等，在读者看来极为出色的描写，却不过是生活琐屑的"花朵"，非其"根底"。他的"目的在于发现真理，因此必须知晓历史之所由构成，而且以历史构造之重新创现为惟一要务"。如此说来，托尔斯泰是要通过他的小说取代原有的历史叙事，重新构造他个人的一元论历史"实在"。关于历史的总体构想，"同时代的马克思认为资产阶级必然'自欺'。托尔斯泰的中心义理在某些方面与马克思此说并无不同，不过，马克思认为他所见之弊为资产阶级专有之弊，而托尔斯泰认为此病是几乎所有人类同患之病。他这中心义理所指之病是：有一自然律，自然界固为其所制，人类生活亦为其所制；不

① [英]以赛亚·伯林：《俄国思想家》，彭淮栋译，译林出版社2011年版，第42页。

过，人由于不能面对这个牢固无情的受制过程，遂试图将此过程反解为一连串自由的抉择”。因此关于历史，托尔斯泰认为必须摒弃以往一切有关英雄、政治理念、社会发展模式等宏大构想，而采取“微积分”方式，“不是以科学手段，而是以‘艺术与心理’手段完成的微积分”①，以最终完成关于历史的构想。除了对作为文学艺术家的托尔斯泰表示无比崇敬之外，伯林随即指出他有关历史哲学的问题：“托尔斯泰憎恶抽象，固有其理，然恶之太过，终至于不仅否认历史和化学一样是自然科学（这项否认是正确的），更根本否认历史是一门科学，是一种本身自具适当概念与概括的活动。后面这项否认若是真理，势将废去一切历史”。不仅如此，否认以往社会观察、历史推论等类似手段成就的许多历史发现，就“等于否认我们有任何多多少少尚称可靠的标准来分别历史之真伪。作这种否认，的确纯属成见，的确只是狂热的蒙昧主义”②。

由于伯林所论问题涉及广泛和其中复杂的逻辑关系，我在这儿只能摘录一些原文作为我们谈到文学史观时一种学术背景参考。正如你提出的问题，一元论历史框架与多元历史材料整合之间的矛盾，往往是让研究者头疼的问题。在文学史叙述过程中，方法论即意味一种哲学观。历史著作（包括文学史）无论怎样地皮里阳秋、暗藏褒贬，其实都有哲学观念的统摄，都有方法论上的选择，而不会仅仅是各种材料杂乱无章、随意的摆放和堆积。鉴于一切历史都是叙述者主观介入与干预的结果，我赞同英国历史学家柯林伍德的说法：一切历史都是思想史③。

这里我感觉特别有趣的是，历史学者绝不承认自己的写作与虚构性质的小说有染。但在历史哲学和方法论意义上，恰恰是当代小说家笔下的历

① ［英］以赛亚·伯林：《俄国思想家》，彭淮栋译，译林出版社2011年版，第48、54页。
② ［英］以赛亚·伯林：《俄国思想家》，彭淮栋译，译林出版社2011年版，第55页。
③ ［英］柯林伍德：《历史的观念》，何兆武、张文杰译，商务印书馆1997年版。

史为专攻历史写作的人提供了可资借鉴的经验。小说家一旦进入写作，就像一种知识的生产，小说随即变成对某种先在理念的增殖、变异或改写。这时的小说家，不论他自觉还是不自觉，都无法从某种单一的政治意识形态角度讲述历史，而且其过程也不能证明他将这一角度排除在叙事成因之外，而仍然是叙事的构成因素之一种，并使不同观念在这里形成一种历史相关性。面对叙事多元构成所形成的张力，采取非此即彼的阐释方法肯定是行不通的。

叶立文：您的说法很有意思，小说生产知识的过程能够很好解答"十七年"时期文学与政治的关系问题。确实是这样，如果沉溺于文学和政治之间非此即彼的矛盾对立，显然无助于厘清"十七年"小说本身的复杂。

董之林：而且我认为历史观念作为历史叙述的一种方法论选择，应该有助于对有不同思想、文化背景和意识形态趋向的材料的汇集和梳理。因为无论它们是否居于主导位置，作为历史构成因素之一，当叙述涉及这一因素，就会牵扯到与此相关的其他因素，这时"叙述者重新组织起大量过去无从归属的游离物，或者说，它们本属于在当时的历史语境下，一些比较含混、灰色的范畴。在这里，一加一不等于二，或一加一大于二"①。有鉴于此，对"十七年"小说史的研究，我不打算做一种"反其道而行之"的叙述，比如过去说"十七年文学"是为政治服务的产物，不论这种说法是在正面或负面的意义上，那么今天为成就它在文学史上的地位，就偏要说它与政治没有关系。或者反过来，只承认小说在政治学和社会学方面的价值，其文学性不过是运载理念的躯壳，仅适于做政治学和社会学研究的材料注脚。

任何一段文学史，实际上都是由不同因素产生的张力而共同促成。因

---

① 董之林：《热风时节——当代中国"十七年"小说史论(1949—1966)》(上册)，上海书店出版社2008年版，第7页。

此，我在叙述中特别看重的是那些不同因素（包括政治、社会生活、文化传统、历史与美学接受，等等）之间如何相互作用，在文学母题、人物塑造、故事情节、语言风格等方面构成小说的生成机制，也就是小说家的艺术选择。因此我认为这里讨论的重点，不仅在于小说家写什么和怎样写，而且在于他为什么会那样写？与此相关，还须解答写作中不同因素之间的张力问题。

叶立文：张力这个问题确实有不少学者都谈过，但我的感觉是，很多人一谈张力，似乎就有为达到解构小说文本的目的，而刻意去寻找口实的嫌疑。请原谅我的这种敏感，因为从张力入手，凸显张力两极的矛盾与颠覆，进而解构小说文本，几乎已经成为了当前解构批评的不二法门。那么您说的张力究竟是一种文本事实呢，还是一种解构主义批评的颠覆本能？

董之林：张力本是一个力学概念。《辞海》解释张力，指“物体受到拉力作用时，存在于其内部而垂直于两相邻部分接触面上的相互牵引力。例如悬挂重物的绳子内部，就存在张力”①。后来这个词被用于人文社会科学领域，指存在于事物内部矛盾之间的一种紧张。关于解构主义批评的后现代背景，我们后面再谈，我这里只想说对不同小说文本，如果通通为了达到“颠覆”的目的，套进一个“解构”的模子，其结果想必贻笑大方。另外，张力概念本身也不是一个“颠覆”的概念，而在于相互牵引与制衡。把张力概念引入对历史文本的分析，主要基于一种文本的事实。关于文本，这里我想补充一点，正如所谓纯粹的文本分析，只是当年形式主义批评家为把文学变成一个有别于沙龙谈资的学科范畴，打出的“一条挑战性的标语”②。实际上，不涉及社会、政治和历史等其他因素的形式主义批评及其纯文本分析是不存

① 《辞海》（缩印本），上海辞书出版社1979年版，第1083页。

② ［俄］杰·穆卡罗夫斯基语，参见罗勃·C.赫鲁伯著：《接受美学理论》，董之林译，台湾骆驼出版社1993年版，第33页。

在的。

尽管历史叙事与虚构性质的文学历来不属于同一范畴，但我这里还是想举一个历史小说的例子，说明叙事张力在不同文本中的表现各有不同，但总体来说都是存在的。姚雪垠的长篇历史小说《李自成》(第一卷)1963 年出版，但其创作初衷可以追溯至二三十年代的新史学运动。小说家对此回忆说："一九三〇年前后是我国史学界思想十分活跃的时期，而当时的史学界情况对我这个小青年的成长发生过强烈影响，在相当程度上决定我以后的文学创作道路。尤其是我在四十七岁时，即一九五七年被迫突然转上创作历史小说的道路，而且在历史小说方面做出了我自己的独特贡献，这与当时我在河大时所受的影响有密切关系。"①当时正是马克思主义唯物史观在中国史学界筚路蓝缕时期，出于革命青年的热情与追随，后来姚雪垠写《李自成》与他青年时代受新历史观影响是分不开的。比如他把底层社会揭竿而起的原因作为王朝变更的重要参数，并通过小说对农民战争导致王朝覆灭，以及新王朝再度兴起，再压迫、再反抗的历史走向，进行了在马克思主义唯物史观基础上的分析与描写。但与此同时，基于他的旧学储备和对历史的深入调查研究，小说对明末历史，即明王朝、清王朝和李自成农民起义军三股政治势力在军事、政治和文化上的博弈，以及王朝内部各派政治势力之间的较量方面，也有大量出色的描写，而不仅仅是农民起义军与明王朝之间的阶级矛盾和阶级斗争。因此，在这部以李自成命名、卷帙浩繁的历史小说中，农民起义是引发各种矛盾瞬间爆发、最为有力的一根导火索，所带动的是各方政治势力此起彼伏、明末天崩地裂的历史大变局。1962 年 6 月《李自成》第一卷修改稿送交中国青年出版社后，姚雪垠曾应邀拜访明史专家吴晗，征求他对小说的意见。交谈中，对于小说在人物和细节方面与郭沫若

---

① 姚雪垠:《姚雪垠回忆录》，中国工人出版社 2010 年版，第 44 页。

《甲申三百年祭》的不同，以及小说家对史料调查和把握上的周详，吴晗说："看来论明初你不如我，论晚明我不如你。"①

小说家受思想家构筑的哲学体系影响而讲述历史，但其作品中人物、故事情节等又突破理论体系的边界，从而改变了观念与规范，以符合小说家的叙事逻辑。于是在构成对历史新解同时，小说叙事也别开生面。在分析当代小说家王林的长篇小说《腹地》一文中，我把小说对写作规范或一种哲学观念的僭越称作"旁生枝节"："一部长篇小说总会有一个大致线索，一个起承转合的结构，但是单凭这一点却写不成小说。因为它缺乏小说必备的叙事功能。因此，有关事件场景、人物语言、举手投足以及心理活动等细节描写，便滋生蔓延开来，使小说血肉充盈，并因此成为生动可感的艺术作品，豁人眼目。"当年《腹地》受到严厉批评的主要问题恰恰就在这里，比如用革命现实主义标准来衡量，批评者对作品题材并无疑义，然而一旦进入具体描写，问题便接踵而来。总括起来，批评者认为作品对阶级与阶级斗争的社会本质采取毫无原则的改写，没塑造出叱咤风云的革命英雄形象，甚至混淆敌我，歪曲了抗日革命根据地的生活与斗争②。

对于像王林这样有20世纪30年代新文学经历的小说家，考察他对现代艺术的认知过程，不难发现他对托尔斯泰、伍尔夫艺术观念的认同。尽管王林没有说自己的小说创作受到他们影响，但从他在青岛大学听沈从文授课、请沈从文为自己小说所作"题记"中便可得知，这位相信马克思主义的革命文艺家，其艺术观念并不是单一的。沈从文在王林小说《幽僻的陈庄·题记》中，回忆在青岛大学向包括王林在内的学生的授课内容，他奉劝那些想

① 高连英：《史学家与小说家的心灵碰撞——吴晗与姚雪垠一席谈》，载陈浩增主编：《雪垠世界》，中国青年出版社2001年版。

② 董之林：《"旁生枝节"对写实小说观念的补正——以〈腹地〉再版为关注点》，载《余情别叙》，南京师范大学出版社2012年版，第140页。

得到写作“秘诀”的人，“先要忘掉书本，忘掉目前红极一时的作家，忘掉个人出名，忘掉文章传世，忘掉天才同灵感，忘掉文学史提出的名著，以及一切名著一切书本所留下的观念或概念。末了我还再三说，希望他们忘掉‘做作文’‘缴卷’。能够把这些妨碍他们对于‘创作’认识的东西一律忘掉，再来学习应当学习的一切，用各种官能向自然捕捉各种声音、颜色同气味，向社会中注意各种人事。脱去一切陈腐的拘束，学会把一支笔运用自然，在执笔时且如何训练一个人的耳朵、鼻子、眼睛，在现实里……产生一个作品。我以为能够这样，这作品即或如何拙劣，在意识上当可希望是健康的，在风格上当可希望是新鲜的，在态度上也当可希望是严肃的”，“一支笔又学会大胆恣纵无所畏忌的写下去，这个人所读的书即或不多，还依然能写出很完美很伟大的作品”①。这种强调个体经验，而非套用某种观念形态来写小说的写实传统，在 20 年代初曾被鲁迅概括为：摆脱了满纸“潘安子建”“西子文君”旧套，“叙述皆存本真，闻见悉所亲历，正因写实，转成新鲜”②。

因此，无论以姚雪垠的《李自成》还是王林的《腹地》为例，如果只以一种理论模式或从单一角度加以分析、衡量，就会产生那种类似隔靴搔痒的批评。因为小说并不是按照一种理论模式搭建而成，批评家却硬要凭借这种模式按图索骥，其结局可想而知。观念与小说关系密切，即如历史与历史哲学必然结伴而行，但成功的历史小说却并非只出于一种观念，其中混合着多种、甚至彼此相互矛盾的理念，小说家的出色之处，就是把这些布满张力的因素，在一个个“合乎人情事理”的艺术纽结中加以实现。这些艺术实践证实了一点，一种哲学或艺术理念在叙事中不可或缺，它也许是主要的，但绝不是唯一的。如果一定要以一元和多元进行概括的话，那么我想把这种拆

① 沈从文：《幽僻的陈庄·题记》，载《王林文集》，解放军出版社 2009 年版。

② 鲁迅：《清之人情小说》，载《鲁迅三十年集》(9)《中国小说史略》，鲁迅全集出版社 1947 年版。

解、并分析其间张力构成的叙述方式，称为涵盖多元的一元论历史观。

叶立文：涵盖多元的一元论历史观，其实不只是您在展开历史叙述时所操持的一种历史观念或叙述理念，它更有可能是具化历史叙述形式的根本原因。在评论您的叙述形式时，我曾说过您的文学史叙述虽然采用了传统的线性结构，但因为在具体叙述进程中格外彰显时间概念，所以就能在一个整体性的叙述框架下，容纳进“十七年文学”在不同历史语境下知识的增殖与变异①。那么这种以时间概念兼容小说本身艺术张力的做法，是否就是您多元的一元论历史观在叙述实践中的具体表现？

董之林：我想我是在朝这个方向努力。时间无色无味，是一种通过数字表达的抽象存在。从古至今的漫长岁月，时间须通过具体的历史内容加以固化并显现自身，这是历史叙述对于时间的重要意义所在。但另一方面，时间对历史也具有很强的规定性。时间是丰满的，以每年每月每日、甚至每时每分每秒计算，其间没有空当，就像历史的前因后果在时间线索中每时每刻都在发生变化，不可能被人为地一刀斩断。因此过去那种“从《国际歌》到‘样板戏’中间一片空白”的说法，口气虽然很大，但从历史研究的角度看便十分荒唐。历史研究可以做断代处理，比如研究一个朝代、一个时期、甚至一个时间段，但史迹线索却或隐或显地纵横交错、相互衔接，就像一项“基因工程”。历史研究、包括文学史研究的重要价值就在于发现这条基因链，而不是轻易地将其切断。对此历史学家有十分精辟的见解：“人类的过去、现在和未来是不可分割的‘一个连续体’。三者之间有着内在的联系与因果关系。人类的‘现在’总是在‘过去’形成的既定条件下发展起来的；人类的‘未来’也总是在人类‘现在’的基地上发展起来的。因此人类过去的社会结构、

① 叶立文：《启蒙神话的祛魅与改写——论董之林〈热风时节〉中的历史叙述》，《贵州社会科学》2014 年第 2 期。

它的发展进程与机制，往往可能限制与影响人类未来将发生的事件，因此研究历史往往带有对人类未来的一定的预测性。”[①]就“十七年”小说研究而言，我不敢说对未来文学发展有哪些“预测”功能，但至少可以思考当代文学曾经有过怎样的过去，而且由于有这个经历，“十七年”远不是一片文学的空白。

探寻以时间为轨道的史迹演变线索，可以称为一种线性叙事，即它注重的是由时间导引下的空间范畴。这种历史叙述方式与那种非此即彼、“以阶级斗争为纲”串联起来的另一种“线性叙事”，有严格的区别。比如用现实主义与反现实主义作为单一的叙述线索，茅盾在20世纪50年代就发现了这种“线性叙事”的问题。受时代限制，当他试图把古今中外、煌煌大观的文学史融入一个现实主义和反现实主义的“程序”，这位博古通今的文学专家本意是要完成一部文学史教材，最终由于这种“程序”使历史叙述实在难如人意，只能称为“漫谈”和“偶记”[②]，而非文学史。因为茅盾清楚地意识到，即使把那些作家作品通通纳入现实主义和反现实主义的斗争描写中，也不过是贴上了一些名不副实的标签，作家和文学作品的真实情况“大帽子底下开小差”，早已逃之夭夭。

出于这样的历史教训，重视时间序列中的多元状态，以及彼此之间构成的历史相关性，就成为我在“十七年小说”研究中采用的一种叙述方式。反过来说，如果我们把历史上曾发生过重要影响的作品，连同其中复杂、多样化的促成因素，都采取一种简单化的线性叙事标准轻率地抹掉，无论这种线性标准是现实主义与反现实主义，还是革命与反革命，人性与反人性，都有可能留给后人一片虚无的知识空白。因为只要我们逃脱那种简单而粗糙的

① 余树森：《中文版序》，载[英]埃里克·霍布斯鲍姆：《史学家　历史神话的终结者》，马俊亚、郭剑英译，上海人民出版社2002年版，第5页。

② 参见茅盾：《夜读偶记》，百花文艺出版社1958年版，扉页作者题记、第35页。

思想逻辑就会发现:“只有枯燥而单调的文学史叙述,没有枯燥而单调的文学史;只有断裂的观念,没有断裂的历史;只有史家来不及追踪的历史,没有历史对史家刻意的逢迎,只有冷战观念对于文学开掘人性的遮蔽,没有历史不生发出丰富的人性。”①

叶立文:文学史叙述和历史观念,看起来这些掌握在文学史家手中的话语权力,的确能够不断地“改写”历史。这种“改写”,过去极易被理解成一种价值平反,但我觉得您对“十七年文学”的“改写”,实际上针对的正是学界复杂且含混的历史偏见。随之而来的问题是,如果文学史家想发掘出历史的客观性,就必须在展开自己研究的同时,不断反拨那些割裂和遮蔽了历史本身的话语形式。我注意到您的著作大多有一种“对话”形式。这种对话形式指的是您在给出自己的学术观点之前,往往会列举学界对于这一问题的某些具体看法,不论是反对还是赞同,您在之后的具体论述中都时时保持着对于这些看法的对话意识。按照我的理解,但凡在研究中缺乏对话意识的学者,往往只注重自己逻辑的圆融,并不完全关心其他人都说了些什么。我的问题是,您这种对话意识是出于对“十七年文学”进行学术平反的一种心理惯性呢,还是其他什么原因?请您具体谈一谈。

董之林:其实我也有你说的问题,往往沉浸在自己的冥思苦想中,“并不完全关心其他人都说了些什么”。的确如你所言,从《走出历史的雾霭》《追忆燃情岁月》到《旧梦新知》《热风时节》和《余情别叙》,书中“大多有一种‘对话’形式”。但与其说是出于“学术平反”,不如这样理解更为真切,即那些否定“十七年文学”的想法不仅仅是外在的,我之所以发现其中的问题,就在于它们都曾经反反复复地出现在自己思考过程中,或者我对有些看法虽

① 董之林:《余情别叙·个人文学史的视角与方法》,南京师范大学出版社2012年版,第78页。

不认同,但也经常换位思考。换句话说,“学术平反”的针对性主要不是外在的,而是一种包括自己在内的反思过程。这大概也属于你说的“一种心理惯性”,确切地说,它更像是一场“一个人的战争”。

我完成博士学位论文《五十年代小说艺术类型论》后,逐渐探讨这样一个问题,即“十七年”小说的生成机制。1998 年论文答辩时,答辩委员会有老师提出,论文对当年政治干预文学的问题似有所回避,老师提出的问题的确存在。80 年代关于“重写文学史”的讨论中,对建国后历次政治运动对文学负面影响的表述十分普遍,以至于认为那一时期的文学是服膺政治的产物,连同作家作品也受到十分粗暴的批评。我不想顺延那种思路来写。究其原因并不是自己刻意要标新立异,而是通过查阅当年资料发现,政治意识形态与文学复杂的关系决不像后来人普遍认为的那样,只处于一种被建构的被动状态。

现代文学史家说:“一时代有一时代之文学。”这一见解的高明之处,在于它没有单向度地评判文学的价值,而既有时代,也有文学,时代与文学的关系相辅相成,缺一不可。那一代学人旧学功底深厚,处在中国传统社会大变革、大解体时期,对新文学实绩满怀期待,但对于文学的前世今生都未做简单取舍,从而由文学的角度折射出现代变革为何发生,其变革的维度,以及变革中人性的复杂。既然新旧文化的变迁之路始终不是泾渭分明、纯而又纯的,那么把文学捆绑在一种政治观念上显然也不符合实际。五四时代西学东渐、强调个体经验“我思故我在”的个人主义思潮,始终与国破家亡形势下知识分子再次祭起“文以载道”大旗,“抗战小说”“为工农兵服务小说”,交替形成一股强有力的写作潮流。出于这样的现代文化史,新中国成立后,政权变更加上当时的冷战局面,文学与政治意识形态的关系显然是非常密切的。但这里我想强调的是文学在接受政治影响同时,也对政治意识形态发生影响,并参与了时代政治意识形态的建构过程。

我曾以50年代一批“干预生活”的小说为例，说明这种双重建构过程的复杂性并不像后来人们作“平反”文章那么简单。相比“十七年”其他作品，50年代“干预生活”小说在文革结束后的新时期受到更多认可，1979年上海文化出版社将其集结为《重放的鲜花》重新出版。“我赞同它们对生活多有讥刺的现实主义品格。但同时我也认为，作家对生活和艺术的坦诚，不仅在于自觉地实践了现实主义的创作方法，也许他们无意之中，更生动地反映了当时强调差异和分歧，强调斗争的时代风尚。”“把人物之间的矛盾紧张尖锐化，从而使平庸的生活不再平庸，平凡的人物具有斗士品格，人物情节富于戏剧色彩，并形成一种将日常生活紧张、戏剧化的小说发展趋势。”①因此，我认为与当年激进的政治运动相联系的，不仅有小说家被错划为右派惨痛的命运，也有对后来强化阶级斗争形势，文学作品早期的反映。

叶立文：小说对意识形态的建构，其实在各个时代都存在，只不过因为政治和文学生态系统的更新换代，现如今人们已经很少考虑到这个问题了。比如较之“十七年”作家对意识形态的建构，一些研究者显然更关注意识形态对作家作品的影响。这种话语模式，我觉得仍然来自于一种矫枉过正的学术心态，那些人本主义或启蒙主义的话语模式，总是会遗忘“十七年”作家的建构意识。除此之外，您认为充满艺术张力的“十七年文学”还在什么层面更深地介入了现实？

董之林：还有文化网络的问题，即由时代触碰，引发小说对当代文化的反弹，这也可以说是对当代文化的一种建设性构想。当代小说顾名思义，与当前生活有更紧密的联系，但具体分析五六十年代小说，大概除了题材之外，它们在语言、情节、写作技巧及文体意绪等方面却产生向传统回流的趋

① 董之林：《热风时节》(上册)，上海书店出版社2008年版，第120页。

向，其强劲之势，甚至超过距离古典更近、五四时期的现代小说。比如一些革命历史题材小说，作家坦言受到古代史传小说影响；从许多革命加恋爱的小说描写中，不难看到“鸳鸯蝴蝶派”小说的影子。更值得关注的是60年代一批借古喻今作品对当代生活的干预，小说家以古人超然于功名利禄、寄情山水自然的洒脱情怀影射现实，对现代生活中焦躁的人生予以讥刺。像陈翔鹤的《陶渊明写〈挽歌〉》《广陵散》，就是这方面出色的作品。被五四时代痛斥的传统文化此时有复苏迹象，小说中嵇康、阮籍反对礼教，其真实原因并不在礼教本身，而是他们周围那些大力提倡礼教的人，挂羊头卖狗肉，连一点起码的道德都不讲，他们气愤不过，索性来一个全面否定。正如鲁迅所言：“表面上毁坏礼教者，实则倒是承认礼教，太相信礼教。”①特别是小说的文字风格，不温不火，款款道来，简约平实的叙述中透出小说家洞察历史所表现的机智与幽默。对于浮躁而功利的时代，小说“不以其人之道还治其人之身”，与大轰大嗡的现实鼓噪形成鲜明的对峙。

“十七年”开始于战争造成的动荡局面基本结束以后，也是大规模的本土现代化进程开始之时。从文学整体来看，激进的革命化内容依然是作家创作的主旨，但具体到一些比较著名的小说，在表面激进时髦的言词下，传统观念却是构成人物与社会理想的内在支撑。比如50年代伊始，萧也牧的小说《我们夫妇之间》，描写工农干部和知识分子干部进城后生活观念上的分歧日益加剧，小说解决分歧的办法不是最终一方获胜，另一方被改造、甚至被消灭，而是强调以一种中庸的方式来弥合分歧。虽然这种写法随即受到宣扬“阶级调和论”的严厉批判，但对于“以阶级斗争为纲”在现实生活中的改写却依然不断发生。从这种改写可以看到当代文化对激进形势的传统反弹，尽管没人那么明确地说，作家也并不是有意与之作对，但改写连续不

① 鲁迅：《论魏晋风度及文章与药及酒之关系》，载《鲁迅三十年集》(17)《而已集》，鲁迅全集出版社1947年版。

断地发生在“十七年”小说中，在“阶级斗争年年讲，月月讲，天天讲”的日子里，因此也不断地受到政治批判和指责。

就拿“十七年”小说的重头戏、描写农业合作化题材作品来说，像《三里湾》（赵树理）、《山乡巨变》（周立波）、《创业史》（柳青）和《艳阳天》（浩然），其中也有阶级斗争，但主要描写青年一代农民对中国农业现代化的憧憬与热情带动了农村的变革。像梁生宝、邓秀梅、王玉生、萧长春等人物虽然是农村生活中的“新人”，但与车尔尼雪夫斯基笔下“新人的故事”意义上的新人截然不同，他们身上更多的是中国传统道德给乡土基层生活留下的印记。比如他们都是庄稼院仁义厚道、勤劳能干的好后生，或者是心灵手巧、通达贤惠的好姑娘，被大伙儿推举为干部后，公正仁厚、埋头苦干、以身作则、言而有信，以实际行动感动了世代艰苦创业却没有成功的老辈人，使他们终于走上合作化道路，情愿或不情愿地跟上变革的形势。像梁三老汉、盛佑亭（亭面糊）那样的农民最终加入农业社，不是因为他们对农业现代化理论和共产党的文件有多么深刻的理解，而是寄托着他们生活希望的年轻人、符合一种与传统道德密切相关的审美标准的好人在领导这场运动。好人都站在了农业合作社一边，于是他们也站了过来。从传统诗学的观点来看，就艺术而言，“一桩不可能发生而成为可信的事，比一桩可能发生而不可能成为可信的事更为可取”①。虽然农业合作化运动决不像小说写的那么理想，但小说艺术成功的经验表明，即使在现代激进观念盛行的年代，中国的现代化道路也必然包含仁义礼智信等传统因素，而且传统因素对实现本土现代化也应起到至关重要的推进作用。

叶立文：除了上面说到的多元一体、文学与政治意识形态双重建构的角

① ［古希腊］亚里士多德：《诗学》，载伍蠡甫：《欧洲文论简史》，人民文学出版社1985年版，第19页。

度之外，这里还想请您重申一下时间的线性演进对于您的历史叙述的深刻影响。譬如《热风时节》的线性叙述结构，因为突出了历史叙述的时间形式，所以才能规避元叙述对于“十七年文学”的体系式统摄，进而在打捞历史碎片的同时，从最大限度上去还原历史的真实。换句话说，以时间为经，以作家作品等文学现象为纬，同时兼及小说周边文化网络的方法，是不是构成了您在文学史研究中一个基本的叙述形式？

董之林：是的，历史叙述如果脱离了时间形式，就难以逃脱某种元叙述设置的“断裂”陷阱。时间线索有助于通过一种自然的固化形式，取代由某种元叙述造成的遮蔽。因此，若要想打破“以论代史”话语的一统天下，强调时间形式，无疑是介入历史叙述体系变革的有利因素。你曾说到《热风时节》“其实是一部‘形式’大于‘内容’的小说史著作”①，我很赞同你的看法。我理解历史的“形式”，即叙事必然受一定史学观念左右。不同观念导引下的文学史写作会形成不同的叙述逻辑，得出不同的结论，也会影响到叙述角度，包括选择哪些材料、搭建怎样的叙述结构，以及文字的铺陈与侧重，等等。视角决定视界，正如从不同角度看同一件事，人们看到的也非常不同。在此意义上，形式绝不是一个可有可无的“花架子”，过去人们总说内容决定形式，但就历史写作中历史哲学的重要性而言，我认为形式其实可以决定内容。

因此，在《旧梦新知》和《热风时节》里，时间序列的确是叙事重要的方案之一。在研究“十七年”小说艺术的生成机制同时，我发现“十七年”不仅是现代向当代过渡，在时间链条上不可废除的一个段落，而且在这个相对短暂的时间段，历史仍然是动态、有生命的，而且异常活跃，值得关注。另外重要的一点，从时间序列的角度，你会清楚地发现，历史叙述在客观时序面前有

---

① 叶立文：《启蒙神话的祛魅与改写——论董之林〈热风时节〉中的历史叙述》，《贵州社会科学》2014 年第 2 期。

被动的一面,一个时期文学作品的价值不在于后人如何评判,而是由当时人的接受所给定的。如果在时间链上而不是从现实评判的角度,去完成对"十七年"小说变化踪迹的考察,那么它的存在本身也就不证自明了。当然,历史叙述中时间不是一个纯粹自然的概念,比如 1949, 1956, 1957, 1962, 1966 等这些表示年限的数字,都可能勾起人对特定历史事件的形上定义与思考。定义与思考可有不同,但正是这种具有自然属性的时间链,把不同事件联系成为史迹不断发展演变的线索。因此科学家和史学家对历史叙述有这样的定律:"一、因果律不能颠倒;二、时间不能倒过去;三、将来不能影响到现在。"①该定律特别强调时间的自然属性对叙述的限定。从《追忆燃情岁月》到《旧梦新知》,叙述从艺术类型分析转向以时间为序,寻求当代小说在特定时间链条上演化的前因后果,并对当代小说基因做进一步考察。历史学作为一门研究叙事的科学,时间形式显然扮演了重要角色。

但任何事都有两面,正如以时间为线索的叙述形式,从客观上肯定了作品的历史存在,以及它们的因果关系,拓宽了历史叙述空间。但我在写作中也时常遇到一个问题,这种具有编年史意味的叙述方式,使我难以展开对具体作家作品或写作个案的深入分析。受时间线索牵引,虽然对作家作品"文字中也有展开,但马上觉得写作进度似乎被凝固了,也不大符合全书的体例"。"这样,我从 2005 年至 2008 年,陆续完成《回想'春暖时节'——一份'大跃进'年代的女性写作个案》《关于'十七年文学'研究的历史反思——以赵树理小说为例》《周立波小说的唯美倾向》《观念与小说——关于姚雪垠的五卷本〈李自成〉》和《王蒙与〈王蒙自传〉:以写作反抗幻灭与虚无》,以弥补这方面不足",并在《热风时节》中以个案研究另辟一章(见《热风时节·自序》),这是与此前以时间为序写法的不同之处。在《热风时节》完成后,我沿

① 郑天挺:《漫谈治史》,载《文史知识文库·学史入门》,中华书局 1988 年版,第 1 页。

着这条研究思路走下去，并陆续完成《当代小说的传统延伸——论赵树理、张爱玲小说的两重文化向度》《韧性坚守与“小调”介入——赵树理小说再分析》《“旁生枝节”对写实小说观念的补正——以〈腹地〉再版为关注点》《小说故里：论当代“精神还乡”的一种写作动因》《“工农兵小说”：通俗外观下的生活隐喻——从赵树理〈小二黑结婚〉说起》，对赵树理、姚雪垠、周立波、王林等当代作家作品继续进行个案追踪，同时也是在“十七年”小说历史研究中对写作观念变革不断探索与尝试。

福柯认为历史是进入哲学的媒介。回顾自己对“十七年”小说研究反反复复的思想过程，由历史而哲学，再由哲学而历史，二者相互依存，相互砥砺，缺一不可。虽然对于两者，我都只是刚有所领悟，但这种体会已使我备感学术的艰深。开始进入这段小说史，我的确有为赵树理、周立波等作家“平反”的想法，认为在一个高扬启蒙思想的时代，把那么富于个性才华的艺术家弃之如敝屣，既不公正，也缺乏良知。但这一路走下来，当初“平反”的心思好像已淡了许多。不是说，在商业化文明的一片喧嚣中，无论说好说坏，他们早已不是人们关注的对象；而是随着当代学术深入发展，当我重新走近他们，走近过去的时代，越发感觉自己的知识和能力局限，惟有不停顿地反思与探索。然而这种工作，已远远不是“平反”所能概括了。

叶立文：说到为“十七年文学”平反的问题，其实较之早年从政治或美学层面的平反，我觉得您的“平反”工作更具有学理上的知识学意味。譬如以后现代文化视角反观赵树理的小说创作，凸显其日常生活叙事的做法，就与此前学界启蒙式的重读很不一样。您可否以“十七年文学”研究为例，具体谈谈您对当前文学史写作的一些看法。

董之林：从总体来说，后现代主义思潮兴起是对全球化、现代化的反思，是现代人本主义思想继续深入发展的结果。就思维方式而言，虽然平反与反思这两个词都具有反省和改正的含义，但还不是同一回事。我认为不可忽视它们之间最大的区别，即那种非好即坏、非对即错、非此即彼的二元对立思维方式已经在反思过程中，经由对事物具体化的分解而被颠覆。我所说的"颠覆"，不是说这里已经没有了价值判断，把一切都已扯平；其中包括对一种现代知识谱系的认知。以往被视为现代真理和铁律的"知识"，在经过后现代主义理论家的知识考古后发现，那是西方资产阶级18世纪以来通过启蒙理性和工具理性不断建构起来的。"求真的意志是与权力意志分不开的"①（尼采《道德谱系学》），其中渴求无限发展的现代性诉求，以普遍真理的形式，带来了人与人、人与自然、中心与边缘的种种压迫和紧张。按照福柯的理解："启蒙的理性神话用'求全求同'的虚妄来掩饰和压制多元性、差异性和增殖性。"②他们对现代性的批评一目了然。

历史学在后现代文化中出演了重要的角色。在西方启蒙哲学基础上形成的历史叙述中，后发展的现代国家历史似乎没有自己发展的"剧情主线"，如果不从西方航海史出发，不从一种刺激—反应的西方中心论出发，未经这一模式辨析的本土历史起码是混沌一片。美国历史学家柯文反对这一带有普遍性质的论点，并明确提出"把中国历史的中心放在中国"。他说："对中国近世史的这种重新认识表现在许多领域。例如现在许多学者就把中国19世纪的改革运动看成是国内改革传统的产物。当然很少人会主张西方是无关紧要的，或者否认它后来曾对中国的改革思想与活动产生过重要的塑造作用。但是对于把改革视为由西方激发、按西方方向进行的传统说法，已经产生一股强烈的反动和一种同样强烈的要求，主张应从中国的角度出

① ［德］尼采：《道德谱系学》，转引自福柯：《性经验史·译者序》，佘碧平译，上海人民出版社2000年版，第3页。

② ［法］福柯：《性经验史·译者序》，佘碧平译，上海人民出版社2000年版，第5页。

发重新解释整个改革现象。”①

以西方启蒙文化为原点，或以苏联社会主义现实主义文学观为标准，结果都使“十七年”小说家陷入十分尴尬的境地。在这个问题上，赵树理的小说非常典型。赵树理小说在历史上遭遇三次比较大的阻力。第一次是20世纪40年代，《小二黑结婚》完成后得不到出版机会，当年延安出版机构多为左翼文化人把持，赵树理小说在他们眼里是“下里巴人”，专搞噱头，不入流、没水平。后来总算出版了，而且不但出版，赵树理还作为工农兵文学的代表，受到解放区文艺界热捧。没想到成也萧何，败也萧何，第二次阻力出现在1953年苏联斯大林文学奖评奖，苏联专家不能接受赵树理的小说。颇具讽刺意味，赵树理作为解放区文学代表人物，却在革命文艺理论的策源地被放逐了。这一次的阻力表明，赵树理小说与革命现实主义、社会主义现实主义标准存在较大分歧，也预示赵树理在60年代批判中间人物论和文革时期的悲剧命运。第三次阻力出现时老赵已不在人世，文革结束，“十七年文学”整体获得平反，但赵树理的“问题小说”随即成为服膺政治的例证遭人唾弃。与前两次相比，这一次否定最彻底，赵树理小说成为当代小说史上的反面典型。

如果说第一、二次阻力产生于赵树理小说与革命文学标准存在距离，得不到革命的认可，那么第三次否定则是对此前文学标准的否定，可偏偏这时，赵树理又是实行这一标准的典型了！虽然三次阻力究其理论出处，来自东西方不同政治意识形态的不同阵营，当年两军对垒、相互辩驳的阵势，应该多少减轻赵树理小说承受的压力才对，但事实与此相反，两方面都不认可老赵是“自己人”。其实道理也简单，赵树理不是按照某一种文学观念写小

① ［美］柯文：《在中国发现历史——中国中心观在美国的兴起》，林同奇译，中华书局2002年版，第171页。

说，无论社会主义现实主义，还是启蒙思想光照下的人本主义，都不是赵树理写作的出发点。赵树理说自己所写的是“问题小说”。青年时期的赵树理对五四新文化运动翘首以望，希望现代人性之光普照他封闭落后的家乡，惠泽他憨厚的父老乡亲，这是他投身革命的基本动因，于是他积极参加土改、农业合作化运动，从中发现并提出问题，以供上级有关方面克服缺点，使现代化得以顺利进行。因此可以说赵树理的写作初衷不是要当文学家，而是要在实际生活中，发现并找到本土现代化经历的一条“剧情主线”。这条线索并不全是由“西方激发”，而具有本土传统寻求激变的内在诉求；更不是“按西方进行”，而具有本土传统演变的自身特点。从《小二黑结婚》《李家庄的变迁》《李有才板话》到《传家宝》《登记》《三里湾》《“锻炼锻炼”》《灵泉洞》等作品，都能使我们看到这样的“剧情主线”，不同于许多教科书所宣教的那样。这方面具体的事例分析，我写过一些论文，多收入上面说到的几本书里，就不在这儿重复了。

如果细读“十七年”小说，会发现当年小说家都有过许多这样的描写，并非只赵树理一人。但赵树理在这方面又是极具天赋的，显示出独有的艺术才华。所谓天赋，并不是说老赵是天才、圣人，而是说，由于他长期对评书、鼓词、地方戏等本土基层的传统艺术形式静观默察、认真学习、积累与实践，使他形成一种独特的视角向下的艺术方式。

我曾经打过一个比方，在欧洲艺术史上，维也纳的华尔兹优雅规范，但它需要有特殊的条件，比如训练有素的指挥和乐队，飞速旋转的舞步与标准的着装、饰物，以及光洁的大理石地面，等等。美国社会学家认为它失宠于民与过于严肃有关。但更主要的问题是这种艺术所表达的不能不是一种集体感情，而缺乏个人情绪的空间。于是，表现个人情绪的“小调”出现了，三两件乐器，几个人随便转转就可以实现的舞曲开始流行，特别是 19 世纪末手风琴小和弦和变音键的加入，更适于表达个人情绪，所谓更“接地气”了。

据说施特劳斯的音乐刚到美国就引起狂热，但它庄重严肃的旋律，显然不适合当年许多背井离乡的年轻人抒发个人孤独苦闷的情感，因此华尔兹开始向波士顿音乐靠拢，速度变慢（俗称“慢三”），并广泛地采用小调。“速度是音乐的灵魂”，速度变了，个性化的脉脉温情取代了波涛滚滚的音乐风格。“小调”出现，使传统华尔兹如今已无人再写。“如果把现代小说史比作一部表现中国人和中国社会生活的现代史诗，这部史诗是郑重、高雅的，其中包含鲁迅、郁达夫、郭沫若、茅盾、曹禺、巴金、冰心等一代知识分子对传统变革的经典解读，如果可以把这部史诗比作维也纳华尔兹，那么赵树理小说可以说是其中的小调，说它是‘小调’，因为它并没有公然违背史诗，只不过增加了风趣的世俗化音节，使华丽的史诗更亲近下层，更日常生活化。然而，‘小调’改变了原有的抒情方式，意味着现代叙事文学的重要变革。”①

与同时代作家相比，同是描写革命历史题材，赵树理小说就像华尔兹向波士顿音乐靠拢，“速度变慢”，具有一种缓释性的效果。他的小说描写土改和农业合作化运动，其中有故事，而且小说家也非常善于将现实生活植入一个好听的故事，但这个故事的起承转合，却不是教科书上某一种观念可以严丝合缝地马上聚拢了的。与都市作家相比，赵树理就像一位农村善于说长道短的“说和人儿”，比如过去村里老少爷们、姑嫂婆媳、街坊邻里之间有矛盾，经常要找个人来评评理，把事情摆平，而不是动辄去府衙打官司。故事就这样展开了，小说里的人物与托尔斯泰笔下俄罗斯贵族的乡间生活几乎可说是风马牛不相及，但那也是人类集聚的场所，是中国的乡土社会。人物之间的“小奸小坏”“钩心斗角”以及“赏心悦目”的扯闲话、拉家常，使小说中的故事“一寸一寸都是活的”。虽然讲故事的人有自己的是非观念和写作立场，但这些都被如潮水一般涌来的密密麻麻的细节描写和人物对话淹没

① 董之林：《余情别叙》，南京师范大学出版社 2012 年版，第 58 页。

了，或掩盖了。小人物悲喜交加的命运传递出大时代转换的律动，使读者在那些“很土”的人物故事里看到自己身边的生活，比如沉醉于三十多年前生活幻境中难以自拔、与女儿小芹争夺女婿小二黑的三仙姑；倚仗宗族和军阀势力欺负外姓人的祠堂首领李汝珍；还有合作化时期处处想占别人便宜、偷鸡不成蚀把米的“小腿疼”和“吃不饱”，等等。与弘扬阶级和阶级斗争理论的宣教者不同，讲故事的“说和人儿”必然设身处地站在不同角度去揣摩角色的心思，倾诉乡土人士的各种看法，从而在更宽广、更为基层的背景下，展示乡土中国在向现代转型时的一切喜和忧。赵树理始终认为自己是革命队伍中的一员，事实上他也是这样做的，但他具有缓释性的小说，与当年激进的政治形势不相吻合，是当代文学史布满张力的实例之一，也可看作本土现代演绎的“剧情主线”不可忽视的重要方面。

不知我这样说能不能回答你的提问，但对我来说，回答的过程也是自我检省和总结的过程。因此，我再次感谢你和《新文学评论》，并感谢一切关心或有志于此项研究的读者。

叶立文：谢谢您的深入解答。我想您的看法，不仅有助于我们理解“十七年文学”的复杂面貌，而且也能够廓清文学史研究中的一些基本问题。再次谢谢您。

2014年7月于北京暑热中

正视当代文学史叙述内部的张力

1928 年，南京国民政府主席胡汉民为时任国民党宣传部长、考试院院长戴季陶著《日本论》作序。序言力荐此书，针对中国人对自己的近邻日本缺乏了解，学界科学性和批判力的缺乏，他开篇说："英国的历史家韦尔斯[英国著名作家，毕业于英国皇家学院。其著作有《时间机器》、《隐身人》、《世界史纲》等。]，于今年春间，发表一篇文字，同情于中国革命，而警告欧洲人，内里说及欧人之了解中国，决不如中国人之了解欧洲，大意欧洲人只是一些教士商人以及替教士商人说话的几个新闻通讯员，他们耳目既然狭隘，而戴了着色的眼镜观察，更其靠不住，至于中国人呢？却是一年一年许多留学生到欧洲，受学校的教育，和社会接近，经过长期的体察，自然不是前者之比。这一种比较的批评，认为公允，几乎令欧洲人不容易反唇相讥，中国人也觉得非常悦耳。不过我们一搜查中国留学生关于批评欧洲有系统的研究较为成器的著作，好像还未出世，中国人对于韦尔斯的公道评论，就怕要暗暗叫声惭愧。"他接着说道："不要说欧洲，就是日本，我们又如何呢？地理是接近的，文字是一半相同的，风俗习惯是相去不远的，留日学生较之留欧学生，数量要多十几倍，而对于日本，也一样的没有什么人能做有价值的批评的书。从好的方面说，小心谨慎，不轻于下笔，也是有的。从不好的方面说，就无异表示我们学界科学性和批判力的缺乏。"因此，他肯定戴季陶

“批评日本人要比日本人自己批评还要好”，“因为他不止能说明日本的一切现象，而且能剖解到日本所以构成一切的动力因素”，知其然而知其所以然①。

序言开场白至少有三层意思，一是如果“戴了着色的眼镜观察”历史，其叙述结果“更其靠不住”。二是历史叙述的诱惑力往往在时空遥远的阶段，对地理接近、文字一半相同等习焉不察的事物，则易失去研究的兴趣；或者以“蕞尔小国”一言以蔽之，轻易对历史盖棺论定，陷入盲目性。三是关于褒贬历史、臧否人物，“且让读者下最后的判断”，叙述者凡列举现象，最好的解决方案是剖解之“所以构成一切的动力因素”。胡汉民为《日本论》作序已经过去八十多年，相比戴季陶的《日本论》，现实读者恐怕更多人知道美国学者鲁思·本尼迪克特分析“日本人的柔美与暴力”的专著《菊与刀》，但戴、胡二位关于《日本论》一书对现代历史研究的见解，依然值得今天从事当代史研究的人镜鉴与深思。

中国当代文学是在二战和国内战争基本结束后的社会现代化背景下展开的，也是距离当今生活最近的文学。因此在20世纪50至60年代，其早期作品纠结了五四新文化和与之坚决否定的古典传统之间种种复杂的文化因素。这是进入和平年代，那些在战争时期只能在间隙生存的文学一次有力的发声。以小说家姚雪垠为例，1963年，他的长篇历史小说《李自成》(第一卷)出版，其创作初衷可以追溯至二三十年代的新史学运动。小说家对此回忆说：“一九三〇年前后是我国史学界思想十分活跃的时期，而当时的史学界情况对我这个小青年的成长发生过强烈的影响，在相当程度上决定我以后的文学创作道路。尤其我在四十七岁时，即一九五七年被迫突然转上创作历史小说的道路，而且在历史小说方面做出了我自己的独特贡献，这与

① 胡汉民：《日本论·序》，载戴季陶：《日本论》，九州出版社2005年版，第1—2页。

当时我在河大时所受的影响有密切的关系。”[①]当时正是马克思主义唯物史观在中国史学界筚路蓝缕时期，基于当年革命青年的热情与追随，后来姚雪垠不仅在小说方面，而且在对明末历史格局，即明王朝、清王朝和李自成农民起义军三股政治势力在军事、政治和文化上的博弈、较量方面，都有不凡见解[②]。之所以取得这些成就，源于小说家既有新历史观烛照，又能深入本土历史实际，认真调查研究，从而对历史不做简单化的比附。因此，1962 年 6 月《李自成》第一卷修改稿送交中国青年出版社后，姚雪垠曾应邀拜访明史专家吴晗，征求他对小说的意见。交谈中，对于姚雪垠在史料调查和把握上的周详，吴晗说：“看来论明初你不如我，论晚明我不如你。”[③]

50 年代短篇小说创作非常活跃，从总体来看，它们都敏锐而生动地反映了中国现代化进程给予社会生活的各种迫力。比如萧也牧的《我们夫妇之间》，表现“农村包围城市”的革命之后，知识分子和工农出身的干部进城后在生活趣味、审美标准上的裂痕加大。但小说不以对陈世美始乱终弃式的批判为结局，而倾向于知识分子大众化所体现的现代社会民主化，包括在文化普及中提升社会文明。尽管作品有许多阶级革命的词句，但透过当时时髦的字眼还是可以看出，不同社会阶层以取长补短的方式弥合分歧，对这样一种现代生活愿景，小说家持赞同的立场。紧随其后，一批“干预生活”的小说则反映了更为激进的社会政治诉求，并在强调以斗争实现社会发展的时代产生了更大影响。比如《组织部来了个年轻人》批评刘世吾暮气沉沉的生活态度，主人公林震甚至向“空气”挑战，希望解决或消除和平时期政府部

---

① 姚雪垠：《姚雪垠回忆录》，中国工人出版社 2010 年版，第 44 页。

② 董之林：《观念与小说：关于姚雪垠的五卷本〈李自成〉》；《由历史小说看五四时代的延续——论〈李自成〉研究再度兴起》。前者见《热风时节》（下）第七章第四节，上海书店出版社 2008 年版，后者见《余情别叙》，南京师范大学出版社 2012 年版。

③ 见高连英：《史学家与小说家的心灵碰撞——吴晗与姚雪垠一席谈》，载陈浩增主编：《雪垠世界》，中国青年出版社 2001 年版。

门和单位存在的“惰性”，它“散布在咱们工作的成绩里边，就像灰尘散布在美好的空气中，你嗅得出来，但抓不住”。邓友梅小说《在悬崖上》的结尾，把原本关于爱情、婚姻的日常生活故事，变成揭发加丽亚“在感情上剥削人”，男主人公“我”也“弄得像个资产阶级大少爷”的严峻的阶级对峙问题。这批“干预生活”的小说家随即在政治运动中遭受厄运，但他们也许未曾想过，那些为他们带来厄运的作品所形成的一种激进的文化氛围，也曾使文坛其他作家感到“压力”。所谓“压力”，与政治运动造成的伤害绝非同一回事，而是在社会变革中，生活方式迅速转型，发展节奏急剧加快造成的一种内心震荡与不安。比如这方面值得关注的两位女作家茹志鹃和刘真，茹志鹃《春暖时节》所描写的“大跃进”生活对女性“沉静、含蓄与内敛之美”是一种挑战①；她的《百合花》和刘真《长长的流水》则通过描写战争间隙生活的杯水波澜，表现在求生欲望压倒一切、残酷的战争环境中，一些小人物如新媳妇和小战士、大姐与小女兵“我”，反而不泯人性中的温良和友善，凸显出真纯与明净的人物性格。她们的作品当时受到批评界指责，认为回避写急风暴雨式的阶级斗争，因而未能有力地反映社会生活本质，跟不上“一日千里”的跃进形势。

“十七年”小说家几乎都与中国革命有割不断的血肉联系。从他们的出身经历和作品不难看出，这些作家本身就是共产党领导的革命组织成员。因此在上述作品中，无论小说家批评共产党执政期间的问题，还是对激进的建设形势抱迟疑态度，都无法证明他们因革命存在种种问题就要与共产党分道扬镳；或者在后来总结这一段文学史的时候，只把其中与社会主导趋势有所疏离的部分作为叙述的主要部分，而忽略了这些作家作品总体上仍然与现代革命息息相关。更不必说那种观点，由于“十七年”小说与革命密切

① 董之林：《盈尺集——当代文学思辨与随想》，河南大学出版社2009年版，第414页。

的关系，就在历史叙述中变得一文不值。如果套用胡汉民为《日本论》作序的话：从好的方面说，出于警惕和抵制当年极左思潮回流，小心谨慎，不轻于下笔，也是有的；从不好的方面说，无视文学具体情况，下车伊始就哇啦、哇啦，否认历史，“无异表示我们学界科学性和批判力的缺乏”。

然而，这里的确存在两种相互矛盾的看法：一，小说家是站在革命立场描写中国现代社会生活的；二，如果用当年关于社会主义现实主义等革命理论的标准来衡量，当年任何一部有影响的作品都未能达到理论的预期，根据这些理论的基本逻辑，可以轻易否定小说家的革命立场。因此“十七年”比较著名的小说当年在得到读者接受的同时，几乎都受到违背革命现实主义和革命浪漫主义的批判。如果暂时脱开政治运动批判对个人的伤害，这里问题的关键不在于作品与理论标准之间事实上存在距离，因为如果阅读同一时期的文学批评，你不能不佩服批评家发现问题的火眼金睛；问题的关键在于，一时代之文学听从一时代之文学观念的召唤，然而小说家一旦开始创作，随即进入一种知识生产不断增殖的过程，使原有理论规定性的边界逐渐模糊、甚至瓦解。中国近代以降，西学东渐，直到马克思主义在思想文化界独领风骚，成为中国共产党的理论指导思想。出于这种历史背景，特别是二战结束后冷战意识形态对新中国的诋毁，不仅上面提到的小说家，当时整个大陆文坛，几乎没人公开声明反对由中国共产党早期领导人接受共产国际领导并学习苏联而逐步确立起来的一套文学规范和标准，而且几乎所有人也都发自内心地期待，能在这些理论引导下去完成对中国革命的书写。然而历史的复杂性就在于，这些规范和标准无法框定小说家的创作。从文学革命化、大众化一路走来的小说家，出于对本土基层社会生活特有的体会，许多出色的作品都变成对“舶来”理论一种后现代式的胡涂乱抹。而且不仅限于文学，也涉及中国革命，都在小说艺术进程中作了本土化的改造和修正，或者说，那根本上就是一种改写。

曾在中国生活五十年、并担任过美国驻华大使的教育家司徒雷登，1949年不得不卸任离开中国，但基于他对中国革命的了解，在美国麦卡锡主义横行的严峻时刻，他却毫不动摇地声明，“就长远而言，中国的悠久文化传统将对中国的共产主义产生巨大的影响，而这种影响力将使中国的共产主义具有‘完全的中国特色’”，虽然“目前中国共产党的领导人决心实行他们从俄国学习到的正统共产主义的所有方法”，但最终一个有中国特色的共产主义肯定会出现①。固然并非有意所为，但“十七年”小说的确为司徒雷登这一颇有见地的看法提供了例证。农业合作化与革命历史题材是“十七年”小说的重头戏，像《三里湾》(赵树理)、《山乡巨变》(周立波)、《创业史》(柳青)和《艳阳天》(浩然)这样的长篇小说，其中也有阶级斗争，但更主要描写的是青年一代农民在革命形势鼓舞下，对中国农业现代化的憧憬与热情带动了农村的变革。像梁生宝、邓秀梅、王玉生、萧长春等人物虽然是农村生活中的“新人”，但与车尔尼雪夫斯基笔下“新人的故事”意义上的新人截然不同，他们身上更多的是中国传统道德给乡土基层生活留下的印记。比如他们都是庄稼院仁义厚道、勤劳能干的好后生，或者是心灵手巧、通达贤惠的好姑娘。他们被大伙儿推举为干部后，公正仁厚，埋头苦干，以身作则，言而有信，以实际行动感动了世代艰苦创业却没有成功的老辈人，使他们终于走上合作化道路，情愿或不情愿地跟上时代的变革。农业合作化运动的问题很多，我们也不能把小说就等同于现实，但小说家这样写，显然是对这场翻天覆地的革命采取了一种缓释性的、人性化的处理。在这些小说中，这场农村社会主义改造运动主要不是通过斗争、暴力驱赶、豪强吞并来完成，也不是靠叱咤风云的英雄人物把对手打翻在地、力挽狂澜的壮举，虽然小说里也有极少数坏人破坏，也有农业合作社对其展开斗争，但“合作化”的要义并不在此。小

① 郝平:《无奈的结局——司徒雷登与中国》，北京大学出版社2002年版，第407页。

说主要围绕邻里之间互助合作、发展生产来拓展情节，因此一些发生在庄稼院里日常生活的悲喜剧，才是社会变革脚步临近了的真实和主要的部分。像梁三老汉、盛佑亭（亭面糊）那样的农民最终加入农业社，不是因为他们对农业现代化理论和共产党的文件有多么深刻的理解，而是寄托着他们生活希望的年轻人、符合一种与传统道德密切相关的审美标准的好人在领导这场运动。好人都站在了农业合作社一边，于是他们也站了过来。从传统诗学的观点来看，就艺术而言，"一桩不可能发生而成为可信的事，比一桩可能发生而不可能成为可信的事更为可取"①。上述小说的表现手法不仅是艺术成功的经验，也说明即使在阶级斗争观念盛行的年代，中国的现代化道路也必然包含仁义礼智信等传统因素，而且从作品的相关描写来看，传统因素对实现现代化起了至关重要的推进作用。

在被誉为革命英雄传奇的历史题材小说中，传统因素更随处可见。不仁不义的人，即使做出惊天壮举，也很难称之为英雄。中国传奇小说中的英雄必然是讲求仁义的。比较突出的像梁斌的《红旗谱》，表现上世纪初河北一带农村和农民的生活，可谓乡情脉脉，儿女英雄。作者毫不掩饰自己受中国传统小说《水浒传》影响，批评家甚至把两部作品的情节作对比："情见骨肉的叮咛，如出同一口吻。"②小说描写滹沱河畔的阶级斗争，具体表现为朱老忠一家三代为维护乡村正义所付出的努力与牺牲。"平地一声雷"，朱老巩手持长刀制止冯兰池砸钟、占地，这一凛然义举开启了小说叙述的闸门。小说也描写了党的领导和革命的阶级感情，但如果离开朱、严两家意气相投的故事，比如朱老忠代病中好友严志和去保定监狱探视他的儿子严运涛，为朋友不惜两肋插刀，小说一定会变得索然无味。再比如欧阳山的《三家巷》

① ［古希腊］亚里士多德：《诗学》，转引自伍蠡甫：《欧洲文论简史》，人民文学出版社 1985 年版，第 19 页。

② 胡苏：《革命英雄的谱系——〈红旗谱〉读后记》，《文艺报》1958 年第 9 期。

作为“一代风流”系列的第一部作品，以传神生动的笔墨描绘20年代革命风暴袭来前广州市民的生活。作品结尾，周炳告别三家巷去上海参加革命，这时他面对大海高喊：“再见了可爱的家乡！”“家乡”一词仿佛在倒叙布满氤氲气息的南国昔日风景，白玉兰花开朵朵，铺着青石板路的巷子两侧，大户、小户人家的男男女女，仿佛在争相演绎鸳鸯蝴蝶派小说里的故事。在这种日子里，“阶级”和“阶级斗争”只是陌生而时髦的词汇。但在小说后半部分，“四一二”政变的枪声结束了三家巷青年们浪漫的恋情，区桃在沙面罢工游行时被枪杀，周家三兄弟变成被通缉和追捕对象，陈家大小姐也与周榕解除了婚约，阶级斗争的风暴瞬间席卷了传统生活的各个角落。这一切都不是三家巷年轻人所能决定、并且能预料的。小说家对于革命的转变过程进行了深入细致的描写，在三家巷年轻人当中，阶级压迫本不是生活的主题，但最终这些年轻人分化了，奔向不同的政治目标，革命威力之大从这里便可以想见。但这种描写显然不符合阶级压迫导致阶级革命的理论，而小说却通过革命发生的普遍性，更为有力地揭示中国革命发生的不可避免性，并预示从此社会、人生都将有新的开局。

追随中国实现现代化的脚步，“十七年”革命化的主流趋势，与此趋势中小说创作传递出的各种杂音，共同汇聚成一种本土特有的现代社会意识形态。除非有人能把文学置于一种真空状态，那当然只是一种幻想；否则，只要有革命化趋势，就会有各种不同声音存在。革命化的理论与革命化的小说实践似乎是一对天生的冤家，谁也灭不了谁，并由此形成一种紧张，一种张力的格局。而且如果不是从革命的教条出发，而从革命的本意出发，正是在现代政治革命推动下，文学才冲破古来已有的种种格套，催生出现代文学的实绩，并推动当代小说不断地面目翻新。实际上，“十七年”革命化的改造过程，也是小说改造或修正革命化的过程，正如小说对“大跃进”激进形势所表现的迟疑，对五四时期被打倒的古典文学传统的眷顾，对深受18、19世纪西方阶级革命影响的中国革命进程所进行的一种本土化改写。如果我们承认这种张力存在，那么可以毫不夸张地说，“十七年小说”以特有的本土化写作实践参与了中国当代意识形态的建构并影响至今，从而使这段距今已有半个多世纪的文学史，依然能引起研究者的兴趣，或者说，那也是其价值所在。

2014 年 5 月 15 日完稿于北京

中篇（1）

「非必丝与竹，山水有清音」

（晋·左思）

·絮语·

古人把弦乐和箫笛类乐器喻为丝竹，并泛指音乐。近代以来西学东渐，各种观念纷至沓来，如此局势之下，政治意识形态往往成为小说被隆重推出的华丽妆奁。虽然表现农业合作化、"大跃进"及强化阶级斗争时代的小说难逃时局所限，但小说家复杂的个人经历，剪不断、理还乱的思绪，却使他们经常跳出三界之外，沉浸在自然淳朴的人性与景致中，写经过心灵幻化的现实，也使小说里的人物故事打动了许多当代读者。

小说故里

——论当代“精神还乡”的一种写作动因

当一种精神现象以文字和概念的方式映入眼帘，进而作为客观对象被纳入研究视野，这先要归于现代心理学对于机械化、简单化的物质存在决定论的否定。一般说来，任何科学都难免不受到“不切合具体现实的责难”，文学研究由于研究对象自身“虚无缥缈”的特性，更容易遭此非难。但文学作品对于想象的传达，对一种精神现象的描摹，就像那些表面上看起来不能直接与现实结合的“概念”，“依然不完全是一种虚构，除非你宣布一切思想的结果都是虚构”；因此，对它们所具有的客观性“便不能一笔抹杀，斥之为唯心论”而不屑一顾。心理学家弗洛伊德曾顾虑到这一点，他辩解道：“对于描摹像人类的心这样不可捉摸的一种东西的尝试，不要责备得太严罢。”①

（一）

周立波小说《暴风骤雨》《山乡巨变》等，以表现现代中国革命进程中土改、农业合作化运动而著称于世，也伴随“告别革命”时代的到来而为人诟病。无论小说出版当时，批评周立波描写的人物事件没有跟上革命形势发

① 参见［英］奥兹本著：《弗洛伊德和马克思》，董秋斯译，三联书店 1986 年版，第 189、190 页。

展,没有深刻地揭示革命阶级的先进性,或社会主义社会的本质;还是"文革"以后,认为他的小说"跟形势太紧",甚至被看作是极左政治的"附庸",其实批评者的思维方式并无太大区别。这些乍看上去迥然相异的批判,其哲学的基本点都在于小说没有真实地反映社会生活的客观实际;而当代小说至高无上的理想,应该是对时代与社会的真实反映。关于作品的真实性,什么样的描写是真实的?什么样的描写不是真实的?这些争辩纠缠不清,使人如坠入五里云雾,连确曾发生过的历史事件也真伪莫辨起来,使这部分作家及其作品逐渐淡出人们的视野。

但争论并非毫无意义。文学研究的精神辩证法问题,伴随争论也浮出水面。何谓"客观实际"?出自不同的观察角度,人们对同一时代的历史事件可以得出完全不同的结论。视角改变视界,以至于改变了"世界"的模样,这是当今影视界乃至文化研究中一种流行见解。于此意义,上述对周立波作品反映"客观实际"褒贬不一的评价,更类似于是对看问题角度方方面面的展示,在每一种力图阐释和评判作品的结论背后,实际上都有论者对土改、合作化运动的不同看法。虽然我无法断言,所谓客观世界就是人类情感与思维活动的倒影,现实往往与人的主观意愿大相径庭,但视角和情感方式对于认识所起的作用,的确是不容忽略的现实一种。因此,在对以客观世界为表象的文学的研究中,我们将不得不冒着"唯心主义"的责难,把想象、虚构所包含的情感和思考方式也作为一种客观存在,纳入自己的研究视野。另外,还有一个更值得注意的问题:如果认为只有文学作品所涉及的社会生活内容才是最要紧的,小说的描写对象与批评家眼中的客观实际能否"对号入座",才是评判作品的唯一标准;那么,除了一堆不同时代的历史定义之外,文学所包含的复杂精神活动,所引发的美感和生气勃勃的思想,便通通不见了踪影。而对于这样的文学实际,对于小说偏离既定历史定义的文学反映,我们又该作何解释?

小说家有虚构的权力,这是说作品描写的人物、情节线索不可以与现实一一对应,它们都是作家想象和虚构的产物。但就作家的写作动因,连同由此激发的文学想象所构成的一种精神现象,却无法以虚构全然解释。否则,以虚构解释虚构,将陷入循环论证的怪圈。西方文论家艾布拉姆斯曾经赋予诗人或作家心灵以"自然"的含义:当作品"不再被认为主要是实际的或拔高实际的,对自然举起的镜子变得透明,使之得以洞察诗人的思想和心灵"。根据他的意见,对文学的探索,如果不再局限于一种机械的反映论,或者文学批评的职能不应该仅仅是对作品与既定历史结论的相关印证,比如说它们是符合"实际的或拔高实际的",而作为"探寻个性的指南",使人得以"洞察诗人的思想和心灵";那么这种文学研究的精神辩证法,实际上已经成为艾布拉姆斯诠释 19 世纪初浪漫主义批评传统"不可避免的结果"①。于是,被机械反映论摈除的"诗人的思想和心灵"的意义,或者以往"文学是现实反映"定义中被忽略或断送了的一翼,在这里得到重要修正。

考察小说《山乡巨变》的成书过程,其写作缘起,恐怕比一种就事论事的解释远为复杂。1954 年 11 月,周立波回湖南益阳家乡,"参加了益阳县谢林岗区发展互助组、建立初级农业社的工作,并回老家邓石桥清溪村生活了一段日子";1955 年冬,"老家益阳邓石桥乡试办高级社,他积极动员亲友带头转社,并拿出一笔稿费支援农业社建立果园、畜牧场,开办俱乐部";1956 年 1 月他再次"回湖南益阳桃花仑,参加办社";1957 年 10 月,"重返湖南益阳桃花仑,兼任乡党委副书记,参加农村整党整社工作,并为《山乡巨变》续篇积累素材",同年 12 月回北京,"《山乡巨变》正篇定稿";1958 年 7 月,《山乡巨变》正篇由作家出版社出版。因此,出版社为小说写的《内容说明》,有充分理由将作品定位于配合形势的农村革命叙事:"这部小说,从反映的历

① [美]M.H.艾布拉姆斯:《镜与灯——浪漫主义文论及批评传统》,郦稚牛、张照进、童庆生译,北京大学出版社 1989 年版,第 26 页。

史情况和典型意义看,可说是《暴风骤雨》的续篇,虽然一个写的是东北地区的土改,一个写的却是湖南山乡的农业合作化运动。它们是中国农村的两次暴风骤雨。"①

单从《山乡巨变》这一成书过程来看,小说的确是作家响应号召,积极投身农业合作化运动,在描写"东北地区的土改"《暴风骤雨》之后,对农村革命运动的继续书写。但从熟悉周立波的人对他这一时期经历的回忆材料中,却可以看到与上述概括不尽一致的作家写作动机。在频繁地返回家乡并开始创作《山乡巨变》的时候,周立波内心也正在经历一场"暴风骤雨"。如何参与和表现既有的现实?急风暴雨式的革命结束之后,生活发生转向,写作的艺术驱动力又在哪里?时任《人民文学》副主编葛洛回忆说:

> 同立波同志重新相处的日子久了(指1953年后),特别是到了一九五七年左右,我从他的身上又发现一些变化。过去在延安的时候,他经常在各种会议上慷慨发言,今天,无论参加党内或党外的会议,他都发言不多,发起言来也不容易说到点子上。过去,他在待人接物方面虽不精明,却也不是一个迂夫子,今天,他最大的弱点好像就是不懂得搞好人事关系的重要性,并且极端缺乏处理私事的能力。这些,曾经引起他的夫人、我的同学和好友林蓝同志的不满,她曾对我发牢骚,引用别人的挖苦话,讽刺立波同志是个"红领巾",书呆子。我说,我认为立波同志的这表现不是退步而是进步,不是缺点而是优点。林蓝同志当然同意了我的看法。后来,立波同志听到了别人对他的这种议论,他的脸上呈现出一种很严重的尴尬表情,后来转化成一种无可奈何的苦笑。②

① 《周立波生平年表》,载李华盛、胡光凡编:《中国现代文学研究资料汇编(乙种)·周立波研究资料》,湖南人民出版社1983年版,第41—44页。

② 葛洛:《悼念周立波同志》,《北京文艺》1979年第11期。

通过葛洛的回忆,如果我把“尴尬”和“无可奈何”作为《山乡巨变》等周立波一系列表现农业合作化题材小说的写作动因,的确与以往对这位革命作家的阐释,以及作品对新人新事描写中洋溢着希望的热情很不相符。但我们又不能不看到《山乡巨变》在酝酿和产生其时,作家对自己思想与情感经历一种迂回的表达。1949 年共产党政权建立后,大批农民和底层出身的干部进入城市,城市较之农村生活的便捷与优越,以及享有优越生活而越来越须谨遵的科层秩序,使周立波对接踵而来的政治运动中复杂的人际关系很不理解。他当时“最大的弱点”:一是“不懂得搞好人事关系的重要性”;二是“极端缺乏处理私事的能力”。革命胜利了,但对于隐藏在充满革命言辞的时代背后追逐个人利益的企图不能够理解,或者即便理解也不情愿去正视、更别说去逢迎,这种执拗的心理不仅使周立波“错过了”许多个人和家庭的利益,而且他不入俗流的举止也必然遭到社会上“书呆子”和“红领巾”一类的讽刺、挖苦。因此,这位对革命寄予至真至纯理想的艺术家,对进城后的生活“呈现出一种很严重的尴尬”,便是再自然不过的事了。

与反感和直接的对抗不同,尴尬是一种进退两难的心理困境。周立波从不怀疑中国现代革命发生的必然性和必要性,甚至对任何怀疑和动摇的言辞都报之以非常激烈的举动。陈涌曾在文章中指出:周立波不是一个平静的学者,“在他身上常常令人感到有一种革命的本能”。由于他过去穷困的出身,求学过程因追求思想进步而被学校开除、后来又因投身工运入狱的经历,使他“听不得任何对革命不利的话,不管什么场合,听到这样的话都会使他激怒,这时候,说不定他就会一个茶杯摔过去,或者一个板凳掉过去的。在一个欢迎会上便发生过一件这类的事。以致当时在场的周扬同志也慌起来,说:‘你怎么能只是匹夫之勇!’”①

---

① 陈涌:《我的悼念》,《人民文学》1979 年第 11 期。

到了酝酿写作《山乡巨变》的50年代,虽然在社会公开场合已越来越听不到"对革命不利的话",但周立波对这样的"革命形势"反而越来越含糊起来。周立波的"十七年"作品主要是新中国工农业题材或追忆革命战争年代,而对于都市、政治运动,这些与他最为切近的生活内容却很少见诸笔端。一方面,他写农业合作化题材小说,其中有作家个人对时代政治的关注(关于作家与时代政治的关系,本文后面再谈);另一方面,更有他作为一位颇具唯美倾向的艺术家[①],对于当代艺术资源的重新考量。周立波曾经对关心他作品的朋友抱怨说:"现在生活变化太快,我看不准。"[②]他说这话的时间已经到了60年代、"文革"前夕,但创作先于表白,从1955年《山乡巨变》写作开始,周立波已从过去一种紧密配合政治革命的现代文学潮流中抽身而退,转而关注在政治说教的表象遮掩下,乡村生活真淳、质朴的一面,实现作家一种"精神还乡"的艺术追求。或者说,这一面相的生活,成为周立波进城后失落情绪得以缓解和宣泄的渠道,成为艺术的再生资源。对艺术创造中美的再度发现,使后人不断否定的农业合作化运动在周立波小说中得到了由衷的赞美。

(二)

选材和表现方式上的变化,可看作是周立波对高度政治化时代广为流行的"上有好之,下必甚焉"、现代科层政治意识形态的无声抗辩。我这样说,主要原因在于周立波与当时一般狂热地吹捧政治运动的追波逐浪者不同,不是说周立波脱离了政治,关闭在与世隔绝的"象牙塔"里写他的小说;

---

① 董之林:《周立波小说的唯美倾向》,载《热风时节——当代中国"十七年"小说史论(1949—1966)》(下),上海书店出版社2008年版,第149页。

② 葛洛:《悼念周立波同志》,《北京文艺》1979年第11期。

他就生活在政治潮流中,但他的作品却有他对生活的独立见解,从而使他所描写的农业合作化运动,让人产生一种对于运动的游离感。《山乡巨变》正篇发表和出版时,与评论界称颂这是一部热情讴歌农业合作化运动小说的意见稍有不同,王西彦先生当年的文本细读更切近周立波作品"精神还乡"的本意。1958年王西彦《读〈山乡巨变〉》文章发表,文章开宗明义写道:"作者从一个派到清溪乡去负责搞农业合作化运动的县干部,县团委副书记邓秀梅入乡写起,一直到全乡建立成五个初级农业生产合作社为止。作者所以要这样做,很明显,是为了写出党在农业生产合作化运动里的领导作用。这一条红线,在作品中通过邓秀梅,乡支部书记李月辉,以及围绕在她们周围的一批积极分子形象,从头到尾贯串着。就是这样一些人,把清溪乡的合作化运动,推向一个形势逼人的高潮,成为整个合作化运动中的主流。"①文章对小说的概括紧扣着作品实际,却并不符合当时的政治潮流。毛泽东在《关于农业合作化问题》一文指出:

在全国农村中,新的社会主义群众运动的高潮就要到来。我们的某些同志却像一个小脚女人,东摇西摆地在那里走路,老是埋怨旁人说:走快了,走快了。过多的评头品足,不适当的埋怨,无穷的忧虑,数不尽的清规和戒律,以为这是指导农村中社会主义群众运动的正确方针。

否,这不是正确的方针,这是错误的方针。

目前农村中合作化的社会改革的高潮,有些地方已经到来,全国也即将到来。这是五亿多农村人口的大规模的社会主义的革命运动,带有极其伟大的世界意义。我们应当积极地热情地有计划地去领导这个运动,而不是用各种办法去拉它向后退。……

---

① 王西彦:《读〈山乡巨变〉》,《人民文学》1958年7月号。

> 总之,领导不应当落在群众运动的后头。而现在的情况,正是群众运动走在领导的前头,领导赶不上运动。这种情况必须改变。①

与《暴风骤雨》有所不同,《山乡巨变》对于革命形势的描述从一开始就与领导者的说法有严重分歧。具体说来,清溪乡农民加入农业合作社的愿望并不像领导者说的那么强烈,县里干部虽不能说"落在群众运动的后头",但当地也没出现一种自下而上、农民自发要求组织农业合作社、"群众运动走在领导的前头"的局面。因此当时有批评随即指出:"《山乡巨变》在反映现实的深度和广度方面"存在明显的问题。小说"背景是 1955 年初冬,那正是毛主席关于合作化问题的报告发表之后,我国农村社会主义改造的高潮中。但是我从小说中感觉不到那么一种轰轰烈烈蓬蓬勃勃的气象"。不仅没有"高潮"气象,小说"在邓秀梅到来之前,清溪乡仿佛还是处于静止的沉睡状态中"。批评者还说:"小说中感觉不到那种农民从亲身体验中得出的'除了社会主义,再无别的出路'的迫切要求。只是因为邓秀梅带着上级的指示来到清溪乡,清溪乡才动起来。我只看见干部们忙于说服这个,打通那个,只看见一些落后分子对合作化的怀疑、抗拒,(虽然这写得很出色)这样,人们就很难理解这里的高潮究竟是凭着什么基础搞起来的"②。这种看法与王西彦对小说发生背景的描述虽然褒贬不一,但从两个方面都证实了一点:周立波小说与中央文件的精神的确存在分歧。至少周立波在农业合作化运动究竟自下而上、还是自上而下这一点上,并没有太多的政治敏感,也不将其作为小说关注的焦点。

小说的聚焦点显然另有所在。小说出版当年,有读者问周立波:"虽然整个作品的中心是围绕'建社'问题,但在具体的故事情节方面,缺乏一个中

① 毛泽东:《关于农业合作化问题》,载《毛泽东文集》第六卷,人民出版社 1996 年版。
② 萧云:《对〈山乡巨变〉的意见》,《读书》1958 年第 13 期。

心线索贯穿全篇。不知作者对这个问题怎样看法？在写作过程中对于情节结构方面是怎样构思的?”周立波回答:“创作《山乡巨变》时,我着重地考虑了人物的创造,也想把农业合作化的整个过程编织在书里。我这样做了,不过是着眼点有远有近,落墨有淡有浓,考虑到运动中的打通思想,个别串连,最适合于刻画各式各样的人物,我就着重地反映了这段……”关于小说缺乏表现农业合作化运动的整体结构,把刻画人物放在首位,使作品布局“显得零乱”,对这方面意见,周立波进行了一番措辞婉转的辩解:“我想,人们可以感觉得到,合作化是一个全国性的规模宏伟的运动,上自毛泽东同志,下至乡的党支部,各级党委,全国农民,都在领导和参加这个历史性的大变动。清溪乡的各个家庭,都被震动了,青年和壮年男女的喜和悲,恋爱和失恋,也或多或少地,直接或间接地和运动有关”,这些人物生活中的矛盾,“就是贯穿全篇的一个中心的线索”①。

在政治运动高潮期间,周立波对读者提问的解答,主要不是为自己辩解,讲小说怎样地配合了运动,或者小说的“中心”就是围绕“‘建社’问题”。他诚实地回答,小说的“中心”就是“刻画各式各样的人物”。在表现清溪乡农业合作化运动的写作中,周立波说,他认为哪一段最适于他生动地刻画人物,他“就着重地反映了这段”。这样的回答,与政治激进化的形势显然是有距离的,但重要的是它符合小说的实际,也符合周立波题材选择的实际。《山乡巨变》最成功的描写对象是人物,特别是那些思想不那么先进,却与清溪乡生活血脉融通的芸芸众生。这些人物生活在农业合作化运动中,但运动只是他们日常生活一部分;不是说作品的描写有意地想要背离运动,而是运动因为有了生活中这些人物,才获得一种真实存在的理由。运动不是被上级机关指派下来的清溪乡生活的附着物,而是反映中国现当代农民生活

① 周立波:《关于〈山乡巨变〉答读者问》,《人民文学》1958年7月号。

不可或缺的一部分。经过作家对故乡的抒情描写，对人物的生动刻画，那场被看作改变中国农民命运的政治运动，与清溪乡当年生活的风景已融为一体。

从作家和批评家个人来说，周立波绝不是喜欢落后人物的作家，王西彦也不是鼓励描写落后人物的批评家。但是在他们眼里，人物“落后”与“先进”两极化的写作模式，在小说艺术中并不占有先机。如果人物形象抛开了真、淳、朴、拙的性格特点，先进也好，落后也罢，似乎都不在他们艺术发现的视野之内。作家和批评家在对小说艺术探索中，对人性可爱的一面，或者对何谓“人类之爱”这个艰难的艺术问题，有颇为独到的理解和表现。《山乡巨变》中盛佑亭的性格就像他的外号“亭面糊”：故乡的生活已经跨进现代门槛，但他却拖拖拉拉地“不识时务”，更不会见风使舵。土改后，别人都争着要“贫农”的好成分，他是贫农，却怕被人看不起，到处说“我也起过好几回水”，是发过财的人。他成分好，但那种“亲不亲，阶级分”的阶级斗争观念，与他一点也不搭界。他对乡里乡亲的没一点戒心，“不问对象，一张嘴巴乱说”，随随便便就对人“推心置腹，披肝沥胆”。他不知道迎合领导，开会就打鼾，也不管在领导眼里，这会议有多么重要。老贫农陈先晋“从十二岁起，就下力作田，四十年如一日，简直不歇气”，是“村里数一数二的老作家，田里的功夫，门门里手”，好不容易开出一亩山地，甚至连土改分给他的五亩水田都比不上它金贵。他相信自己大半辈子的经历，无论种田还是世道，他反对任何微小的变化，更不要说“入社”这样的事了。但他的儿子和女儿、女婿坚决要当农村社会改造的积极分子，他在守住土地还是守住儿女亲情上必须做出抉择，最后“没得办法”，只有“入社”。刘雨生是农业合作化运动积极分子，但他的前妻张桂贞，因不满丈夫每天在外面忙公事，冷落了自己，又怕农活辛苦，一心想嫁到城里去。小说对这位农村妇女的描写也很生动，正如她事事以自我为轴心，不大考虑别人的感受和想法，从而也是一个把自己封闭在狭小天地的人。她以为只要和刘雨生离婚、嫁到城里便一好百好，却从没想过，她想嫁的城里人如何考虑她："谁知道街上（指城里）那边嫌她不是红花姑娘，不肯要"，结果落得个"扁担没扎，两头失塌"。

不仅"落后"人物，农业合作化运动的积极分子也是乡村生活的普通人。乡支书李月辉一点也没有当官的架子，无论遇到什么事，他都"不急不缓，气性和平"，"全乡的人，无论大人和小孩，男的和女的，都喜欢他"，喊他"婆婆子"。他说："我最怕的是人家怕我"，"我一逞性，发气，人家都会躲开我，还做什么工作呢？"他一心一意为大伙办事，在群众中威信很高。特别有趣的是，小说写他在农业合作化初期，曾与区上的同志一起犯过"右倾的错误"，他形容自己慢吞吞的性格："像我这样的人是檀香木雕的菩萨，灵是不灵，就是稳。"这些话当时被看作"右倾"言论，但丝毫未减村民对他的信任。邓秀梅刚到清溪村，见亭面糊听信谣言，就问大伙是不是都相信，盛淑君斩钉截铁地回答："李主席没讲过的话，我通通不信。""李主席"就是乡农会主席、支部书记李月辉。由此使人得出这样的结论，村民们最终都入了社，并不在于他们对中央文件有多么深刻的理解，他们不在乎这场运动究竟是"自下而上"，还是"自上而下"，关键是有李月辉这样让人信得过的农村基层干部，有这样具有纯朴善良的人格魅力的人带领他们。

小说各章有小标题，向读者介绍一个一个人物，比如"支书"，"面糊"，"菊咬"，"淑君"等，每个人物都有自己的一段故事。这一段又一段的人物故事，平凡是平凡极了，当他们汇集在一起，这部反映农业合作化运动小说的特点就充分展现出来。当农业合作化运动作为农村现代化发展的第一步、轰轰烈烈展开的时候，当农民正在经历一场土地与个人分离的自我革命，即把刚刚分到手的土地又交出去的时候，因为有邓秀梅、盛淑君、李月辉、盛佑亭、陈先晋、刘雨生、张桂贞等这样一些人物，有他们生活中那些活灵活现的命运轻喜剧，这场农业现代化运动在清溪乡，不表现为对农民生硬的剥夺；

用现在时兴的话说，它切切实实地体现为一种“软着陆”。也许有人认为，周立波把这一切都加以喜剧化，或美化了。但只要仔细读过这部小说，你不得不承认作家表现了这样的实情：农业合作化运动在盛佑亭、陈先晋这些曾经过着贫苦生活的农民中间，的确没有“自下而上”的基础，但是由于小说“写出党在农业生产合作化运动里的领导作用”“把清溪乡的合作化运动，推向一个形势逼人的高潮，成为整个合作化运动中的主流”，在这样的时代潮流面前，农民们也并无执意地反对，更没有由反对而发展为直接对抗的行为，农民的政治觉悟与对李月辉、刘雨生等村社干部的信任是紧密联系在一起的。作家通过描写“有家皆掩映，无处不潺湲”（唐·杜牧《睦州四韵》）的乡村景致，写人物妙趣横生的家长里短，把这场由政治革命引导和推动的乡村巨变，演绎成为一种合乎人情事理的生活故事：老一代农民和乡村陈旧、保守的生活方式，不得不向充满青春躁动、并对未知前景充满渴望的青年一代低头、让路。

这里再举邓秀梅对盛淑君谈论爱情为例。小说描写乡里年轻人在合作化运动中产生了爱慕之情，邓秀梅对她的好友盛淑君说：

> 这是一种特别厉害的感情，你要不控制，它会淹没你，跟你的一切，你的志向，事业，精力，甚至于生命。不过，要是你控制得宜，把它放在一定的恰当的地方，把它围在牢牢的合适的圈子里，好像洞庭湖里的滔天的水浪一样，我们用土堤把它围起来，就会不至于泛滥，就会从它身上，得到灌溉的好处，得到天长地远的，年年岁岁的丰收。

批评家认为小说这番描写的语言显得突兀是非常有道理的①。农村青

① 王西彦：《读〈山乡巨变〉》，《人民文学》1958年7月号。

年在婚恋问题上的表现是测量社会现代化程度一个重要的参数。清溪乡年轻人在这方面，不仅行事做派，就连语言表达都染上都市“小布尔乔亚”色彩，更打破了乡村传统生活的限制，打破了男女情事间授受不亲、不敢正视的旧时代氛围。邓秀梅说这一番话，原本是青年干部在“做工作”，但作家一如既往地把这种“工作”，把容易概念化的说教，点染成闺中密友互诉衷肠的场景，从而使盛淑君改变了自己原来对邓秀梅“不正经”的想法，并且大胆追求自己爱恋着的陈大春。年轻人的爱情“好像洞庭湖里的滔天的水浪一样”，这是现代农村变革必然取得胜利的先兆。陈大春是陈先晋的儿子，像陈先晋这样比较守旧的老一辈农民，在儿女们渴望新生活的压力下也不得不屈服，即使他们对农业合作化运动不理解，不赞成，也不得不跟着时代、跟着儿女和家人往前走了。

(三)

以底层人性格的真淳为美，这是五四新小说经由左翼革命文学和文艺大众化运动之后，中国现代文学发生视角向下的根本性转变。虽然《山乡巨变》中比较成功的人物形象，不要说盛佑亭(亭面糊)、王菊生(菊咬金)、陈先晋们；即使李月辉、邓秀梅这些积极推动合作化运动的基层干部，也都不是“无产阶级革命文学”的“样板戏”中，已经带有某种“贵族化”倾向、或超现实主义品质的英雄。这些人物的共同之处就在于，他们都是中国乡村社会巨变中的普通人。他们对新事物的敏感以至于惶惑，对旧事物的依恋与刻意守成，特别是在不可逆转的社会变革形势下，他们的无奈与容忍，承受压力的柔韧与坚强，还有对家庭和亲人无法割舍的眷恋之情，都被作家刻意地展现出来，使读者从积极的角度来理解和建构农村社会主义现代化改造的合理性。没有这样的人性基础，很难想象中国农村能在这样一场激烈的变革中实现“软着陆”。但与此同时,如果没有这一幕急剧变革的历史,没有知识分子作家的投入,这些人物可爱的性格也无以照亮,他们将仿佛仍处在“沉睡状态中”,使人永远无法进入他们心灵世界真实的一幕。因此读了这样的小说,日本学者竹内好概括其中的人物是“与整体融合在一起的人物”,作家“从新的立场出发,来把握人类和社会的准确性,我不禁赞叹不已”。对于小说“作为新的叙事诗而问世。这对于我来说,的确是一个很大的震动。同时,对于力图恢复与人们的合作的我来说,也给予了极大的勇气”①。虽然竹内好说的是赵树理小说《李家庄的变迁》,但同处于文艺大众化的写作实践中,无论赵树理的《小二黑结婚》《李家庄的变迁》以及其后的《三里湾》,还是周立波的《山乡巨变》,在注重描写农村普通人性格和内心世界这一点上,他们可谓异曲同工。

不过,与竹内好所说的普通人“与整体融合”有所不同,周立波笔下人物各自的性格都有“超凡脱俗”的一面,当作家深入这些人物内心世界,人物性格的各种复杂因素就被揭示出来,在此意义上也可以说,每个普通人都扮演着各自生命历程中的英雄或主角,都有复杂的、犹如翻江倒海一般的人性体验。说到这里,我们不能不提到周立波作为现代中国背景下成长起来的知识分子在文艺大众化运动中取得的收获。这一特别的收获,也由于有周立波、赵树理、柳青、李準等一批作家作品联袂出现而非比寻常。它绝不是一味地强调“通俗浅近”“降低文学标准”,以及对大众屈尊俯就的态度便可以成就得了的。

首先需要考察的,是这些作家作品与毛泽东《在延安文艺座谈会上的讲话》(简称《讲话》),以及和政治的关系问题。《讲话》是毛泽东在抗战背景下集中讨论文艺工作与中国革命的关系,文艺如何为工农大众服务,文学艺

---

① [日]竹内好:《新颖的赵树理文学》,载黄修己编:《中国现代文学史资料汇编(乙种)·赵树理研究资料》,北岳文艺出版社1985年版,第486页。

术的源泉从何而来，普及和提高的辩证关系，以及作家和知识分子思想改造等一系列文化工作的纲领性文件。1943 年《讲话》“传到太行山根据地以后”，赵树理“读了非常兴奋”，因为在《讲话》发表以前，赵树理“常与人辩论文艺大众化问题，虽然文艺界不给他立案，他却一直坚持”。这次看到《讲话》，他逢人便说是“毛主席批准了他的主张”①。周立波这方面的写作虽然迟缓一些，但他也从自己的文学经历中感到文艺大众化对于确立“文学的现代自律性”具有至关重要的意义②。为了实现这种文学观念的转变，他决心“抛除”“爱惜知识分子的心情”，还有“十足的旧的知识分子的坏脾气”，以便“参加生产和斗争的群众”中去③，也就是做到如《讲话》所说的：

中国的革命的文学家艺术家，有出息的文学家艺术家，必须到群众中去，必须长期地无条件地全心全意地到工农兵群众中去，到火热的斗争中去，到唯一的最广大最丰富的源泉中去，观察、体验、研究、分析一切人，一切阶级，一切群众，一切生动的生活形式和斗争形式，一切文学和艺术的原始材料，然后才有可能进入创作过程。④

赵树理和周立波的例子表明，《讲话》并非横空出世，仅仅出于领袖人物高瞻远瞩，实际上其中的思想和观念，有五四新文化一路走来的文学实践作

① 史纪言：《赵树理同志生平纪略》，《汾水》1980 年 1 月号。另外参见荣安在《人民作家赵树理》一文写道，1949 年赵树理回忆说：“在十五年以前（即 1934 年）我就发下洪誓大愿，要为百分之九十的群众写点什么东西，那时大多数文艺界朋友虽倾向革命，但所写的东西还不能跳出学生和知识分子的圈子。”《天津日报》1949 年 10 月 1 日。

② 参见《周立波小说的唯美倾向》，载《热风时节——当代中国“十七年”小说史论（1949—1966）》（下），上海书店出版社 2008 年版，第 157、158 页。

③ 周立波：《后悔与前瞻》，延安《解放日报》1943 年 4 月 3 日。

④ 毛泽东：《在延安文艺座谈会上的讲话》，载《毛泽东选集》第三卷，人民出版社 1966 年版，第 817、818 页。

为导引。在此意义上,《讲话》是对五四新文学直到文艺大众化运动十分深刻的经验总结。毋庸讳言,《讲话》的确带有战时政治动员的性质,但通过赵树理、周立波等现代作家的文学经历,它又不仅仅是政治动员,同时还兼具对现代文学嬗变趋势的发现和参与。如果说这种发现和参与也是一种政治,那么我们可以将其视为政治革命对新文化变革所起的强有力的推手作用,正如五四新文化伊始,也由于得到革命家推动才形成滥觞之势。但问题的关键在于,在这些文学改变的经历中,政治家的推动要以文学和文化变革的自身要求为依据。如果像赵树理、周立波等一大批现代作家没有对现代文学变革的渴望,如果左翼文化人没有那么热情地投身于延安这一工农革命的根据地,无论怎样的政治动员和领袖演讲,大概都不会有他们积极响应,不会有文艺大众化运动在现当代文艺领域结出的果实,并成为现当代文学史上无法磨灭的重要篇章。

还有关于《讲话》以后作家的主观选择问题。作家在政治革命中是否丧失了自我?他们是依附于政治的传声筒,还是在《讲话》的支持、推动下,继续实现现代文学变革的坚定有力的实践者。如文章前面所述,周立波《山乡巨变》看上去是一部紧随政治形势,表现轰轰烈烈农业合作化运动的小说。但是按照当时社会主义现实主义文学的标准,按照无产阶级革命文学须塑造叱咤风云的无产阶级革命英雄形象的标准衡量,周立波作品实在有“大帽子底下开小差”之嫌。其主要问题,并不在于作者对农业合作化运动的态度,他对这场运动举双手赞成;而是作品对运动、对人物的具体描写,与激进的政治局势和文学标准相距甚远。

作家的文学观念与某一时期政治倾向发生矛盾,不仅表现在50年代的《山乡巨变》,在40年代的延安,周立波一面强调《讲话》、改造小资产阶级思想的重要性,一面又对所谓的“资产阶级艺术”心驰神往。如何理解这种矛盾?这种表面上的对立实际上却有一种特殊的逻辑关系。分析这种关系,可以为理解他后来作品中政治倾向与艺术描写的冲突提供必要的线索。回忆他在延安经历的文章指出,周立波“在讲课当中也时时流露出他的弱点”:“立波同志有精致的艺术口味。他欣赏法国梅里美这样雍容优雅的作家;他讲究文体,他翻译的基希的《秘密的中国》便是十分讲究文体的。这和他的性格的某些方面和他的整个文化修养大约是分不开的。但当时他对梅里美似乎太激赏了,记得《西班牙书简》写到一个强盗在一些贵妇人面前竟彬彬有礼,以至这些贵妇人虽然知道他是强盗而且明知道他的用意,也都觉得受宠若惊,几乎是自愿地把自己的戒指给了他,而立波同志对这些地方也真有点津津乐道,赞叹备至。当时也有一些同学,虽然也敬服梅里美在艺术上的精湛、完美,却更倾向于俄国文学的强烈深厚,博大深雄。他们是非议过立波同志的欣赏趣味的。”①另有回忆文章也谈到这一点:“立波同志在鲁艺讲授‘名著选读’,很受学生欢迎。他讲托尔斯泰、巴尔扎克、高尔基、莫泊桑、曹雪芹……常常穿插一些生动的小故事,使同学们听起来感到很有味,前去听他讲课的越来越多。但他有时也插进一些无甚深意、仅仅引人发笑的小故事,招致了一些人的反感。”②把这些文字材料串联起来看,那些招致“反感”的“弱点”,也就是周立波文学观念的一些特点。周立波很早就开始关注,人物性格和内心复杂多样对于文学创作是至关重要的问题,比如强盗也会“彬彬有礼”,贵妇人也会对强盗“受宠若惊”,他把这些超乎常态而又兼具人情事理的人性表现视为“艺术上的精湛、完美”。这些人物形象塑造的成功经验对于周立波——特别对他投身于文艺大众化的写作——产生了深刻影响。名著中每个人物形象都不乏对生活惊心动魄的感受,无论社会上层的贵妇人也好,社会底层的强盗也罢,只要进入艺术家写作的范畴,每个人

① 陈涌:《我的悼念》,《人民文学》1979 年第 11 期。

② 严文井:《我所认识的周立波》,载李华盛、胡光凡编:《中国现代文学史资料汇编(乙种)·周立波研究资料》,湖南人民出版社 1983 年版,第 104 页。

物形象都是活在自己内心深处的英雄或主角。在艺术创作中,他们也理应受到作家充分的礼遇和尊重。

延安时期,周立波讲授的“名著选读”课给学员留下深刻印象。一方面他们认为周立波讲授的外国“名著选读”课开阔眼界,对了解文学名著、提高文学修养很有帮助;另一方面又有些“反感”,“反感”的主要原因是认为周立波对梅里美的“激赏”,偏离了《讲话》“文艺为工农兵服务”的方向。这种分裂的接受体验,指向大众化文艺与名著经典的对立,因此对周立波文学观念的批评意见,与知识界当时对文艺大众化运动的不同理解有关。在抗战背景下兴起的文艺大众化运动以及此后《讲话》的出现,在当年都随即得到文艺界知识分子的广泛响应:当台儿庄大捷,许多知识分子作家开始通俗读物写作的时候,“文章入伍”“文章下乡”的口号喊得“山摇地动”,大家都想要为抗战出一份力、尽一份责。但是没过多久,问题就暴露出来:“这些通俗文艺大部分都是‘不暇求精’的产物”,“肯接受这些东西的编辑者也大概取了聊备一格的态度,并不十分看得起它们,设若一经质问,编辑者多半是皱一皱眉头,回答以‘为了抗战’,是不得已也”①。到《讲话》发表,其间已有六七年时间,然而《讲话》指出的文艺大众化、文艺为抗战服务、为工农兵服务当中存在的问题,的确不是一朝一夕就可以解决。比如《讲话》指出当时创作的普遍倾向是“对于工农兵群众,则缺乏接近,缺乏了解,缺乏研究,缺乏知心朋友,不善于描写他们,倘若描写,也是衣服是劳动人民,面孔却是小资产阶级知识分子了”②。这种缺点是“无暇求精”的原因之一,也是有着古老科举传统,中国读书人和知识分子不熟悉基层社会的先天不足造成的。

虽然《讲话》谈到“要彻底地解决这个问题,非有十年八年的长时间不可”,并鼓励“革命文艺家积极地亲近工农兵,给他们以到群众中去的完全自

---

① 老舍:《三年写作自述》,《抗战文艺》1941年第7卷第1期。

② 《讲话》,载《毛泽东选集》第三卷,人民出版社1966年版,第813页。

由，给他们以创作真正革命文艺的完全自由”①。但传统横亘在现实文艺家面前的困难还是太大了，其困难之处不仅在于当时知识分子中弥漫的“不暇求精”的敷衍态度，更在于要把作家和艺术家传统的“立足点移过来”，实现一种文学观念的转变。在思想文化领域，一种知识结构上的调整，实际上意味着对一种话语权力或资本的消解，甚至是剥夺。因此，别看表面上文艺大众化的口号喊得“山摇地动”，实际“只停留在作家们的愿望和努力实践的过程上面，成绩并不显著”②。对此，欧阳山坦率地批评道：“我不高兴文坛上的一种风气，就是说话的人多而做事的人少，大家都主张应该做的事而事实上很少有人当真动手去做。”③

文艺大众化困难重重，周立波不赞成“不暇求精”的创作态度，但他并不一味地指责别人，而是以自我为解剖对象，探讨文艺大众化在知识分子中何以“说话的人多而做事的人少”的原因。他认真检讨自己在延安的创作焦虑，因为“还拖着小资产阶级的尾巴，不愿意割掉，还爱惜知识分子的心情，不愿意抛除。比如在乡下，我常常想到要回来，间或我还感到寂寞，这正是十足旧的知识分子的坏脾气，参加生产和斗争的群众，不会感到寂寞的，恐怕连这个字眼也不大知道。”④周立波转向文艺大众化写作，起始于他对普通民众生活的关注，他就像勘探者从这里发现了可供文学创作无限开掘的艺术宝藏。

既然发现了宝藏，就不应该采取敷衍的态度。周立波自我检讨时常常提到他熟悉的文学名著：“贾宝玉，安娜·卡列尼娜，都是一出场，就光彩夺目，特别是安娜，在鲁艺的文学系，有一个时期，连她的眼睫毛也都被人熟

① 《讲话》，载《毛泽东选集》第三卷，人民出版社1966年版，第814—815页。
② 王瑶：《中国新文学史稿》下册，新文艺出版社1954年版，第17页。
③ 欧阳山：《我写大众小说的经过》，《抗战文艺》1941年第7卷第1期。
④ 周立波：《后悔与前瞻》，《解放日报》1943年4月3日。

悉，令人神往。”人们被这样的人物形象所吸引，“向往书里的人们，看不见群众，看不清这现实里的真正的英雄”①。这里特别要指出的是，我们从中不仅看到延安时期周立波对“剥削阶级艺术”的批判，还可以看到古今中外文学传统对一个文化底蕴深厚的作家不可磨灭的影响，而且传统的影响随着周立波等人的介入，已然加入到被改造的现实中。试想一个没有这种文化底蕴的人，即使他对运动再投入，也无法产生对安娜·卡列尼娜的那一番联想。周立波以否定的方式证明他否定的无效。他郑重而绝不敷衍的“检讨”从一个特殊角度证明，实际上，文艺大众化运动有大量传统的文化资源运作其中。激进的政治观念虽然使人对此有敏锐的觉察，但它无意间却做了一件让“亲者痛，仇者快”的事情，如果把传统资源输送给文艺大众化运动的给养掐断，那些表面上对运动和运动领导者的吹捧、逢迎，只会使这一运动自身迅速夭折。

针对《讲话》批评的文艺现状，经历过 30 年代关于“革命文学”的论辩②，周立波清醒地意识到他这代作家肩负着实现中国现代文学历史性转变的责任。对他而言，积极参加抗战，深入民众，从庶民社会的革命中吸取艺术资源，是知识分子出身的“中国的革命的文学家艺术家，有出息的文学家艺术家”首先必须要做的，也就是要以深入社会斗争实际来弥补现代小说艺术在这方面的先天不足。但“深入”不是唯一的目的，为更好地实现他所拥戴的文艺大众化观念，借鉴传统艺术资源必不可少。从周立波的主动检讨，从他对自己心仪的“书本子”批判中可以得到这样的信息：如果对文艺大众化不是抱着一种屈尊俯就、“不暇求精”的态度，那么描写工农大众“这现实里的真正的英雄”或主人公角色，人物独特的个性，深刻的内心世界，都应

① 周立波：《后悔与前瞻》，《解放日报》1943 年 4 月 3 日。

② 参见《周立波小说的唯美倾向》，载《热风时节——当代中国“十七年”小说史论（1949—1966）》（下），上海书店出版社 2008 年版，第 156—157 页。

该不输与曹雪芹笔下的贾宝玉，托尔斯泰笔下的安娜·卡列尼娜，不是模仿，而是一种新的了解、熟悉和创造的过程。虽然在文艺大众化开始阶段，一时间人物概念化和政治观念传声筒的倾向十分普遍，但这并不是周立波所认同的文艺大众化实践。在他心目中，视点向下的文学，实际上应有更高的艺术要求。

(四)

有这种文艺大众化时代的历史经验，周立波的《山乡巨变》显然比一般所谓“工农兵文学”“社会主义现实主义”定义中图解式的小说有更深厚的文化蕴涵。作品的亮点不是传统小说中万众瞩目的英雄人物，与之相反，“从新的立场出发”所表现的“新的叙事诗”中，现实生活里的芸芸众生更能够给读者“一个很大的震动”，给读者“极大的勇气”，“力图恢复与人们的合作”①。这不仅对于读者，也是周立波“精神还乡”的意义所在。

现代作家“精神还乡”写作并非自周立波始，如果从被鲁迅称为“乡土文学”的蹇先艾、许钦文、王鲁彦等作家20年代的作品算起，到《山乡巨变》已经有三十多个年头。鲁迅说：“许钦文自名他的第一本短篇小说集为《故乡》，也就是在不知不觉中，自招为乡土文学的作者，不过在还未开手来写乡土文学之前，他却已被故乡所放逐，生活驱逐他到异地去了，他只好回忆《父亲的花园》，而且是已不存在的花园，因为回忆故乡的已不存在的事物，是比明明存在，而只有自己不能接近的事物较为舒适，也更能自慰的。”②更不必

---

① [日]竹内好：《新颖的赵树理文学》，载黄修己编：《中国现代文学史资料汇编(乙种)·赵树理研究资料》，北岳文艺出版社1985年版，第486页。

② 鲁迅：《“中国新文学大系”小说二集序》，载《鲁迅三十年集》(29)《且介亭杂文二编》，鲁迅全集出版社1947年版。

说古典文学中那些“逃禄归耕”、或以“香草”“美人”自比的作品,已经有一两千年历史。

然而,与以往把乡土、自然作为作家自我人格外化的写作不同,周立波的社会主义政治理想在《山乡巨变》中获得了实现的巨大潜能。特别不容忽视的是小说中的各色人物,他们普通人的身份通常被外界忽略为“无言无语,难以捉摸”的一群①。周立波以及当代一批反映农业合作化题材的小说作品,把这些中国基层的农民推向历史前台,他们不是作家标榜自我人格的投影,也不是激进政治的传声筒。由于文艺大众化的历史背景,周立波以其特有的文学经历和文学修养,使他对农村普通人精神世界的揭示,其中“芸芸众生”的每一位,都无法用后来所谓的“中间人物”加以定格。他们活灵活现,诚实可爱,由此与作家的政治理想能够更为有力地结合在一起:从长远来看,走社会主义道路的选择并不集中于少数“先进人物”,而是中国乡土社会对于未来的一种普遍性期待。

《山乡巨变》中的生活已经离我们远去,但周立波建造的“小说故里”,他带领读者去实现的一种“精神还乡”,依然为我们今天的纪念活动提供了充分的理由。

2012年8月9日完稿

---

① 参见《从“故事”到“事情”》:“西方女性主义学者对中国社会和女性缺乏基本的了解,甚至带有东方主义的偏见,因此中国妇女是一些‘无言无语,难以捉摸’的人,并以这种虚拟状态生发出一种女性经验的优越感。这种看法曾被西方另一些女性主义学者批评为‘殖民主义者乐善好施的症状’(佳·查·斯皮瓦克《在国际框架里的法国女性主义》)。”董之林:《盈尺集》,河南大学出版社2009年版,第389—390页。

周立波小说的唯美倾向

（一）

现代文学史上，左翼文学与唯美主义之间不存在同项联系。特别对文学应不应该反映和介入社会现实，它们往往被描述为针锋相对的两极。因此，把"唯美"作为象征符号，赋予周立波这样一位 30 年代即投身左翼革命文学活动的作家，是不是牵强附会了呢？或者，一个世纪以来，在"左翼"、"革命"、"社会主义理想"、"共产主义信念"与文学的唯美主义倾向之间，由于经年累月的阶级对垒、叫阵与斗争，掩盖了它们事实上的联系呢？

关于周立波小说的唯美倾向，要从他早期的文学活动说起。1930 年，周立波的翻译、散文作品初现于上海文坛，他在《摩登月刊》翻译介绍苏联作家皮尔尼阿克的小说《北极光》，在《大众文艺》月刊发表短论《我希望于〈大众文艺〉的》等，署名"周绍仪""雅歌"。至 1935 年，周立波的写作渐趋活跃，在上海《申报》副刊《自由谈》、《大晚报》副刊《火炬》、《读书生活》、《时事新报》副刊《青光》等报章期刊，相继有翻译小说和评论发表。这一时期的作品，他均以"立波"署名①，而且从那时起，"周立波"的

① 参见《周立波著译系年》（篇目系年），载李华盛、胡光凡编：《中国现代文学史资料汇编（乙种）·周立波研究资料》，湖南人民出版社 1983 年版，第 553—554 页。

名字便沿用下来。

周立波为人性格鲜明，曾给和他一起工作和生活过的人留下深刻印象。1980年严文井回忆说："立波是朴实的，他从不掩饰自己的缺点，反而容易使人看到他的优点和长处"，"他是带着某些单纯的理想参加革命的。他曾告诉我，他为什么取名'立波'，立波是英语 Liberty(自由)的译音，……表明他对自由的向往和追求"①。对青年周立波单纯而执著的性格，周扬回忆中也有生动的介绍："立波因自学很用功，考上了劳动大学。劳大是免费的，有了饭吃。"但不到一年，1930年夏，"我回来时，他已被(学校)开除了。这使我对他很不满意：好不容易找到个免费读书的地方，又被开除了！当时是立三路线统治时期，他跟着别人到街上去示威，搞飞行集会，被学校开除的。我没有责备他，但表示了不满，他不大高兴，他认为：'你老是鼓励我革命，我参加革命活动了，你又对我不满意。'但我的确没有责备他。他当时很单纯，就是要革命！"事后，周立波和周扬一起参加了左翼戏剧家联盟，尽管"立波和我都不会演戏，参加剧联，主要是为了参加左联"②。

对革命热烈而诚挚的期待，赋予青年时代的周立波一种文学动因。正如严文井和周扬对周立波的回忆，他们都看到年轻的周立波对于社会与政治革命的不成熟，往往沉浸在主观感受中难以自拔，但同时也颇为欣赏他的青春气概，其言行如同折射心灵的镜子，带给人由真而产生的美感。周立波"表里如一"的为人风格，在当时，也体现在他对革命的现实冲动与文学表达这两者所采取的同一形式：自由、坦诚、热烈而又敏感，从而奠定了一种偏重

① 严文井：《我所认识的周立波》(胡光凡、李华盛根据1980年7月27日谈话记录整理)，载《中国现代文学史资料汇编(乙种)·周立波研究资料》，湖南人民出版社1983年版，第102页。

② 周扬：《关于周立波同志的一些情况》(胡光凡、史大浩、李华盛根据1980年4月23日谈话记录整理)，《中国现代文学史资料汇编(乙种)·周立波研究资料》，第98—99页。

主观体验与表达的写作方式。

在30年代的中国文坛,这种文学气质既非偶然,也不是孤立的,而与五四新文化运动以来,思想文化界深受西方以及苏俄文学的影响有关。1928年秋,周立波从家乡湖南益阳到上海读书、谋生,"和几个益阳同乡一起住在亭子间里。在生活十分困难的情况下,他刻苦地坚持自学,特别用功自修英语"①。至1937年,因抗战全面爆发而去延安之前,周立波已经在上海翻译和介绍了马克·吐温、萧伯纳、詹姆斯·乔伊斯、托尔斯泰、高尔基、肖洛霍夫等欧美、俄罗斯和苏联的许多作家作品。在现代思想文化潮流影响下,由于个人的勤奋努力和聪明才智,周立波对外国文学的了解还不仅如此。大量研究资料显示,当时他已深入到国外文艺思潮历史性演变的腹地。

1939年至1940年间,陈涌在鲁迅艺术学院文学系学习,其时周立波在文学系讲授外国文学,80年代他谈起这段经历,对周立波精湛的外国文学知识令鲁艺学生为之倾倒的情景记忆犹新:"立波同志讲授外国古典作家的声誉也很快便传开了,有一些外系的人也自动来参加我们的讨论和听课",他(指周立波)"有精致的艺术口味。他欣赏法国梅里美这样雍容、优雅的作家;他讲究文体,他翻译的基希的《秘密的中国》便是十分讲究文体的。这和他的性格的某些方面和他的整个文化修养大约是分不开的。但当时他对梅里美似乎太激赏了,记得,《西班牙书简》写到一个强盗在一些贵妇人面前竟彬彬有礼,以至这些贵妇人虽然明知道他是强盗而且明知道他的用意,也都觉得受宠若惊,几乎是自愿地把自己的戒指给了他,而立波同志对这些地方也真有点津津乐道,赞叹备至"②。

周立波不仅分析作品,分析中还表现出他个人倾向性的文学观念。例

① 胡光凡、李华盛:《周立波传略》,载《中国现代文学史资料汇编(乙种)·周立波研究资料》,湖南人民出版社1983年版,第5页。

② 陈涌:《我的悼念》,《人民文学》1979年第11期。

如关于艺术与现实的关系，所谓“纯客观”和“写真实”的问题，周立波结合分析莫泊桑的《羊脂球》说：“大艺术家，一定积极的引导读者，一定不是人生抄录，而有选择，剪裁。”这是因为“The actual is not the true”（“实际的不是真实的”），他进一步阐释：我们“不但要表现‘Life as it is going to be’（‘按照生活将要成为的样子’），和‘Life as it ought to be’（‘按照生活应该成为的样子’），因为我们改造人的灵魂的境界”①。仅就其艺术观念而言，这种文学观念与唯美主义有异曲同工之处。唯美主义者认为：“艺术坦率地承认：当无法计量的刹那掠过我们的一生时，艺术却做了一桩事，那就是赋予每一刹那以最高的美。”艺术绝不等同于现实，因此关于艺术与生活的关系，唯美主义者认为：“生活对于艺术的模仿，远远多于艺术对生活的模仿，因为在生活中，形式之贫乏是十分惊人的，全靠艺术为生活提供一些美的形式。”②

通过上面一些文字，现代文学界对唯美主义趋向一贯采取批评和排斥的态度可见一斑；与此同时，也说明自五四新文化运动以来，特别是30年代左翼革命文学的兴起，对这些作家和作品的介绍与接受始终延绵不绝，并深刻地影响了半个多世纪以来的中国文学，只不过其间的联系比较曲折、隐讳，不是那么明晰、一目了然。西方被冠以“唯美主义”的作家作品及其文学观念，与中国的现代文学实践从开始就构成一种张力关系，既有介绍，又有排斥，既有接受，又有保留，而非清浊分明、井水不犯河水的局面。具体到周立波，他对世界文学潮流之变并不陌生，或者说他的写作，实际上就建立在世界文学潮流基础之上；脱离这样的背景，就无法深入了解他后来富于个性化的艺术追求。

---

① 林蓝：《战士与作家——〈周立波文集〉编后记》，载《中国现代文学史资料汇编（乙种）·周立波研究资料》，湖南人民出版社1983年版，第207—208页。

② 戈蒂埃、王尔德语，参见林骧华主编：《西方文学批评术语辞典》，上海社会科学院出版社1989年版，第343—344页。

(二)

唯美主义并非革命文学的天敌，而与历史上不同的艺术流派，也包括革命文学，有着千丝万缕的瓜葛。因此，对唯美主义也要放在特定的范畴加以考察。西方至19世纪，越来越多的研究表明，维多利亚时代的写作风尚，一种比较乏味的中产阶级趣味形成比较固定、僵化的文学模式，"善行永远受赏，恶行永远受罚"，与现实人生大相异趣。"小说兴起于现代，这个现代的总体理性方向凭其对一般概念的抵制——或者至少是意图实现的抵制——与其古典的、中世纪的传统极其明确地区分开来。"①因此，试图以批判的精神摆脱传统关于小说的"一般概念"，摆脱甜甜蜜蜜的传奇故事的公式，探索文学和艺术的本质，强调感觉和体验，强调心灵的隐喻，让文学成为"探寻个性的指南"，这是西方现代作家和批评家呼吁文学自律的主要内涵，由此也形成20世纪西方各文学流派不同艺术构想的重要背景。

例如关于"镜与灯"的比喻：既把"心灵比作外界事物的反映者"，同时"把心灵比作一种发光体，认为心灵也是它所感知的事物的一部分"：

任何一首诗所必须通过的首要考验，已不再是"它是否忠实于自然"或者"它是否符合理想的评判者和人类普遍性的要求"，而是另一方面迥异的标准，即"它是否真诚？是否纯真？是否符合诗人创作时的意图、情感和真实心境？"因此作品不再被认为主要是实际的或拔高自然的反映；对自然举起的镜子变得透明，使之得以洞察诗人的思想和心灵。把文学的

① 伊恩·P.瓦特：《小说的兴起》，高原、董红钧译，三联书店1992年版，第4页。

探索作为探寻个性的指南，这一开拓起于十九世纪初；它是表现说不可避免的结果。①

对心灵(强调自我体验和感觉)与艺术关系的现代理解，是促发19世纪80年代后期流行于欧洲的唯美主义文学观的诱因与温床。唯美主义一词的英文是Aestheticism，由Aesthetic(美学的)一词加后缀ism构成，意思是对审美旨趣的强调与追求，以19世纪法国的戈蒂埃、波德莱尔和英国的裴特、王尔德等为代表人物。唯美主义者强调感觉，即"艺术家个人的精细感受"，所谓"感觉和印象产生纯美，纯美才是真实"，"借助客观事物的描写，以象征超越现实之美，使心灵与神明相契合"②的论点，成为唯美主义文学观的重要特征。对此，目前国内外学者在对现代性与后现代性的发生史研究中，都有一定的分析与界说，虽然大家的意见各有不同，却都阐发了一个事实，即唯美主义的产生与发展，在历史上自有来龙去脉，因之也有自身合理性与局限性。特别是对唯美主义包裹在颓废、"丑中美"等文体形式下的革命内涵，现在已不像过去在封闭的社会条件下，一概排斥为"资本主义反动腐朽的意识形态"。恰恰相反，这些作品表现了在现代资本主义高速发展的时代和社会环境下人性被扭曲、压抑的现实，也表现了作家对这种现实不可逆转的沮丧和绝望，以及试图超越的追求：心灵的自由飞翔。其中的批判意绪，构成对资本主义日常生活秩序的反叛与瓦解。

唯美主义者所强调的"唯美"，"纯文学"，"艺术形式至上"，"为艺术而艺术"，与当年形式主义者的表现有相似之处。就此而言，20世纪30年代布

① [美]M.H.艾布拉姆斯：《镜与灯　浪漫主义文论及批评传统》，郦稚牛、张照进、童庆生译，北京大学出版社1989年版，第26页。

② 林骧华主编：《西方文学批评术语辞典》，上海社会科学院出版社1989年版，第344—345页。

拉格学派的重要代表人物、俄国形式主义理论家穆卡罗夫斯基的见解可谓一针见血。他指出，与其把形式主义看作一种艺术境界或标准，不如将它视为一条“挑战性的标语”更为恰当。于任何严格的意义，从来不存在真正的形式主义，也不存在纯粹的唯美主义：“它从未实现，即使在它作为某种程式被接受的时代”，这样的文学也表现出“一种历史的匮乏”。事实上，“论证形式主义者的真正成就在于表明实际上不存在纯粹的形式主义”①。正是在此意义上，形式主义“挑战性”的历史功绩不容抹煞。形式主义的倡导者旨在建立一种文学的自律，使文学史作为一个专业领域从漫无边际的“闲聊”中摆脱出来，使文学想象从传统的套路中获得解放，从而促进了文学格局的现代转变。由于不同国家、地域和文化历史不同，唯美主义文学观念的演绎和表现也各有不同，但正如它向传统宣战的现代哲学内涵，唯美主义使文学作为一个相对独立的领域，日渐凸显出它在20世纪社会生活中的影响。

当西方以及苏俄的文学作品和文学理论被大量翻译介绍到我国时，正是在五四新文化运动中，人们对新小说进行各种尝试的阶段。古典小说模式连同古典王朝一同衰落了，在西学东渐潮流引领下，推崇体验、感觉和心灵隐喻的文学恰恰与张扬人性、追求个性自由的现代启蒙话语一起飞升，使文学演化为青年人追求革命的通衢大道。出于这样的背景，现代文学隐含多重含义，它们既可以是一种社会改良方案，也可以是文学想象的自由发挥；既可以是对无产阶级革命文化理论的宣扬，也可以针砭时弊，作为社会良知的代言，把写作延伸到政治、经济和社会伦理等层面；还可以是相互交织缠绕在一起的。总之在新旧交替的革命时代，人心思变，变化中最为敏感的文学潮流，跨越国界，与在探索中寻觅的青年一拍即合。尤其在左翼文学青年心目中，这种倾向表现得更为突出，文学即革命，革命即文学，革命成为

① [美]罗伯C.赫鲁伯：《接受美学理论》，董之林译，(台湾)骆驼出版社1994年版，第33页。

至高无上的审美表征。对于他们，投身革命固然是反抗阶级和民族压迫的政治选择，毋宁说，引领这一选择的是一种审美期待。以现代审美观念打量社会生活，新的文学想象与社会革命潮流汇聚在一起，形成他们发誓要重新打造中国面貌的宏伟志向。

在这一时刻，1927 年，鲁迅对"革命文学"的看法颇具深意：

> 我以为根本问题是在作者可是一个"革命人"，倘是的，则无论写的是什么事件，用的是什么材料，即都是"革命文学"。从喷泉里出来的都是水，从血管里出来的都是血。"赋得革命，五言八韵"，是只能骗骗盲试官的。①

对当时的革命文学与现实的分离状态，鲁迅还说道："革命文学家风起云涌的所在，其实并没有革命的。"鲁迅对"风起云涌"的革命文学的肤浅，其中的"标语口号"倾向，以及文坛上党同伐异、排斥异己的倾向十分不满。他对革命文学的批评，自然也引来一些革命文学青年的攻击。但当时的文学青年，主要是革命文学青年，无论是否赞同鲁迅，实际上都认可这样的道理：那些来自革命时代的文学冲动和文学想象，必须有更为具体的社会人生细节才支撑得起来，因此只有亲自投入社会革命实践，才有资格写作革命文学。或者说，古老的文学传统，陈旧的小说模式，无以表现今天的现实。革命是一种全新体验，只有参加革命，对革命有亲身经历的人来写革命文学，才能写出不是概念化的，不是革命的小册子，不是宣传品，而"首先是文学"的作品。鲁迅的话，实际上提出一种文学的现代自律性要求。这里的"革命文学"，无论观念还是实践，都已经和文学的现代自律性难以分割。

---

① 鲁迅：《革命文学》，载《鲁迅三十年集》(17)《而已集》，鲁迅全集出版社 1947 年版，第 141 页。

(三)

受西方文学思潮影响,如果取唯美主义强调文学自律这一点,中国现代文学又呈现出这种自律性的本土特点。以周立波为例,他当时的选择具有双重意味。一方面,他的文学写作不是由书斋、文学沙龙,或知识分子小团体催生出来,反之,现代革命浪潮使他弃笔从戎,真心实意地投身于民众的社会变革。另一方面,这又是通向现代文学的必经之路,因为革命文学必须是面向现实,反映革命斗争生活的,不应该脱离时代,表现旧式文人的无病呻吟,或小布尔乔亚的顾影自怜。这不仅是说,文学在写作方式上必须另辟蹊径;更为革命性的意义在于,这种文学的自律性,必然要求作家改变以往的生活方式,不再循着传统读书人"两耳不闻窗外事,一心只读圣贤书","学而优则仕"的道路,或者与现代知识阶层容易产生的消沉、颓废情绪,以及往往耽于冥想而与实践脱节的习性,形成本质上的差别。

正是后一方面,延安时期,周立波为创作不出令自己满意的作品而备感焦虑。当时他恨不能与传统生活方式一刀两断,找出他写作的障碍,痛改前非,寻觅一条正确有效的文学途径。与那些对延安时期知识分子被强迫改造的叙事不同,对于周立波,这一切不是被动的,他像一位通往文学圣殿的朝圣者,虔诚地相信"革命文学"必然在他所经历的时代开花结果,为达此目的,无论什么样的心理体验,更确切地说,是对一种新的文学方法的探索性实践,他都愿意经历和尝试。毛泽东在延安文艺座谈会上的讲话传达之后,周立波主动地检讨自己"还拖着小资产阶级的尾巴,不愿意割掉,还爱惜知识分子的心情,不愿意抛除。比如在乡下,我常常想到要回来,间或我还感到过寂寞,这正是十足旧的知识分子的坏脾气,参加生产和斗争的群众,不会感到寂寞的,恐怕连这个字眼也不大知道,为了群众的利益而斗争的战士,在边区,也是不会感到寂寞的,只有犯着偏向的小资产阶级知识分子们,才会有这样的病态的感觉。有着这感觉,就自然而然的和群众保持着距离,而且自然而然的退居于客人的地位”。他还深入挖掘上述干扰自己深入生活的原因,是“中了书本子的毒。读了一些所谓古典的名著,不知不觉的成了上层阶级的文学俘虏。在这些开明的地主和资产阶级的精致的书里,工农兵是很少出现的,有时出现,也多半是只是描写了消极的一面,而那些寄生虫,大都被美化了。贾宝玉,安娜·卡列尼娜,都是一出场,就光彩夺目,特别是安娜,在鲁艺的文学系,有一个时期,连她的眼睫毛也都被人熟悉,令人神往”,因此使人只是“向往于书里的人们,看不见群众,看不清这现实里的真正的英雄”①。

周立波对自己心仪的“书本子”的批判,似乎与他在鲁艺讲课时的表现自相矛盾。但如果换一个角度,当作家迫切地想要进入一种新的创作境界,这种愿望越强烈,他的文学目标和现实局限之间的矛盾便越发突出地横亘在眼前。实际上,周立波自我检讨的真实内涵,是他格外重视现代文学的自律性要求而产生的一种审美焦虑。他不满意自己的作品,也不满意自己的生活方式,或者说,不满意同时作为“审美形象”的周立波本人,他所描述的那个有“十足旧的知识分子的坏脾气”的自我,是一个不能担当起他所向往的文学的角色。于此意义,唯美主义和道德主义可以达成一致,因为真正的道德主义对唯美主义的意义,“正是一种美学的意义。这种美学的意义不是要取消道德和虔信的严肃性,而恰恰是要强化它”。唯美主义者“严肃地将真理的殉道者解读为一个审美形象,我们就是这样审美地理解真理,这中间并没有任何的轻浮与不敬”②。

---

① 周立波:《后悔与前瞻》,延安《解放日报》1943 年 4 月 3 日。

② 汤拥华:怎样做一个唯美主义者?——苏珊·桑塔格读记,转引自文化研究网 http://www.culstudies.com,2005 年 1 月 3 日。

周立波的检讨充斥着那个时代流行的语言，表现出与“资产阶级”“小资产阶级”决绝的姿态，而且“唯美主义”在当时以致后来布满阶级斗争火药味的文坛，犹如过街老鼠，人人喊打。但理论批评界在抵抗西方意识形态、奉行阶级斗争观念的过程中，恰恰出现了一个盲点，一个自身无法证实的悖论，即，如果“革命文学”在历史上不仅仅是西方汉学家一言以蔽之的“标语口号”“共产主义的宣传品”，那么这样的作品是否延续了文学通行的法则？如果承认这一点，那么在20世纪这些通行的文学法则中，唯美主义显然占有一席之地。特别是在一个西学东渐的时代，对外来文化的接受与吸收，在本土的文化实践中已经变得你中有我，我中有你，我们无法严格地划一条界线，使本土的写作不受“污染”。因此，即使一时的舆论，甚至作家本人再怎么说，我依然认为，周立波绝不像一般表述的那样，仅仅是延安时期或建国后知识分子努力改造世界观的典型；那些符合时代潮流的词语，恰恰掩盖着他对现代文学自律性的虔敬，以及奋不顾身的强烈追求。

延安时期周立波对个人写作状态不满，主要源自于他对现代文学形式的重视和倾心关注。作为偏重主观体验的作家，周立波心目中始终有一个文学的理想幻景，虽然并不十分清晰可见，但他理想中的文学究竟是什么样子，通过对作家写作经历的梳理，可以隐约地反映出来。在周立波的文字生涯中，1936年，他翻译出版的捷克作家基希的报告文学集《秘密的中国》并不是重头作品，而他对这部作品的激赏，特别是对其中文学观念的推崇，却值得关注。基希作品反映的是发生在中国的一二八战争，从一个捷克人的角度，他“描绘了上海和北平各种各样的社会群”，“他们过去的历史，他们的前途，以及他们现在的境况，内在的团结和冲突，都批判的记述着”。对基希采用的文学手段，周立波这样评介：

对于事件的前途,他常常登高瞭望,他全面的研究并调查了现实,取得了现实中丰富的知识以后,于是站在现实的高处,架起他的望远镜。

他也有着抒情诗的幻想。他在一二八战争以后不久的“吴淞尸体”之上,看见那××旗帜在风里飘动,他说:“旗上的太阳像一个圆圆的伤体,从它上面,鲜血的流,流向四周。”这不是战后吴淞最明白的容貌吗?这也是基希的诗的想象。

正确的事实,锐利的眼光,抒情诗的幻想,同是基希报告文学最紧要的要素。①

对派生于新闻特写的报告文学,周立波却把“抒情诗的幻想”作为“最紧要的要素”之一,这样的描述,凸显了这位偏重主观感觉与想象的作家的创作取向。

其中特别不容忽略的是,身处生死决战的大时代,满怀爱国热情的青年作家不可能把自己屏蔽在个人悲欢狭小的一隅。周立波在这篇文章发表后一年,1937 年,他与周扬、艾思奇、何干之等人撤离上海,奔赴西北前线作战地记者,同时为美国作家史沫特莱当英文翻译。在民族危亡的历史时刻,周立波选择报告文学而不是其他文学形式作为写作的“一种模范”,并且身体力行,于 1938 年、1946 年分别完成并出版《晋察冀边区印象记》《南下记》等纪实作品,始终活跃在抗战前线。他说:“现在是同胞们磨剑使枪的时候,我不愿意拿我的无力的文字来靡费读者的时间。但这时代是太充满了印象和事实,哀伤与欢喜,我竟不能自禁的写下了下面这些话,希望不全是无谓的空谈。”周立波要把他的这些作品“献给”抗战中的“战死者和负伤者。假使它有为读者一时喜悦的幸运,那是他们赋与的。他们的英灵和血,永远是中

① 周立波:《谈谈报告文学》,上海《读书生活》半月刊 1936 年第 3 卷第 12 期。

华民族的光华,和人世的骄傲"①。

看上去这绝非一种"纯文学"选择:"我们要设法走到这历史动乱的最中心去,走到'贫穷和贫穷反叛'的正中去。用那由精密的科学的社会调查所获取的活生生的事实和正确的世界观和抒情诗人的喜怒与力,结合起来,造成这种艺术文学的新的结晶。"②而且与一些西方唯美主义作家特别不同的是,周立波抗战时期的写作,不是要在对黑暗的诅咒中被黑暗吞没,而表现出强烈的对黑暗的"反叛"意志,这种在反叛中求生的意志是和中华民族的生存前景联系在一起的。但在另一方面,在采取怎样的文学形式,如何加以表现,"正确的事实"必然经过作家主观上的认定,"锐利的眼光"表明"艺术家个人的精细感受",周立波所说的"抒情诗的幻想",与唯美主义"借助客观事物的描写,以象征超越现实之美,使心灵与神明相契合"的主张又遥相呼应。

这种审美旨趣伴随周立波的创作冲动,逐渐形成鲜明的写作个性。从对基希报告文学的诠释和他自己的报告文学实践中可以预见,周立波后来的小说《暴风骤雨》《山乡巨变》《山那面人家》等一系列长短篇,作品的基调将是色彩浓烈而又亮丽、清新的。如果说,建国后十七年的文学是老中国灰色画布上格外耀眼的一抹亮色,那么周立波的小说具有典型意义,可为其代表。

(四)

周立波带着一股革命正义感,投身到他并不熟悉的工农革命的政治斗

---

① 周立波:《晋察冀边区印象记·序言》,载《晋察冀边区印象记》,读书生活出版社1938年版。另外,《南下记》于1948年2月由哈尔滨光华书店出版。

② 周立波:《谈谈报告文学》,上海《读书生活》半月刊1936年第三卷第12期。

争中去。在此过程中,工农革命对于他的接受不是单向度的,在工农革命吸收周立波这样的知识分子参与的同时,革命本身也被改造。这也许就是"生活对于艺术的模仿,远远多于艺术对生活的模仿",因为"艺术为生活提供一些美的形式"①。特别是在一个新旧转折期,人们发现单凭传统的生活经验无从应对当下,迫切地需要一种新的社会想象,或提供一种新的生活意念的历史时刻,周立波的作品表现出知识分子影响生活的力度。

把知识分子对革命的理解赋予现实的底层民众,在现当代文学史上,很少有像周立波那样,在语言上付出极为艰辛努力的作家。同为现代作家,周立波与赵树理不同。赵树理是土生土长的农民作家,他在《小二黑结婚》《三里湾》《"锻炼锻炼"》中的语言是非常本色的。这样说,并不否认这位语言天才对农村日常生活具有极其敏锐的观察力,特别是他对一种乡俗俚趣的幽默的表达,使描写进入一种出神入化的境地;而是想说明,赵树理的情况在现当代文学史上应属特例。大部分作家都有周立波这样的左翼文学青年经历,受现代教育和城市文化的影响较深,即使出身农家,也"在还未开手来写乡土文学之前,他却已被故乡所放逐,生活驱逐他到异地去了"。因此"回忆故乡的已不存在的事物,是比明明存在,而只有自己不能接近的事物较为舒适,也更能自慰的"②。鲁迅说的是许钦文的《故乡》,但作家的生活和写作状态,在当时应该是比较普遍的。

对作家与写作对象之间的隔阂,周立波有十分清醒的认识。他说:"要写小说,我以为必须遵从这种形式的规律",如果以为自己写的是革命题材,已经遵从了时代,而"不大留意文章的藻饰","以为衡文者可以不必考究自己的行文,是不很对的。有一句老话:'言之无文,则行之不远',……

① 林骧华主编:《西方文学批评术语辞典》,上海社会科学院出版社1989年版,第343页。
② 参见鲁迅:《中国新文学大系小说二集序》,载《且介亭杂文二集》。

这是我给自己树立的努力的目标”①。与目前关注底层的写作相比,周立波称得上是一位早期开拓者,但相对题材选择,他更注重的是语言这一关键环节。

周立波最初以长篇小说《暴风骤雨》在现代文学史闻名,作品描写 1946 年前后东北农村的土改运动,对小说主题,作者有清楚的交代:“东北农村封建势力的最初垮台和农民中间的新的人物最初出现的复杂曲折的过程,就是本书的主题。”对此,当时的评论有具体解释:“在复杂曲折的过程中,作者提供了一个从事领导工作的最好的典范——肖队长。而且,虽然是最初出现的新的人物——那大公无私,勇敢坚决的赵玉林同志——却具备了如此优秀的阶级本质,因之,对于读者,也有着最强烈的说服力。事实上,无论是赵玉林,是李大个子,是白玉山,是赵大嫂子,是张寡妇,是白嫂子,我们都不能不热爱的。虽然他们光着腚,有时吵架,犯疑忌,常常顾虑,还是一样的。我们不能不爱他们,因为他们都有着一颗赤诚的金子似的心,和为大伙的无比的精神。”②这样的人物显然是理想化的,是寄予了周立波这样一个富于正义感的知识分子对现实的热烈期待与想象的。他所说的“新的人物”,可以用 19 世纪中叶,俄国思想家和文学家车尔尼雪夫斯基《怎么办?》中提出写“新人的故事”做进一步阐释。《怎么办?》中拉赫美托夫等“新人”形象也是理想化的,是车尔尼雪夫斯基所期待的人物:“我们还得等待”像罗亭③这样过时了的人物的“继承人”。这样的“新人”“从幼小时候起就熟悉真理,并不是抱着战栗的狂热、而是怀着欢乐的爱来观察真理;我们盼望着这样的人以及他的敢想敢说、同时又是平静果决的言论,从这种言论中听到的不是对

① 周立波:《周立波选集·序言》,人民文学出版社 1959 年版。

② 芝:《推荐〈暴风骤雨〉》,《生活报》1948 年 5 月 11 日。

③ 罗亭是屠格涅夫的长篇小说《罗亭》(1856 年)中的主人公,是 19 世纪 40 年代俄国贵族知识分子的典型。

生活表示胆怯的理论，而是证明理想能够支配生活，一个人可以使自己的生活同他的信念取得统一”①。虽不能用车尔尼雪夫斯基关于“新人”的设想来套《暴风骤雨》，俄罗斯与中国的历史文化差异，使作家笔下的“新人”迥然相异；这里只是说车尔尼雪夫斯基文学观念的影响，无论对拉赫美托夫还是对赵玉林的描写，作家都是以“Life as it ought to be”（按照生活应该成为的样子）来构思文学的。苏联批评家曾这样形容周立波小说与苏俄文学的关系：“开始是俄罗斯古典文学，然后是苏联文学成为了中国人民的良师益友”，“周立波的第一个大的工作是翻译米哈依尔·肖洛霍夫的长篇小说《被开垦的处女地》。对这部杰出的苏联文学作品的翻译给作家以后的全部创作产生了巨大的影响”②。

怀抱知识分子的美学理想，表现的却是与知识分子非常不同的人群——基层农民的生活，这种角色转换的微妙之处就在于语言。如果说，小说是一门刻画形象的语言艺术，那么语言便是人物形象的身份最鲜明的标记。周立波历经千辛万苦，在底层实践中反复积累揣摩，终于通过掌握人物语言，把自己的“代言者”形象隐蔽起来，为克服几乎是左翼革命文学与生俱来的痼疾和顽症——公式化、概念化，实现了非常成功的探索。《暴风骤雨》完全改变了记录他 30 年代在上海一段生活经历的短篇小说集《铁门里》中的语言风格，像老孙头这样一些人物身上已经看不到周立波的影子。通过锤炼语言，使作品成为人物角色与身份的自然呈现，这是周立波小说最为用力的美学追求，套用当时流行的说法：“我们的思想情绪要和工农兵思想情绪打成一片，‘应该从学习群众的语言开始’。现在我们要和农民在一起工

① 参见《车尔尼雪夫斯基论文学》（下卷）第一册，上海译文出版社 1978 年版，第 407 页。

② ［苏联］B·卢得曼娜：《暴风骤雨》俄译本第一版前言，吴兴勇译。引自李华盛、胡光凡编：《中国现代文学史资料汇编（乙种）·周立波研究资料》，湖南人民出版社 1983 年版，360—361 页。

作,要表现农民,必先学习农民的语言。”周立波在谈《〈暴风骤雨〉是怎样写的》时候,把“农民语言”看作艺术形式的关键,并以“农民语言”这一节来收束全文。他说:“初到东北的城市听到一些人说‘协和语’,以为伪满统治十四年,把东北人民的语言也给破坏了。一到乡下,就知道东北语言还是由农民完整的保存着,依然带着浓厚的中国传统的气派和泥土的气息。《暴风骤雨》是想用东北农民语言来写的,这在我是一种尝试。”①

周立波醉心于农民语言生动而丰富的审美性,他在这方面付出的努力,可以用唯美主义者眼中的“道德主义者的虔诚”加以形容。周立波是湖南益阳人,但看过《暴风骤雨》的人很难想象他根本就不会说东北的方言土语,而且“到北方这么多年,他连普通话也没有学会。他(指周立波)说写小说的语言主要靠勤奋得来,不熟悉,就去听,就去记。他有许多小本子,记着这些语言,要用时拿来就是了”。收集群众中精彩的语言,这样的工作已经成为周立波的一种生活方式,并陪伴他度过一生。“文革”中周立波被“剥夺了写作的权利,但仍然保持一个作家的习惯”,他的孙女回忆说:

> 有一次我们游泳回来,坐在木船上,划船人正高声对岸上的一个熟人说他们的土皇帝——大队党支部书记怎么样怎么样,事情很有趣,他满口的土话使事情显得更有趣,引起船上的人哈哈大笑,爷爷也笑得喘不过气来。一会儿,他说:“这语言好极了,典型的小说语言,典型的小说语言!”一九七三年,物资供应紧张,到处要排队。我最恨排长队了。爷爷却说:他最喜欢排队,排队的时候,人家碰见熟人说话啊,吵架啊,都是最好观察人的时候。

简朴的生活,勤奋的写作,几乎涵盖了作家一生。周立波常说:“写东西

① 周立波:《〈暴风骤雨〉是怎样写的?》,《东北日报》1948年5月29日。

一定要在简朴的环境里写,不然容易分心。托尔斯泰就有一间写作的房子,除了桌椅,别无他物。”他自己写《暴风骤雨》,“就住在一间农民的小房子里,一张桌三条腿,第四条腿是用砖头垒起来的”。周立波在《山乡巨变》里写打扑克,“写了很多,连打扑克的人搞的鬼把戏也写进去”,但他“自己不会打扑克,你教他搞鬼把戏,他都学不会”,所以家里的小孩子打扑克都“不愿和他打对家”①。从表面看,几乎没有什么事情可以分散周立波的写作精力,他的生活显得比较单调,但如果深入到他如此痴迷地投入的那个由精彩的语言搭建的世界,就感觉他的生活一点也不乏味,是小说构筑了他的生活,使他在一个虚拟的世界中执著地追求唯美,在唯美的追求中享受人生乐趣。周立波去世前不久,老朋友陈涌去看他的时候,“他正在看一本研究西南少数民族地区的社会性质的著作,我虽然知道他在文学上有丰富的知识,却没有想到他有这样广泛的兴趣。往后很久,我还常常想到立波同志和我们上课时候的情景,想到他的作为一个有很高文化教养的学者和专家的一面”。生活中的点点滴滴可见,周立波的唯美情愫是以博学与精湛的文化鉴赏力为依托的。

(五)

周立波小说的唯美倾向不仅在于他个人独具个性的文学气质;对“抒情诗的幻想”的推崇;对现代小说中语言问题独具慧眼的领悟,以及他把握和应用语言的能力;更在于他坚守着一种文学精神。在本质上,这种文学精神不是现实主义的,而是不臣服于现实的心灵高傲的飞翔。这一点,在周立波建国后描写农村生活题材的小说中表现更为突出。

---

① 周仰之:《爷爷周立波在浩劫的日子里》,《新文学论丛》1980年第3期。

“文革”前十七年和“文革”后的新时期，现实主义都是文学谨遵的尺度。尽管理论批评界为它附加各种前缀：“社会主义现实主义”“革命现实主义”“新现实主义”，以及附加各种名目，如“新写实”的现实主义、“新历史”的现实主义，等等，但基本的意思都是揭示生活的本质，并遵循这一本质特征如实地反映社会人生。由于有这样一种与政治意识形态紧密相关的价值体系，当政治生活发生变化，对生活本质的理解也随之变化，一个时期被认为表现了生活本质的作品，另一个时期却被看作是歪曲了生活的本质，在这种价值体系中，文学作品也就变得一钱不值。更为棘手的问题是在同一时期，人们对生活本质的看法也不尽一致，对作品提出的批评修改意见更加地让人不知如何是好。《暴风骤雨》就曾遇到这种令人尴尬的情况，一方面，批评家认为作家“掌握了这一现实斗争最重要的主题，描写了土地革命的全部过程，表现了农民推翻地主阶级统治的斗争”；另一方面则认为“作者在作品里回避了土改中许多比较重要的问题，部分地修改了现实斗争，这就不能不减低作品的现实的指导意义”，比如土改开始时有照顾地富阶级的右倾思想，接近后期又有过左的思想和行为①。《山乡巨变》描写“1955 年冬天，正当毛主席发表‘关于农业合作化问题’的报告以后，农村中掀起了一个社会主义改造运动的高潮，湖南省一个山乡——清溪乡农民们组织农业生产合作社时所发生的一场巨变”②。《山乡巨变》更为敏感地触及到新时期对农业合作化问题的争议和否定意见，作品对农业合作化运动的赞美，使得新时期对这部作品以及“文革”前十七年其他有关农业合作化题材作品的评价，都下降到历史最低点。

不过，通过这些批评的总体倾向，可以肯定一点，即文学的现实主义不

① 蔡天心：《从〈暴风骤雨〉里看东北农村新人物底成长》，《东北文艺》月刊 1950 年第 1 卷第 2 期。

② 王西彦：《读〈山乡巨变〉》，《人民文学》1858 年 7 月 8 日 7 月号。

是理想化的写作,想象被限制在比较质实的范畴。这倒不是当代批评家独出心裁,他们关于现实主义文学应该如实地本质化地反映现实的论点,比较符合现实主义在历史上的最初面貌。在西方学者的研究中,对现实主义和非现实主义概念的区分,首先来自“法国现实主义敌人的主张”:

对于“现实主义”这一术语的主要的批评性联想,与法国的现实主义流派有关。“现实主义”一词首次公开使用是1835年,它被作为一种美学表述方式,指称伦勃朗绘画的“人的真实”,反对新古典主义画派的“诗的理想”;后来,它被杜朗蒂主编的杂志《现实主义》1856年创刊号作为一个特殊的文学术语献诸公众。

不幸的是,这个术语的多种用途旋即泯灭于有关福楼拜及其后继者的“低级”题材和所谓的道德败坏的创作旨趣的激烈争论之中。结果,“现实主义”逐渐被主要用作“理想主义”的反义词,……这种文学形式的早期情况通常被设想为是与所有更早的描绘下等生活的虚构故事一脉相承的:以弗所妇人的故事是“现实主义的”,因为它所展示的性欲之强烈超乎妻子之悲伤;诗体短篇故事和流浪汉故事是“现实主义的”,因为在它们对人的行为的表现中,经济的和肉欲的动机被给予了至尊地位。①

相对以往文学传统中那些善恶有报的甜蜜的故事传奇,现实主义文学另辟蹊径,“经济的和肉欲的动机被给予了至尊地位”,如果换一种说法,就是对社会生活令人压抑的本质进行了批判地、悲剧性地揭示,并由此和古典的、浪漫的文学划开界限。因此,伊恩·P·瓦特虽不同意把现实主义小说定义为“它只看生活的阴暗面”,但依旧从哲学观念上肯定了它的“总体特征

① [美]伊恩·P.瓦特:《小说的兴起》,高原、董红钧译,三联书店1992年版,第2—3页。

是批判性的”①。

伊恩·P·瓦特《小说的兴起》最初在美国和英国出版于1957年,与周立波的《山乡巨变》正篇出版几乎同时②,但周立波的历史生活环境和个人经历,使他选择了另一种方式表达自我感受。1908年周立波出生在湖南省益阳县清溪村一个有文化的农民家庭,父亲曾做过师范学校的庶务和小学校长,为人正直忠厚。他在长沙省立一中读书时,亲眼目睹“四一二”反革命政变,开始出于对被捕杀的革命者的同情,继而开始追求革命。到上海以后,由于同情工人悲惨的生活处境,参加罢工斗争,被抓进上海提篮桥西牢,《铁门里》记述的就是那一段苦难的监狱生活,而当时,他还不是共产党员③。周立波为人谦和,但他对于社会的黑暗势力嫉恶如仇,由于参加抗日战争,参加社会底层的革命实践,他看到革命将使社会获得新生的希望。从写作的角度,周立波不是匍匐于现实生活的“反映者”,而是对他所期待的革命的“表现者”,那是他以身相许的一种审美境界,也是建立在丰厚的世界文化积淀的基础之上的审美乌托邦。作为强调感觉、有唯美倾向的作家,尽管周立波出于对革命的感情,曾不断地表示自己是按照革命现实主义和革命浪漫主义的规范从事写作的,但他的作品却经不起用那种文学“铁律”检验。不是说经不起这些标准检验的作品有多少缺陷,而是这些标准自身的局限,没有能力包容周立波的写作。周立波在自己的写作中大量摄取古今中外的文学精华,有这种文化修养和知识背景的人,显然不会按照一种刻板的成规从事写作。或者说,一种成规再好,也只是对过去文学经验的总结,而不是

---

① [美]伊恩·P.瓦特:《小说的兴起》,高原、董红钧译,三联书店1992年版,第5页。

② 《山乡巨变》正篇于1957年1月开始在《人民文学》连载,至6月分六期载完,1957年7月由作家出版社出版。

③ 关于周立波的经历,参见林蓝《战士与作家——〈周立波文集〉编后记》,胡光凡、李华盛编:《周立波传略》。载李华盛、胡光凡编:《中国现代文学史资料汇编(乙种)·周立波研究资料》,湖南人民出版社1983年版,第200、5页。

提供给未来文学一成不变的模式。正如文学中,有的人将社会撕碎了给人看,以报复社会的黑暗;有的人则通过写人生高尚而美好的境界,“给人一种丰饶的精神食粮。这使人不禁想到,人对于未来的理想,信念,人的革命意志,是可以克服任何可以克服的困难,是可以创造一切可以创造的美好的事物的”①。就两种作家而论,周立波属于后者。

“立波同志常说:‘我是看破红尘了的,名呀利呀,有什么意思,我不想当官,只想为人民写点东西,做他们的代言人’。”②周立波秉承鲁迅当年对现代小说提出的自律性要求,始终生活在基层,感受着生活脉搏,使他小说中的唯美倾向获得一种来自本土的自信。周立波不是那种登高一呼,应者云集,富于煽动性的文学家,正如他那么注重语言,他也十分注重传统小说的艺术细节,即使写重大题材,比如土改、农业合作化运动,也是写那些琐细的生活流,由细流以观沧海;使“作品不再被认为主要是实际的或拔高自然的反映,对自然举起的镜子变得透明,使之得以洞察诗人的思想和心灵”③。

特别值得注意的是,周立波越是发现生活不如人意,小说中的唯美倾向就越强烈。1955年,他主动放弃北京工作,举家迁往湖南老家,正如他说自己“看破红尘”,虽然是回老家体验生活,但还有一个原因,就是他发现自己不适应进城以后都市和官场的人际关系。但这一切在紧接着出版的《山乡巨变》中却全无踪影。《山乡巨变》以刻画生动的农村人物著称,作家写亭面糊(盛佑亭)的“真”,虽然他是贫农,成分好,但心里还是觉得穷不是件好事,很怕被大家看不起,就和别人吹牛:“我也起过好几回水”;写乡支部书记李月辉的“善”,做工作时总是将心比心,像个“婆婆子”,把“全乡的人,无论

① 陈涌:《我的悼念》,《人民文学》1979年第11期。

② 未央:《我们的楷模——悼念周立波同志》,《湘江文艺》1979年第11期。

③ M.H.艾布拉姆斯:《镜与灯 浪漫主义文论及批评传统》,郦稚牛、张照进、童庆生译,北京大学出版社1989年版,第26页。

大人和小孩,男的和女的"都团结在乡政府周围;写邓秀梅和盛淑君的"美",她们无论做乡里的工作,还是对待个人感情,都表现得委婉、细腻,又质朴、热烈,颇具"湘妹子"的性格。1957 年左右,人们从周立波的身上"又发现一些变化","无论参加党内或党外的会议,他都发言不多,发起言来也不容易说到点子上。过去,他在待人接物方面虽不精明,却也不是一个迂夫子,今天,他最大的弱点好像就是不懂得搞好人事关系的重要性"①。熟悉那段历史的人都知道其时开展的反右斗争。但周立波一贯只写自己熟悉的人事,面对如此令人困惑的政治形势,他的写作重点自然还是家乡,那"一山又一山稠密挺拔的竹丛,一山又一山清香袭人的雪白的茶子花,那深绿浅绿交错相映的稻田,那闪耀在稻田间明镜般的池塘,那悠然浮游于池塘的鸭群,那昂然展翅飞向云天的鹭鸶……"1958 年 11 月,周立波在《人民文学》发表短篇小说《山那面人家》,以及后来又发表一系列作品如《北京来客》《艾嫂子》《张满贞》等,其中以《山那面人家》最具代表性。唐弢评价这部短篇说:"我们可以清楚地看出,作者是有意识地在尝试着一种新的风格:淳朴、简练、平实、隽永。"②作品描写山乡的一次婚礼,婚礼的前前后后布满姑娘们的笑声,从中表现农村生活的新气象:

青春,健康,无挂无碍的农业社里的生活,她们劳动过的肥美的、翡青的田野,和男子同工同酬的满意的工分,以及这迷离的月色,清淡的花香,朦胧的、或者确实的爱情的感觉,无一不是她们快活的源泉。

周立波小说以理想的人性和人际关系描写,抒发作者心目中社会主义应该是什么样子的想象。如果一定要说这样的小说在当时的意义,那么,其

① 葛洛:《悼念周立波同志》,《北京文艺》1979 年第 11 期。
② 唐弢:《风格一例——试谈〈山那面人家〉》,《人民文学》1959 年第 7 期。

意义也不是现实主义定义中的。比如有的批评家当时对《山乡巨变》的批评:"我在小说中感觉不到那种农民从亲身体验中得出的'除了社会主义,再无别的出路'的迫切要求。只是因为邓秀梅带着上级的指示来到清溪乡,清溪乡才动起来。"①这个问题在新时期,又成为对作品是现实主义的辩护理由。

对于周立波这样一位具有唯美倾向的作家,最吸引他视线的不是农业合作化运动究竟是"自上而下"动员起来,还是"自下而上"自发起来,也不是政治事件的内幕;而是他对合理的人性和社会生活的一种感觉。不仅邓秀梅、李月辉这样的优秀人物,像亭面糊、陈先晋,还有"只讨得媳妇嫁不得女"的菊咬金(王菊生)等芸芸众生,这些人物也都展现出一种质朴而富于拙趣的真美。人物性格与青翠、生机勃勃的自然景色浑然结为一体,生活简朴而纯正,使一股健康清新的空气透过纸页扑面而来。这不禁让人想起瑞士德语作家赫尔曼·黑塞的小说《彼得·卡门青》,主人公从都市出走,在阿尔卑斯山脉的大自然中获得清新隽永的精神滋养。然而作家笔下的一切,都出自他对人的精神已经被污染了的都市的背弃。

以小说家的唯美旨趣和艺术追求,对抗和平时期剑拔弩张的权力斗争;以清新自然的描写,对抗日渐腐朽、不正常、不健康的人际关系,这不仅体现了《山乡巨变》《山那面人家》《湘江一夜》等作品在当时的意义,而且在文学史长河中,周立波小说的唯美倾向,更体现了一种独特的文学精神,它在不尽如人意、逼人就范的现实面前,高傲地展开自由的翅膀,为社会主义时代留下作家想象人性、感觉生活的文学经典。

2006年7月17日

---

① 萧云:《对〈山乡巨变〉的意见》,《读书》1958年第13期。

回想“春暖时节”

——一份“大跃进”年代的女性写作个案

《春暖时节》是 1962 年中国青年出版社出版的茹志鹃短篇小说集《静静的产院》中的第一篇。在小说家以往的众多作品中，这一篇虽不像引起文坛讨论的《百合花》那么抢眼，但把它放在卷首，除了与发表时间的先后有关，也突显了茹志鹃一时为人诟病的“杯水波澜”的写作风格；这部短篇与后面的《三走严庄》《给我一支枪》相比，不仅有题材之分，构思角度也相异趣。

这里不想说作家如何受时代风潮影响，转而写自己不擅长的“重大题材”，对“十七年”小说的批评主要在这一方面。我想讨论的是，时代风潮曾以怎样的方式影响女作家的写作，或者说，从性别和文本分析的角度去理解人物如何感受并回应时代风潮。我认为这样做，比笼统地把它们说成是服膺政治的应时之作更有意义。

（一）

《春暖时节》中女主人公静兰对时代的感悟，不是通过学习、开会和领导动员这些司空见惯的方式，而是从丈夫对一日三餐“随便”的态度开始的。解放了，生活逐渐好起来，静兰过日子的热情空前高涨。与她相比，丈夫（明发）却不满足于平静的细细如流水般的日子——这曾经是他们共同的梦，如

今却变得庸常而琐碎,让他不耐烦。新的时代正鼓动着明发,他一心考虑厂里的技术革新,把静兰冷落了:

如今已经是立春时节了,但是她(静兰)心里却觉得冰凉的,她现在越来越明显地感到自己和明发中间隔了一道墙,她并没有感到明发的世界比她宽,明发关心的东西比她多,他爱的东西比她崇高;她只感到受了委屈,她的眼泪流出来了。①

如果说,小说的表层结构依然在于表现妇女应该走出家门参加工作,在技术革新浪潮中夫妻比翼齐飞,这也是"大跃进"年代风行一时的作品主题;那么,这里有所不同的是,上述细节使人物在选择家庭和投身社会之间呈分裂状态:静兰是贤妻良母,却不同于一般的贤妻良母,她执著的性格,使她在细心照料家庭和积极投身工作二者之间,无法两全。在漫长的历史演进中,"贤妻良母"并不是特定时代的女性称谓,它贯穿于不同时代的社会生活,如果从文化语义学的角度,"贤妻良母"不仅是被动的女性形容词,更包含对女性身份的指认与塑造,使女性在男性中心文化的历史上,逐渐认同家庭对女性至高无上的意义。也就是说,不在于女性是否打算做贤妻良母,在主观上的选择之前,历史已经为她做了规定性的安排,成为她获得社会认可的一种方式。因此,无论在政治风云激荡的年代,还是在平和的庸常岁月,这种文化规约都能左右逢源,评价或衡量一个"好"女人的标准,即使不能完全照葫芦画瓢地加以比附,至少也要有"贤妻良母"为其底蕴,或予以衬托。小说中,由于静兰更执著于自我承当的不同角色,为使妻子的角色更完美,为丈夫不嫌弃自己"落后",静兰积极地投入里弄生产福利合作社的技术革新,家

① 见茹志鹃短篇小说《春暖时节》,原载《人民文学》1959 年 10 月号,收入中国青年出版社 1962 年出版的小说集《静静的产院》。

务来不及做不说,儿子也不得不托在邻居家吃饭;她的选择原是为维系家庭,维系丈夫对自己的爱,然而实际上,却使本来意义的家庭面临解体。静兰的执著,使文本在接受领域的意义结构出现分歧。

然而,这不过是出自接受领域的一种意义阐释结构。对文本的这种诠释,并没出现在当年的批评文字中,于一定意义,这是借用对80年代张辛欣和张洁的小说《在同一地平线》《我在哪儿错过了你》和《方舟》等作品的意义阐释结构的一种文本分析。虽然现代女性意识的觉醒,究其底里,是建立在现代怀疑主义基础上的,但这样的女性视角并未通过文本明确地显现给读者,我们也就无法得出结论说,这是一部表现了现代女性困惑的作品。或者说,女作家茹志鹃试图在"大跃进"年代,引发一场关于现代女性究竟走出家门好,还是留在家里相夫教子更好的争论。文本此处的缝隙很快随着情节发展被"抚平",叙述没在这多做盘桓。

(二)

不过,任何文本解读都非金科玉律,不同年代对作品不同的接受效果,使文本在后来不断的"误读"中得以流传。因此,"误读"自有误读的意义,文本缝隙潜藏着表层结构所难以明示的含义,在文学史研究中依然充满张力,不由得让人追问:文本深层结构传递出的,也许是与时代不尽一致的声音,或者包含它与一般阐释都擦肩而过的另一种企图。

与静兰一家的不和谐相比,隔壁朱大姐家的日子是另一番光景:深夜,

隔壁十六号里有人在敲门,是朱大姐回来了。她总是这样迟回来,也总是这样大声大气地叫门,她一叫门,会使整个一条沉睡中的弄堂,顿时变得热闹起来。她一边敲门,一边大声的喊。她丈夫是个电工老师傅,也是个见

了工作就忘了吃饭的人。朱大姐一喊门,他早就答应着走来开门了。可是朱大姐还是大声地说他,晚上听起来,声音特别响:

"人家工作忙得要死,你倒好,这么早就放倒了。"

喀嚓一声,她丈夫把门开了,一面说道:"哎呦,不得了,做了屁大一点工作,每天晚上都像中了状元回来一样。"

"怎么!你看不起我做的工作?"朱大姐话说得很凶,可是声音里带着一种说不出的得意。

"不敢,不敢,我每天晚上能够给你开门,还觉得十分光荣呢!"

噗哧一声,朱大姐笑了……

故事这里给人的印象是通过两个家庭的对比,反衬静兰没积极投身"大跃进",才引起夫妻感情危机;而朱大姐工作上不甘示弱,既能干,又泼辣,丈夫对她既支持,又体贴,直通通的言语之间,自是一番琴瑟甚笃。

用这样的故事模式解释作品也能自圆其说。新中国建立,战乱结束了,贫穷落后的生活也将随之发生根本改观。在新的社会氛围,再次引发了人们的现代想象:女人须跟上社会发展的步伐,从历史幕后走向前台。这种女性解放的思潮并非发端于50年代,早在20世纪初年就已蔚然成风。冯沅君在作品中直陈:"我是我自己的。"从启蒙主义的角度,宣布做女儿的将不再遵从别人的意志,充当"父母之命,媒妁之言"这种社会契约形式的附庸;庐隐渴望在天涯海角建造属于女人自己的小巢,她的《海滨故人》与英国女权主义批评家弗吉尼亚·吴尔夫《一间自己的房间》的写作意象不期而遇。如果说冯沅君和庐隐的表白显得有点一相情愿,或过于理想;那么,鲁迅于1923年底在北京女子高等师范学校的讲演,则更为现实地表明现代女性的处境:"所以为娜拉计,钱——高雅的说罢,就是经济是最要紧的了。自由固不是钱所能买到的,但能够为钱而卖掉。""要求经济权固然是很平凡的事,然而也许比要求高尚的参政权以及博大的女子解放之类更烦难。天下事尽有小作为比大作为更烦难的。”①女人要想不做家庭或丈夫的玩偶、陈列品，就得有独立的经济地位。以唯物主义世界观阐释女性的命运，的确驱散了种种玫瑰色的幻想，裸露出现实冰冷和无奈的一面。

然而，《春暖时节》并不热衷于承担召唤女性意识觉醒的重任，因为“召唤”已然在历史上发生，于一定意义，文本的产生也是召唤的结果。上述对文本的阐释，不仅使人意识到时隔半个多世纪，在被命名为“开天辟地”的新时代，现代性命题依然，而且女性对这个问题的认识也悄悄发生了变化。现代社会的进一步发展，让生活不断明晰化的现代性诉求，使这一时期的现代发展趋向与启蒙时期有所不同。明晰化是就现代性要求无限发展，试图迅速推演至世界最广阔的范围而言，任何传统隐秘的角落，不论政治高层，还是家庭与私人空间，都将在它的辐射中，参与其表演进程。现代化不断打破国别、民族与文化禁忌的疆界，在向经济落后的不发达国家迅速扩张途中，通俗与浅显必是其中应有之义。“时代不同了，男女都一样”，浅显的话语表现形式，逐渐内在化为普通人的自然行为。比起沅君、冰心和庐隐等作品中多少显得暧昧、似还笼罩在温情脉脉面纱下的女性意识，“大跃进”年代的文本中，参与社会的女性意识已表现为人物不假思索的直接行动。这里的女人，没有“此恨绵绵无尽期”的幽怨，也没有“秋风秋雨愁煞人”“风刀霜剑严相逼”的难言之隐，普及性的现代化结果之一，便是人物性格在一定程度上的明晰与张扬。文本中朱大姐便是典型一例。这样的形象不属于庐隐和鲁迅时代，而为“大跃进”风潮中的工农兵时代独有。

现代性要求无限发展的性质，要求传统意义上的女人经历脱胎换骨的改造。就女性形态而言，传统生活环境培育的相对静止的审美观念，至50

---

① 鲁迅：《坟·娜拉走后怎样》(1923年12月26日)。

年代中后期,已过渡到一种急遽变化的、有声有色的、行为张显的,甚至带有现代市场要求立竿见影的回报效益的人生情状。这些在朱大姐深夜敲门、静兰赶制木盘橡皮两节中可见一斑。但值得注意,这不过是文本营造的时代氛围,或者说,在文本中朱大姐形象是静兰性格的一种陪衬,而不是她羡慕或认同的人生方式。表面看,朱大姐不仅是静兰的好朋友,还是静兰的榜样,但静兰的"转变"只是一种行为,是故事结构的一般需要,她内在的性格自始至终没发生根本转变。静兰的人生风格一如她的名字——"静兰":静谧的兰花,象征一种含蓄和内敛的传统之美,与朱大姐开放、张扬的性格,形成情感方式上的对比。在这里,文本的裂痕,即文本表层结构既认同现代生活的"榜样",又流连于传统之间的矛盾,在下列描写中便可体现:

> ……她(静兰)觉得闷极了。
>
> 她不比朱大姐起得迟,也不比朱大姐睡得早,朱大姐忙碌辛苦,她也没有闲着,明发更不比朱大姐的丈夫差,为什么他们是那么和谐,而自己却是这样?为什么?

静兰的"闷",不在于她认为自己比朱大姐做得差,而是她和明发之间的感情没有朱大姐夫妇那般"和谐"。虽然那种含蓄和收敛的美,在朱大姐敲门一节全无踪影,故事的表层结构对此也没有告白,但细节出现的裂痕,还是使人感到静兰所要求的,并不完全是投身革新以挽救婚姻和夫妇感情;或者改变自己的性格,像朱大姐那样风风火火的,让丈夫格外看中自己,尽管这些因素多多少少都存在,但关键不在这里。生活在变革的社会转型期,却向传统的情感方式回眸;在欣赏风风火火的时代,却眷恋含蓄和内敛之美;通过凡人小景回应内心的审美需求,这才是文本的独异之处。静兰对自己有诸多不满,比如没技术,对厂里技术革新也不够热心;再比如家务与工作就像按下葫芦起了瓢，无法处理得妥帖而周到，等等，惟独没有对她所追求的一种诗意化的感情方式的不满。恰恰相反，从她只关心“小家”，到热心厂里的技术革新，文本的构思都仿佛刻意要在一个风风火火的时代背景下，为含蓄而内敛的情感方式寻找一条表达的渠道，一处合理存放的空间。

静兰参加革新实验后的一个夜晚，明发陪她在一家宵夜点心店吃晚饭：

> 静兰忽然看见伸过来一双筷子，筷子上夹着一只鲜红的大虾……
>
> 她全身震抖了一下，抬头看见丈夫正温柔地、无限疼爱地看着自己。
>
> 啊！这目光，静兰是多么熟悉啊，但她又觉得十分陌生，仿佛比她熟悉的更好更美。静兰有些忸怩，但又泪水盈眶，那一道摸不到、看不见的“墙”，已消失得干干净净。
>
> ……
>
> 第一声春雷响了，风里虽然还有一丝寒意，但静兰却觉得温暖极了。

直到故事结束，人们也不知道静兰和明发的革新是不是成功了。如果欣赏“大团圆”结局的读者，会认为作品的结尾有些草率：既然没讲实验成功，也就不算皆大欢喜。但如果叙述人最关心的，并不是一个妇女走出家门投身技术革新的过程，也就没必要再在这里絮絮叨叨。因为在情感和爱的领域，静兰所要求的那种浪漫，那种与风风火火的时代不尽一致的静谧与和谐之美，已经实现了。

（三）

对小说与现代性趋势不尽一致的审美倾向，接受领域最敏锐的觉察，莫过于当年具有激进文艺思想的批评家：

如果是由于对"小人物"的偏爱,那么我看,恐怕是由于某些古典作品的影响。旧时代有许多伟大的作家都是通过小人物揭示大问题的能手,那种高超的艺术手法永远值得学习。不过我们要看到,他们或多或少受着历史的局限,那时候还不可能产生象今天这样的英雄人物。任何一个作家身上,都不可免地要带上时代的烙印。今天的时代,要求作家创造多种多样新型的与时代呼吸相适应的风格,以便更充分地反映当前宏伟的现实。①

欧阳文彬对茹志鹃的批评虽不是针对《春暖时节》,但说茹志鹃偏重写凡人小事,在这一点上,她"对自己的趣味和倾向是否过于执拗了"的写作倾向,的确是小说家从《百合花》到《春暖时节》一以贯之的。茹志鹃"似乎不喜欢那种赤裸裸、血淋淋的描写",而"喜欢的是从侧面烘托,有含蓄、有余地的手法"。"古典""历史的局限"和"时代的烙印"不仅影响作家创造"新型的与时代相适应的风格",通过上述文本分析,还使人意识到茹志鹃作为当代女作家,她对时代风潮中的女人气质具有一种有意或无意的反叛倾向:如果一个女人的气质不是张扬、泼辣和风风火火的,与时代要求的女性气质不尽一致,却得到了一种审美认同,那么应该说,也具有其存在并获得认可的理由。文化传统的力量影响了文本中人物的性格取向,不论茹志鹃怎么表示,说她要"从生活中寻找出那种闪光的属于自己的东西",她"感觉在生活中,要达到这样的境界、收效,不能够仅仅站在生活之中。既要站在生活当中,又需要站在生活的更高的地方,来看待生活"②,但文本实际却差强人意。或者说,她的写作初衷是要跟上时代,站在时代的制高点上,但临到作品成型,文本缝隙又将她暴露在批评家的显微镜下:似乎与现代潮流不相一致,她的审美取向不是朝前,而是向后的,至少像静兰这样的人物性格,有向"古

① 欧阳文彬:《试论茹志鹃的艺术风格》,《上海文学》1959年10月号。
② 茹志鹃:《漫谈我的创作经历》,《新文学论丛》1980年第1期。

典”回眸的意味。

与“大跃进”年代不一致的审美倾向，尽管遭到时代的批评和抵制，但能否因此说，这是现代性对传统的压抑与排斥，或者是在女性解放的时代，为传统的贤妻良母唱一曲无尽的挽歌呢？实际也并非完全如此。

西方女性主义批评家通过“女性阅读”，曾发现一个问题：

> 目前大西洋两岸进行的女性主义批评，我们怀疑它是形成现代西方思想的重要的知识分子思潮的产物，然而我们确信，这种批评必然试图中断它赖以形成的传统。

这种女性阅读认为，女性写作相对传统和主导性的社会思潮，具有某种疏离倾向，特别表现在对西方二元论哲学传统的反叛，因为在女性主义学者看来，二元意义上的双方，在以男性为中心的社会发展史上不是对等的，而是等级制的。因此，“妇女在父权制文化中开创性的事业，也许准确地说，就是对不可思议性的正视与挖掘。的确，至少在明确的范围，不可思议性大概是理性和菲勒斯的凝视既不能控制也不能占有的”①。这一重要的发现，不仅是女性主义批评对传统文化大胆的怀疑与挑战，同时也使女性主义批评面临困境：如果剥离传统，女性阅读的阐释视角和女性主义批评理论又将来自何方，片面强调一种文化因素，比如为了摆脱以往文化对女性的定义，强调女人的身体或性别特征，姑且不论这种强调能否脱离文化的定义，假定这种看法能成立，那么这样的角度，也必将遮蔽文本潜藏的其他含义，陷入新的二元对立、等级秩序的陷阱。

① [美]桑德拉·吉尔伯特、苏珊·格巴：《镜与妖女：对女性主义批评的反思》，董之林译，见张京媛主编：《当代女性主义文学批评》，北京大学出版社1992年版，第271、288页。

(四)

《春暖时节》中出现的文本缝隙,恰恰给人以提示:“大跃进”年代激进的时代潮流,对文学的生产性因素,不仅表现为那些随波逐流的叙事,也具有刺激人们眷顾传统,向古典凝眸的作用力。这一点似乎与发动者的愿望相反,女性写作的疏离倾向,无意中把《春暖时节》的叙述推向独具内涵的境地。当现代性将生活普泛化为一种简单和直白的时刻,它要求发掘人类一切潜在能力的另一面特点,在叙事领域,又刺激人越发感受到一种极力抒发和表述内心的欲求。在这里,女性写作中的眷顾传统,并不是向男性中心传统和二元等级制的臣服,而是对被时代语境忽略的自我本质的重新打量,在激进的文化潮流中,这样的写作具有时尚批评无法解读的“不可思议性”。

现代女性文本不可能是一种孤立和片面的存在,而是在社会、政治、历史和文化的共同作用下生成,这一点正如西蒙·波夫娃在《第二性》中所言:女人不是天生的,而是被塑造出来的。就其本质而论,女人依然是各种社会关系的总合,不仅包含“贤妻良母”的因素,也有“飒爽英姿”“不爱红装爱武装”一面,还有“镜与妖女”的影像,等等。这些因素随社会与时代不同,在审美领域突显的一面也有所不同,其性格特征不仅有柔顺、婉约,也有泼辣、刁钻;既有富于感性、思绪情感瞬息万变的,也有心细如发、沉静自恃的,凡此种种,难以一概而论。《春暖时节》写作于“大跃进”时代,女主人公静兰多少是个有点落伍的形象,但文本的聚焦点恰恰在于,时代落伍者身上体现出一种沉静、含蓄与内敛之美。在追求轰轰烈烈的年代,作者并无意于塑造一个反潮流的形象,但与时代潮流不尽一致的写作倾向,却愈加使人物呈现一种陌生化效应。这种陌生化的效果并非完全是新的,令人不可思议的,而是对社会主导潮流的质疑。例如,女性应该是泼辣、外向的,生活感受应该是比较粗糙而不尚琢磨的,就像朱大姐给人的印象。这能否概括特定年代女性的本质呢?或者说,惟有这样,才是与时代色彩相一致的,对女性气质的追求呢?对此,静兰的形象给予否定的答复。

从表面看,作家的社会意识与审美倾向发生分歧,形成文本自身的张力。如上所引,茹志鹃的文学宣言与欧阳文彬并没根本分歧,但欧阳文彬还是从具体写作中看到问题。但实际上,她们的争议都出自现代文化背景,构成现代文化语境对人性不同的理解。相对于古典传统,欧阳文彬的批评强调的是带有乌托邦色彩的新人因素;而相对于现实流行趋势,茹志鹃的眷顾传统,则体现了不认同"被普遍承认是箴言"的现代趋势。在这种现代趋势中,"存在的一切都是特殊的":

> 这种强调在小说中个人经验应占首要地位的主张,如同哲学上笛卡尔的"我思故我在"一样富于挑战性。……而且,必须切记的是,在这样一个时代,公认的适合于创造性想象的文学出路,在于用本身并不新奇的情节诱发出个人的模式和当代的意蕴,这个任务则尤其不易完成。①

"大跃进"年代激进的社会潮流,碰撞出一种"适合于创造性想象的文学出路",这也许是现代社会中政治运动的发动者、作家和批评家都未曾明确意识到的现实。当激进的社会变革潮流卷起红尘滚滚,现代性如同惊涛拍岸,在社会转型过程中,在这片传统积蕴深厚的土地上催生出新的根芽。在唤醒个人经验这一点上,女性文本的个案分析具有明显的意义:趋时、守旧、犹豫与彷徨,都是现代生活可能性的因素。尽管这样的写作使读者觉得当

① [美]伊恩·P.瓦特:《小说的兴起》,高原、董红钧译,三联书店 1992 年版,第 8 页。

事人并未识得“庐山真面目”,但其个人经验所诱发出的“个人的模式和当代的意蕴”,却留给我们这样的思考:现代性并非单一性,现代社会也并非是单一的选择。

2004年9月13日

“静物写生”中的艺术变奏
——论茹志鹃、刘真的“十七年”小说

50年代的小说界，茹志鹃和刘真的小说独树一帜。究竟因女作家的身份才有独到的表现方式，还是因其表现方式与众不同，才使文坛女性令人刮目相看，尚难定于一是。但她们的小说在政治化的年代，都能不以造势的文字相标榜，而将笔触伸向时代大背景的间隙，在习焉不察之处传递生活感受。以她们的革命出身而论，作品内容自然与时代和政治生活有交相辉映的一面，在表现革命战争题材的小说里，表达对社会新生的喜悦。然而在充满时代气息的字里行间，蕴涵的却是不局限于特定政治理念，而具有普遍人性的母爱、异性相吸、姐妹情谊。当“重大题材”流行于世，她们的作品尤显别具一格。重大的历史事件不过是小说背景，其中风起云涌的过程她们似无力把握；她们胶着的只是生活的某一时刻，人物心灵的一点感悟。于此意义，时间在她们笔下是静止的，正如有的评论家把这种写法概括为“有点像静物写生，细腻逼真，神采毕露，然而运动的感觉还嫌不够，表现事物的发展也还不很充分”①。

1958年茹志鹃的短篇小说《百合花》在《延河》第3期发表，小说以“清新、俊逸”的风格赢得茅盾和一些评论家的赞赏：“‘百合花’可以说是在结构

① 欧阳文彬：《试论茹志鹃的艺术风格》，《上海文学》1959年第10期。

上最细致严密,同时也是最富于节奏感的"①;"茹志鹃在近十年、特别是近三年来的写作上,几乎是同时做了多方面的探索尝试,终于找寻到更适合于她、更能全面发挥她的长处的风格和形式"②。

茹志鹃的小说虽说也受到缺乏"复杂的矛盾冲突"描写和"表现事物的发展""不够充分"③的批评,但与当时其他作品受到的指责不同,赞扬的意见明显占了上风。她的小说得到文艺界领导人的赞许固然是其原因之一,但和平生活使社会审美意识有所改变,局促、紧张的战时心态渴望在和谐而徐缓的生活音律中得以舒展;接受领域对建国后历经批判运动的小说界更有一种潜在的吁求,希望小说摆脱一味配合宣传,以及公式化、概念化的模式,给创作注入新的活力,由此,也才使茹志鹃小说引来的是文坛一阵和风细雨的波澜。对这种与热火朝天的时代有所疏离的文学倾向,作家周立波曾委婉地说:"崇高的思想内容和优美的艺术形式的统一始终是一个作者追求的理想,不讲究二者的统一,只强调二者的任何一面,都会出岔子。古人说了:'文以载道。'在我们的时代,文章应载社会主义和共产主义的大道。古人又告诉我们:'言之无文,行而不远。'把这两句话合并想一想,是有意思的。"④

应该说,《百合花》的发表恰逢其时。1958 年反右斗争刚结束,与斗争中"亲不亲,阶级分"所形成的紧张的人际关系相比,小说呼唤人与人之间纯洁真挚的感情。茹志鹃将故事背景放在战争年代,尽管真实的战争场面要比政治运动中的较量与厮杀更残酷,但小说家和她的读者毕竟生活于现实,变动不拘的新时代收获之一,便是不断激发人们对生活新的想象。当茹志

① 茅盾:《谈最近的短篇小说》,《人民文学》1958 年 6 月号。
② 魏金枝:《创作个性和艺术特色——读茹志鹃小说有感》,《文艺报》1961 年第 3 期。
③ 欧阳文彬:《试论茹志鹃的艺术风格》,《上海文学》1959 年第 10 期。
④ 周立波:《关于民族化和群众化》,《人民文学》1960 年第 11 期。

鹃把记忆的焦距瞄准战争间隙，在这里，人际交往的关系变得单纯而透明，比现实的确有更多纯真的柔情。正如评论所言，茹志鹃“终于找寻到更适合于她、更能全面发挥她的长处的风格和形式”，这不仅是她对这种表现方式得心应手，比如，以跳荡的行文结构小说，以纯情而洗练的文字表现人物内心细小的波动；也在于这种写作方式与生活的关系比较独特，小说家只向她欣赏的景观睁大眼睛，全神贯注地拣拾那些“有光彩的珠粒，把她们穿缀成精彩的珠链”①。这样的写作个性，为当日文坛吹进异样的清风。

《百合花》是主人公“我”讲述1946年在解放军前沿包扎所领略的人生一幕：解放战争中，一位通讯员奉命为伤员征集棉被，农村刚结婚的新媳妇舍不得她的新棉被，这一借一嗔，把充满青春气息的生活场景展现得活灵活现。后来这位小战士在前线牺牲了，新媳妇一下子丢掉已往的忸怩、小性，为这位“同志弟”擦身体，“细细地、密密地”、一针一线的缝好他衣服上的破洞，也把自己唯一的嫁妆——绣满百合花的新棉被，送给烈士装殓遗体。

当时有读者认为《百合花》不像小说，而更像一篇散文。悠久的小说传统根深蒂固，大悲大喜的人物命运，离奇巧合的故事情节，不仅吸引了古往今来的读者，也在培养社会的阅读习惯，连同对小说既定模式的理解。《百合花》之前，茹志鹃已经发表《妯娌》(1955)、《关大妈》(1955)、《黎明前的故事》(1957)、《在果园里》(1958)等小说，在这些作品中，茹志鹃已表现出自己的写作倾向，比如截取生活的一个侧面，讲述普通人的生活故事，似乎无涉宏观大旨，却通过杯水波澜映出时代光彩。小说家是真心要与歌颂新生活的主题相契合，但与之相遇的，却是革命化年代崇尚雄伟壮观、大开大阖的精神诉求，她的小说并不违背时代潮流，却违背了这样一种审美取向，尽

① 参见欧阳文彬：《试论茹志鹃的艺术风格》，《上海文学》1959年第10期。文中说：“你(指茹志鹃)有一双巧手，已经能熟练地挑选生活中那些有光彩的珠粒，把她们穿缀成精美的珠链。”

管时代潮流和审美取向常常互为因果，但潮汐之变并非人人所感，更何况斗争消长还在明灭之间、并不明朗的状态。比如，当时引起批评家不满的是，茹志鹃的小说“很少出现复杂的矛盾冲突”，即令写战争，她也“不准备写什么战斗英雄。即令写战斗英雄，你大概也要写他作为一个普通人的方面，不去写他英勇战斗的场面”，由此看来，小说家“对自己的趣味和倾向是否过于执拗了”[①]。这里，批评家显然有意或无意地忽略了生活在从战争状态向和平年代转型的当口，便有所谓“春江水暖鸭先知”的创作感受，以及这样的感受对写作观念的影响。

不过，茹志鹃以往的作品在读者中并没多大影响，只是 1958 年《百合花》在《延河》发表，并于同年在《人民文学》6 月号转载后，她的写作风格才引起人们关注。从 1959 年欧阳文彬《试论茹志鹃的艺术风格》在《上海文学》10 月号发表起，有关茹志鹃风格的讨论持续了将近两年，像茅盾、侯金镜、魏金枝、洁泯等当时著名的文学批评家都发表评论，虽说文本对象是《百合花》，但实际上是在展开一场关于作家创作风格的讨论。这些文章都不大赞同欧阳文彬的观点，都从文学大局出发，肯定小说家的个性风格对形成生动活泼的创作局面是怎样的不可或缺，等等。而在这样的大背景和大趋势下，有两个人的分析稍显不同，一个是作家冰心，一个是作家本人。

实际上冰心所论，是《百合花》发表一年多后，茹志鹃的另一部小说《静静的产院》。从描写女人的生产过程中，冰心注意到女作家对女人生活特有的关注，并把独具视角的女性体悟提到当代小说的议事日程。冰心说：

在年轻的作家的队伍里，出了一个茹志鹃，作为一个女读者，我心里的喜欢和感激是很大的。

---

① 欧阳文彬：《试论茹志鹃的艺术风格》，《上海文学》1959 年第 10 期。

……在我们的报道里,小说里,不知写过多少妇女劳动英雄、先进模范的事迹。这些报道和小说里的妇女形象,也都能感动人,教育人,但是从一个妇女来看关于妇女的心理描写,总觉得还有些地方,不够细腻,不够深刻,对于妇女还不是有很深的熟悉和了解,光明的形象总象是蒙在薄薄的一层云纱后面,不是那么眉宇清扬,容光焕发。

茹志鹃是以一个新中国的新妇女的观点,来观察、研究、分析解放前后的中国妇女的。她抓住了故事里强烈而鲜明的革命性和战斗性,也不放过她观察里的每一个动人的细腻和深刻的细节,而这每一个动人的细腻和深刻的细节,特别是关于妇女的,从一个女读者看来,仿佛是只有女作家才能写得如此深入,如此动人!①

五四时期,冰心和庐隐、沅君、凌叔华等人曾联袂出现在文坛"人的解放"的旗帜下,为女性的历史境遇发出呐喊。如今她关注茹志鹃小说关于女性的描写是最自然不过的,但她所说的"故事里强烈而鲜明的革命性和战斗性",与茹志鹃这篇作品的风格却似有抵牾。《静静的产院》描写了谭婶婶和荷妹两代接生员,由她们对接生观念的差异反映出社会上新与旧的矛盾,以及新陈代谢的必然规律。小说的风格委婉而清新,新旧交替自然流转,嗅不出"革命性和战斗性"的火药味。然而,"女读者"和"女作家"之间却还是心有灵犀,妇女写作的消长、变异是一定时代的产物,"强烈而鲜明的革命性和战斗性"的说法是当时世风所致,冰心着重强调的是女作家关于妇女的"细腻和深刻的细节",使女人形象走出异性描写的"云纱",而显现出"眉宇清扬"的真实性,并指出,这样的描写是以往"多少妇女劳动英雄、先进模范的事迹"所没有的。当社会生活趋向平稳,小说也和生活一样,由粗砺、张扬转

① 冰心:《"一定要站在前面"——读茹志鹃的〈静静的产院里〉》,《人民日报》1960年12月14日。

向细腻、平和,对此冰心有敏锐的察觉。另一方面,茹志鹃的小说使这位五四时代女作家有感而发,也在于她当年所期盼的妇女解放,通过和平年代表现女性生活状态的文字,才有了一个真切的结果。与冰心的主观愿望相契,这结果不是剑拔弩张的,而是充满清爽和温馨的轻喜剧色彩。

如果说,冰心揭示出女作家创作视角在当代小说发展中的特殊意义,把有关妇女解放的历史线索勾连起来;那么,茹志鹃对《百合花》的自白,则进一步把这一视角所涉及的具体内容揭示出来。她这样介绍小说情节所潜在的含义:

从这个思想脉络推下去,到最后她把新婚被子劈手夺来,盖上通讯员的遗体,这一动作就有了内心依据。在这一严重的、肃穆的时刻,才显露出她对这位同志弟的歉疚,表现了她对子弟兵的真认识,真水平,真感情。就在这个时候,也只有在这个时候,作品的意念,人物的命运,合拢了,完成了,能够打上一个句号了。一位刚刚开始生活的青年,当他献出一切的时候,他也得到了一切。洁白无瑕的爱,晶莹的泪。

作品写完以后就寄出去了,但不久就退了回来。在那个时候,难怪有些编辑部不敢用它,它实实在在是一篇没有爱情的爱情牧歌。当然,这些都是我现在的认识,当时要想得简单得多。也许想得太复杂了,就没有《百合花》了,说不定。①

《百合花》“实实在在是一篇没有爱情的爱情牧歌”,这是“文革”后茹志鹃对小说内涵的说明。事实上,当年无论欧阳文彬的批评,还是侯金镜等人的辩解和褒扬,都有意或无意地回避了这个问题。或者说,回避了小说家通

① 茹志鹃:《我写〈百合花〉的经过》,《青春》1980年11月号。

过作品所要表达的对爱情和人性的理解。他们争论作品题材是否“重大”，是否要写英雄人物，虽然欧阳文彬认为茹志鹃的风格略嫌纤细，希望她“更充分地反映当前宏伟的现实”，但对其艺术风格也有切实的把握，认为她“能把平凡的事件处理得枝叶扶疏，灿然可观。在短小的篇幅中，起承转合，呼应陪衬，应有尽有”①。但所有的评论便都到此为止，至于当年，“有些编辑部不敢用它”的原因，也就是小通讯员牺牲时得到了一位农村新婚少妇的纯真的“爱情”这一点，几乎没有涉及。茹志鹃在小说中并没明确写爱情，她将此归结为“当时要想得简单得多”，新媳妇对小战士的爱，仅仅像一曲关于爱的挽歌，曲终人散，淡得不着痕迹，但却在无意间打破两情相悦，就一定要“大团圆”的俗套，流露出一种感伤的美。因此，若说这是一篇有意遮蔽爱情主题的小说，也不尽然。轰轰烈烈的革命年代所形成的相对单一的审美风尚，不能不说是这方面描写受忽略的原因之一，恰似文苑一阵清风拂面而来，人们却来不及驻足、静心，仔细打量作品；但实际上，也许是在无意间，茹志鹃悄然把一种新的抒情方式引入作品，抒情在这里主要不表现为诗化的语言，而是由小说情节点化而成的感伤意境，一个没有结局的结局。

50年代有一批像茹志鹃这样的女作家，她们的出身经历都与五四时代的女作家有所不同。如草明、白朗、杨沫等30年代参加革命，或经历抗日战争，或来自根据地延安；像茹志鹃、刘真和菡子曾都是新四军和八路军的女战士；袁静、韦君宜和李纳等在青年时代就积极参加学生运动，是在战争或地下斗争中出现的“战士型”作家。与男人并肩作战，风雨兼程，使她们本人在公众场合都不刻意突出自己的女性身份，与五四新女性相比，她们自觉为又一代女性新人。究其原因，还在于她们赶上了建国初期催人振奋的岁月，赶上了一个“不爱红装爱武装”的时代，五四时期女作家着力揭示的“风刀霜

① 欧阳文彬:《试论茹志鹃的艺术风格》,《上海文学》1959年第10期。

剑严相逼”的人生境遇，还有当时知识女性缠绵悱恻、错综复杂的心理纠葛，在她们看来，都已是旧时王谢堂前燕；而对现实的新女性，作品多着意于刻画人物形象的“纯”与“真”。在这里，学识、世故和经验都有沾染旧生活痕迹之嫌，小说中那些来自乡村，单纯、明净、天真的小女兵形象，是新女性画卷格外的亮点。其中，以刘真的作品最为典型。

追忆个人经历，也体现了小说家追求“纯”与“真”写作风范的努力。1955 年，刘真的短篇小说集《我和小荣》出版，1959 年她发表《英雄的乐章》，再到 1962 年《长长的流水》问世，伴随年龄增长，刘真的创作经历了不同阶段：从表现童年生活印象到描写少女的初恋心态，而后又转向描写战友之间的姐妹情谊。她的小说本可以作为表现战争生活的作品，但由个人的艺术追求所致，表现纯真的写作意向，使小说界一直把刘真当作儿童文学作家。儿童文学是强调读者对象的文学，是根据孩子的接受心理和欣赏趣味为儿童写的作品，刘真的小说却不很适合这样的角色。刘真九岁参加八路军，在部队当过宣传员、交通员、演员和戏剧队长、创作室主任。部队生活为她扫盲，就像聋哑人开口说话，刘真滔滔不绝地讲述自己的生活经历，并以小说回报哺育她成长的部队。她小说主人公常常就以“我”或作家的真实姓名“小刘”、“清莲”出现，人物和作者经常不分彼此，忘情地抒发着对战时平原生活的感受，抒发对部队大家庭的感情。刘真的小说这样执著于主观抒情，使她并不适合具有较强受众意识的儿童文学作家。

小说中频频出现“小八路”形象，她(他)们单纯幼稚，在部队常常有些顽皮淘气的举动，像《我和小荣》《核桃的秘密》等，人物过于质纯的禀性，使作品的文笔、结构也尚嫌稚嫩。这种状态至 1959 年《英雄的乐章》①发表有所改变，标志刘真正在告别写作的上一个阶段。作品描写一对男女战士张玉

① 刘真：《英雄的乐章》，《蜜蜂》1959 年第 24 期，后收入刘真短篇小说选《英雄的乐章》，河北人民出版社 1981 年版。

克和刘清莲在部队宣传队相识，十几年的战争生活使他们聚少散多，而少年时代的友情，却由难得的相聚而变为恋情。作品动人之处在于描写出青年特有的一种欢乐与向往的生活态度，环境再艰苦、单调，也挡不住这对青年恋人对未来的憧憬：他们相约战争结束到音乐学院学习，“把经历的一切都谱成乐章”；到北京去修建“好看的楼”，把自己国家的首都也建设成像“美国的华盛顿，法国的巴黎，英国的伦敦，意大利的罗马……”那样美丽的城市。不幸的是这次分手后，在羊山集战役，张玉克不幸牺牲，他用自己的生命谱写了“英雄的乐章”。与《我和小荣》《核桃的秘密》《弟弟》等作品相比，《英雄的乐章》不再是描写调皮的小战士的“成长小说”，而以青年男女的爱情为主线，在硝烟弥漫的战地，吹奏起浪漫的青春短笛。

然而，当刘真的小说把战争与个人命运联系起来，她却受到批判。《英雄的乐章》是作为批判对象附发在《蜜蜂》杂志，才得以与读者见面。1959年，在反右倾运动形势下，文艺界也开始批判修正主义思潮，在《蜜蜂》杂志上，与《英雄的乐章》同时发表了“本刊评论员”文章《高举毛泽东思想红旗，坚决反对修正主义文艺思潮》，文中说：《英雄的乐章》“以资产阶级人道主义观点，看待革命战争和爱情问题，将个人幸福和革命事业对立起来，厌倦革命战争，幻想和平幸福；摆在我们面前的作品中的人物，灵魂里充满了浓厚的资产阶级的没落、颓废情感，却硬给穿上了革命战士的外衣”，文章特别强调，要以此为例，“坚决把形形色色的修正主义文艺思潮打击下去！”[①]从1959年底至1960年上半年，《蜜蜂》《文艺报》《河北日报》《中国青年报》《光明日报》《解放军文艺》等多家报刊杂志就发表十多篇批判文章[②]，如《是英

① 《高举毛泽东思想红旗，坚决反对修正主义文艺思潮》(本刊评论员)，《蜜蜂》1959年第24期。

② 这些批判文章的详细出处及作者在这里不一一引述，可参见二十一院校编写组编选的《中国当代文学参阅作品选》(3)，福建人民出版社1984年版，第522—523页。

雄的乐章,还是私情的哀歌?》《宣扬资产阶级人道主义的"乐章"——评刘真的〈英雄的乐章〉》《箭头指向哪里?》《战士批判小说〈英雄的乐章〉》等,这种状况直到1962年才有所缓解。

经此劫难,1962年《人民文学》10月号发表的《长长的流水》,使刘真的创作又掉回头去,重新温习"纯"与"真"的主题。《长长的流水》描写40年代初小战士"我"和李云风大姐在太行山整风大队的生活。这是一部表现部队休整期生活的小说,但此间最活跃的政治生活、整风运动,都不是叙述重点,与历史中的现实相比,作家真正将它描绘成战争间隙的一片让人身心休憩的港湾。小说特别用功在细节、情节和人物的对话方面,通过一组组画面,比如"我"到整风大队被大姐按着洗头、识字,闲话中得知大姐身世,让这些片段贯穿在近似母爱的姐妹情谊中。如此说来,恰如评论家所言,刘真"营造的真正是一种'有我之境',读者从中时时都可以感觉到她那热忱、率真、奔放、无拘无束的个性。这就与茹志鹃的含蓄隽永,形成春兰秋菊之比"①。

但重温却不是重复,《长长的流水》超过作家的以往作品。小说讲求结构均衡、气氛营造,起承转合也自然圆熟。除她的小说经验不断积累、写作不断成熟之外,潮起潮落的人生经历也潜移默化地改变和影响着创作。如果说,刘真开始创作处于"有我之境",姑且将此称为对个人经验的复制,并由此形成率真的艺术境界;那么她在《长长的流水》中,则不单纯是在复制个人经验,而增加了小说家对人生的感悟。从"我"开始不理解大姐的描写中,大姐便有了一种"委屈",这种情绪不是由大姐本人表现出来,而是由"我"在追忆与怀念中的忏悔心情烘托出来。经受批判后作家发表《长长的流水》,虽不能据此便武断地说,作品是小说家借人物的"委屈"自比,但同为"有我之境",创作的心情至少比以前复杂许多。"我"已不再用孩子单纯的目光打

① 参见蒋守谦对刘真小说的评价,《中华文学通史》第九卷,华艺出版社1997年版,第285—286页。

量人生，而能超越“我”的视角观察生活。于是，“纯”与“真”在生活中不再是一种单纯的美，它们也有让人受委屈、比较“残酷”的一面。对这一点，“我”以前未曾觉察，正如小孩子往往意识不到自己的恶作剧有什么不好。如此说来，童稚连同青春虽也是美的，却是一种单纯的美，反倒是连同对它的忏悔，显现出一种不尽如人意的美，在小说中更有超凡脱俗的魅力。

以“静物写生”形容茹志鹃和刘真这一时期的写作特点，只是一种比喻。描写生活的侧面，从一点感受生发开去，点染成有人物、有情节的小说，其中小说家的主观色彩比较浓厚；不像那些专为历史作传的小说，无论正说还是反说，其中既定的观念是作家无论如何也摆脱不了的。然而，女作家对写作的这种选择，却有自己的传统，也就是说，当时代偏重某种写作观念，甚至对某一题材趋之若鹜；而她们对自我体验刻意的关注，却使作品对趋向性的潮流有所疏离。比如女作家丁玲。早在二三十年代，丁玲就以《梦珂》《莎菲女士日记》《阿毛姑娘》《韦护》等作品蜚声文坛，作品塑造的那些富于个性色彩的人物，特别是她们对爱情生活特有的体验，对情爱、性爱与革命之间错综复杂的关系大胆的揭示与剖白，是一般反封建主题难以尽述的。如果说，这样的主题意向在一些作品中可以一览无余，那么，丁玲的小说却不是这样，她更表现出难为理性所把握的人性奔突无羁的方面。在这一点，丁玲是诚实的，也是勇敢的。这才是五四大时代对女作家心灵真正的感召。

启蒙运动像开启了心灵的闸门，使作家即使生活在任何有约束力的环境中，都敢于正视自己的感受。1936 年，丁玲来到陕北，发表《一颗未出膛的枪弹》《东村事件》《入伍》等作品。就题材而论，这些小说都反映了抗战时期的根据地生活，从中也可以看出，小说家对根据地怀有热切的期望，通过作品，她仿佛在振臂欢呼，向人们展示投身新天地之后崭新的人生感受。然而难能可贵的，更是她忠实于生活感受，并不局限在一时一事。40 年代初，丁玲发表《我在霞村的时候》，作品描写农村女青年贞贞在敌人的营垒受尽日寇蹂躏,但为了给游击队传递情报,她咬牙坚持下来,当她染了重病返回家乡的时候,却受到乡亲们的歧视和辱骂。《在医院中》描写青年女医生陆萍怀着满腔热情投身根据地的医护工作,她认真负责,事事处处坚持原则,结果不仅得不到同志们的理解,而且最终在流言蜚语中败下阵来。可以说,这两部小说都描写了革命时代"太阳上的污点",但它们又不完全立意要"干预生活",或者说,比那样的作品更侧重于抒发感同身受的人生体验。这种真实的感受与她初到根据地,仿佛"振臂欢呼"的真实,应该说是一致的。

1958年《文艺报》把丁玲写于40年代的杂文《三八节有感》和小说《在医院中》重新发表,进行"再批判",《文艺报》的"编者按"说:"这些文章是反党反人民的",是"帮助了日本帝国主义和蒋介石反动派"的"毒草";他们"以革命的姿态写反革命的文章",是"屡教不改的反党分子"。这在当时"是毋庸怀疑的判决"①。丁玲的遭遇作为前车之鉴,不能说对后来小说家的创作没有影响,但如果从茹志鹃和刘真的上述作品来看,这种影响可以说是题材方面的,她们的作品不打算去揭示生活的不尽如人意;而在注重女人特有的感受这一点上,女作家的选择却颇为一致。因此,在她们的作品里,多流露出时代观念难以一网打尽的情愫,比如"没有爱情的爱情牧歌";战地的青春短笛;回忆中喜忧参半的"长长的流水"……

在反右斗争稍微平息之后,茹志鹃和刘真的作品给人们带来文学再次"解冻"的信息,尽管那仅仅是暴风雨前夜的一丝平静,却是小说家永远的一份期待。

① "编者按"见《文艺报》1958年第二期,引文参见朱寨主编:《中国当代文学思潮史》,人民文学出版社1987年版,第329页。

中篇（2）

『旧时王谢堂前燕，飞入寻常百姓家』

（唐·刘禹锡）

·絮语·

斗转星移，不知有多少像六朝时代的王谢世家，瞬间灰飞烟灭，让人对沧海桑田生出无限感慨。把帝王将相、高门巨族写入历史，使其成为与底层社会环环相扣的共生一体，却是当代历史小说家所做的功课，凸显社会底层在变革中的意义。然而所谓底层，不是凝固不变的整体，有遁入混沌的锦衣玉食者，也有一跃至权力巅峰的落草为寇者。人性在变动不拘的历史中扮演丰富多彩的角色，将其誉为莎士比亚式的中国剧情，一点儿都不过分。

由历史小说看五四时代的延续
——论《李自成》研究再度兴起[①]

2006年，姚海天编《茅盾　姚雪垠谈艺书简》（简称《谈艺书简》）由人民文学出版社出版。该书收集整理茅盾和姚雪垠从1974年7月至1980年2月间八十余封通信，江晓天为《谈艺书简》作序，评价这部大约十二万字的通信集出版意义非凡：它是"'五四'以来第一、二两代老作家，就一部长篇历史小说所涉及的一些理论思想、创作艺术技巧等进行深入细致探讨的一部独具特色、颇有学术价值的大书"[②]。江晓天是《李自成》第一卷上下两册的编辑，他对作品熟悉的程度，一般人很难达到。实际上，他在这里揭示了五四时代与姚雪垠和《李自成》的精神联系。共同的现代文学志向，使"'五四'以来第一、二两代老作家"惺惺相惜，即使新文化运动已过了半个多世纪，《谈艺书简》依然体现他们之间一种特有的相知、相契和相互支持。或者说，出于一位资深编辑对小说的了解，江晓天对通信集的评价是对《李自成》与五四时代关系意义深刻的诠释。

《谈艺书简》从表面看是两位作家五年多的通信，但所涉及作品的时间

---

① 姚雪垠1910年生于河南邓县。2010年8、9、10月期间，中国新文学学会、湖北省文联、邓州市委、市人民政府、中国作家协会和中国现代文学馆陆续召开研讨会、座谈会，纪念姚雪垠诞辰一百周年。

② 见姚海天编：《茅盾　姚雪垠谈艺书简》，人民文学出版社2006年版，序第1页。

跨度在十七年以上。《李自成》第一卷上、下两册出版于1963年，第二卷上、中、下三册出版于1976年，第三卷上、中、下三册出版于1981年，也就是通信集截止期的第二年。回想这段历史，不仅有1962年"重提阶级斗争"后风云多变的政治形势，也包括"文革"这样严峻的历史时期。但这一漫长的过程表明，五四时代对中国当代文坛的影响，在"十七年"和"文革"虽然都遭遇曲折，但也都未曾被拦腰斩断，而且这一思想流脉对现代社会的探索，一直断断续续地进行着。茅盾的《李自成》研究即是其中一例。值得注意的是，在茅盾和姚雪垠于八九十年代相继去世，《李自成》研究经过80年代中后期相对沉寂之后，至21世纪初又有活跃的迹象。2009年，为"纪念改革开放三十年"，文艺报社编选《茅盾文学奖(第1—7届)获奖作品评论集》由作家出版社出版，关于第一届获奖小说《李自成》，编选者收入茅盾发表于《文学评论》1978年第2期的文章《关于长篇小说〈李自成〉》。时隔三十年后，茅盾的文章再度豁人眼目。姑且不论这意味着《李自成》研究今天仍有待深入，是否也意味着对五四时代文学话题、精神指向的研究还远未完成，又延续到21世纪呢？答案是肯定的。

"茅盾文学奖"于1981年10月正式启动，是根据茅盾遗愿将他毕生积蓄的25万元全部捐献而设立的长篇小说文学奖，其中寄托茅盾对当代中国长篇小说的厚望。这一奖项第一届颁发给《李自成》，与茅盾对姚雪垠创作的长期支持分不开。从姚雪垠"1938年发表短篇小说《差半车麦秸》起"，直到长篇小说《李自成》，茅盾都有积极的评价和鼓励，"彼此结下了四十年之久的师生之谊"①。同为五四文化人，他们为推进中国文化现代进程的不遗余力，由此可见一斑。新时期伊始，茅盾在这篇文章说：

---

① 见姚海天编：《茅盾　姚雪垠谈艺书简》，人民文学出版社2006年版，序第2页。

> 三百年前的史料既丰富而又庞杂。那些史料的作者又都是封建思想极浓重的人,他们所记载的史实,无论是关于李自成及农民军的,或者是关于明王朝的掌权者——崇祯及其亲信的文臣武将的,都是透过他们的封建思想的棱镜而被歪曲被颠倒了的。其次,这些史料,大部分并非身当其事者的实录,而是辗转传闻的记载。因此,如果作者是认真地以十分负责的态度去写一部历史小说而不是浮光掠影,抉取若干史料就主观地构想,特别是主观地塑造人物的话,那么,甄别这些史料,分辨其何者是真,何者是伪,何者是真伪相杂,又是必要第一步的准备工作。①

茅盾这番话,为认识五四时代与姚雪垠长篇历史小说《李自成》的关系,提供了一把钥匙。如果从历史小说家甄别史料、分辨真伪入手,研究《李自成》写作"第一步的准备工作",那么追根溯源,小说家真正的思想准备既非始自于 1957 年被错划为右派,愤而著书;也不能归因为 1944 年郭沫若的《甲申三百年祭》,促发其灵感;更不是为配合 1962 年"重提阶级斗争"政治形势下的"革命传统教育",尽管作为小说写作的时代背景,它们都曾给作家以影响。但茅盾所说的"三百年前的史料既丰富而又庞杂",如何分辨和叙述历史?这个问题必然要追溯到 20 世纪二三十年代发生的新史学运动,追溯到这个运动在一代人文知识分子中掀起的思想波澜。当时关于史学观念和方法问题的讨论,直到上世纪末姚雪垠回想起来还那么印象深刻,记忆犹新。他说:"一九三〇年前后(即姚雪垠在河南大学读预科期间,作者注)是我国史学界思想十分活跃的时期,而当时的史学界情况对我这个小青年的成长发生过强烈影响,在相当程度上决定我以后的文学创作道路。尤其是我在四十七岁时,即一九五七年被迫突然转上创作历史小说的道路,而且在

① 茅盾:《关于长篇历史小说〈李自成〉》,《文学评论》1978 年第 2 期。

历史小说方面做出了我自己的独特贡献,这与当时我在河大时所受的影响有密切关系。"①也就是说,姚雪垠的长篇历史小说《李自成》的思想准备阶段应该在20世纪二三十年代新史学运动期间。尽管当时他并没有写这部小说的明确打算,但如果没有那种时代氛围,姚雪垠没有积极投入史学界的变革,那么,或者根本就没有《李自成》这样一部历史小说,或者有,也不是我们今天看到的《李自成》。

据姚雪垠回忆,当时中国史学界大体分为三派:一是传统史学家,继承清代学者严谨的学风,受进化论思想"或深或浅的影响",但反对标新立异、哗众取宠,"没有接受历史唯物主义对史学思想的影响"。二是古史辨派,在五四反封建、反孔教的新文化思潮鼓动下,致力于怀疑和否定儒家典籍所记载和宣传的上古历史,新文化倡导者钱玄同甚至改姓"疑古",可见时代潮流的强劲有力。三是新史学派,即采取马克思主义唯物史观研究中国古代社会起源,所涉及的根本问题是对中国社会性质的认识,比如中国社会自有史以来是否存在阶级?马克思主义是不是适合中国国情?当时正积极投入中共地下党领导的学潮运动和左翼文化运动的姚雪垠,虽然对第一、二两派在研究方法上有所肯定,但基本倾向第三派意见。从当年他对郭沫若《中国古代社会研究》的欣赏态度,便可得出上述结论。姚雪垠回忆说:

一九二七年大革命失败之后,郭沫若侨居日本,受了恩格斯的《家庭、私有制和国家的起源》、摩根的《古代社会》两书思想的启发,利用几十年中国学者们对甲骨文和金文研究的成果,加上他对先秦古籍的丰富知识,写出了《中国古代社会研究》一书,成为马克思新史学派研究中国奴隶社会的开山之作。但当时和其后参加古代史讨论的许多年轻学者的功底比郭沫若差得

① 姚雪垠:《姚雪垠回忆录》,中国工人出版社2010年版,第44页。

很远，他们既不懂金文，也不懂甲骨文，对先秦古籍也读不大懂，更谈不上熟悉，所以常常受到正统派史学家们的讥笑，认为是海派学风。然而当时正是马克思主义新史学派"筚路蓝缕，以启山林"的时代，许多幼稚毛病，很难避免。经过十几年的努力，有些学者逐渐成熟，如今新史学派早已成为中国史学的主流了。①

姚雪垠读了《中国古代社会研究》，曾"在封面上工工整整地写了这样几个字：'我所心爱的一本书'"，把自己看作是郭沫若的"私淑弟子"。

但处在传统变革年代的学者是不特别看重师承关系这一种人情故交的，"吾爱吾师，吾更爱真理"，对新观念心向往之，以新史学观念重新阐释中国传统社会，并随时准备质疑前人或权威的结论，被视为重要的人生准则。从这个角度看《李自成》，不仅作品本身是新史学派观念催生的产物，而且其创作过程一直有挑战前人、挑战权威的时代印记，这也是他后来与郭沫若发生分歧的主要原因。

又恰恰在这一点上，姚雪垠无愧郭沫若的"私淑弟子"。郭沫若回顾新史学运动对后来知识分子治学的影响时说，当时对历史，"在学者之间很难取得一致"，"就拿我自己来说吧，二十多年来我自己的看法已经改变了好几次，差不多是今日之我在和昨日之我作斗争"。这话来自郭沫若 1954 年为《中国古代社会研究》所作的"新版引言"。《中国古代社会研究》最初完稿于 1929 年，50 年代重新出版，作者修改了以前一些结论，比如殷代不属于原始社会末期，而已进入奴隶社会；把奴隶制的下限定在春秋与战国之交，而非只有西周才是奴隶社会，等等②。现代启蒙运动打破了以往学者固守的历史结论，他们不仅批判别人，也不断检讨自己，检讨自己实际上是对既定

① 姚雪垠：《姚雪垠回忆录》，中国工人出版社 2010 年版，第 46 页。
② 参见郭沫若：《中国古代社会研究》中《一九五四年新版引言》，人民出版社 1964 年第 2 版。

结论发起新一轮攻势。这种否定之否定的学术氛围,对姚雪垠青年时期性格影响至深。一个人的性格当然与特殊的生理、地理环境有关,有来自遗传、童年经验等诸种个别因素,但姚雪垠对以往学术权威论点的质疑,对既定规范的僭越,还有被一般人视为桀骜不驯的性格,却与他这一时期的经历有重要关系。一代人有一代人的使命,这种说法不错,但从相反的角度来看,这种使命感也形成一代人某种潜在的集体无意识和潜在的文化性格。在一个抗拒传统、大胆质疑、事事敢为天下先的时代,姚雪垠从新史学运动中不仅汲取重述历史、重述明史的立场、观点和方法,更难得的是他对历史与小说关系的探索,为当代历史小说发展奠定了基础。

具体到《李自成》,把农民起义和农民战争作为历史变革不可忽视的重要一翼,这是姚雪垠通过历史小说重述明史的宗旨所在。这种写法打破了帝王将相史的传统格局,把明末农民起义,把那些历来被逼无奈、揭竿而起,却又衣衫褴褛、面目模糊的乌合之众正面写入历史,写他们的内心活动,他们的个人命运,写起义军兴起到壮大、衰落直至失败,也就是现实主义叙事所要求的起承转合全过程。这种切入历史的角度,使姚雪垠对明末历史与其他人观点见出分野,同时也使他对其中分歧有特殊的敏感。因此,当郭沫若《甲申三百年祭》在40年代受到毛泽东重视,并被列为整风"参考文件"[①],姚雪垠却对这篇鸿文有不同看法。分歧主要针对李岩这个人物。郭沫若认为:"李岩终竟被逼上了梁山。有了他的入伙,明末的农民革命运动才走上了正轨。这儿是有历史的必然性。因为既有大批饥饿农民参加了,作风自然不能不改变,但也有点所谓云龙风虎的作用在里面,是不能否认的。"在总结起义失败教训时,郭沫若更把李岩提到重要位置:"李自成自然是一位悲剧的主人,而从李岩方面来看,悲剧的意义尤其深刻。假使初进北

① 郭沫若:《甲申三百年祭》,重庆《新华日报》1944年3月19日连载。

京时，自成听了李岩的话，使士卒不要懈怠而败了军纪，对于吴三桂等及早采取了拉拢政策，清人断不至于那样快的便入了关。又假使李岩收复河南之议得到实现，以李岩的深得人心，必能独当一面，把农民解放的战斗转化而为种族之间的战争。假使形成了那样的局势，清兵在第二年决不敢轻易冒险去攻潼关，而在潼关失守之后也决不敢那样劳师穷追，使自成陷于绝地。假使免掉了这些错误，在种族方面岂不也就可以免掉了二百六十年间为清朝所宰治的命运了吗？就这样，个人的悲剧扩大而成为了种族的悲剧，这意义不能说是不够深刻的。”郭沫若进一步追究错杀的责任：“假使李岩真有背叛的举动，或拟投南明，或拟投清廷，那杀之也无可惜，但就是谗害他的牛金星也不过说他不愿久居人下而已，实在是杀得没有道理。但这责任与其让李自成来负，毋宁是应该让卖友的丞相牛金星来负。”但无论谁来负责，无论李自成还是牛金星，李岩这个人物都从这一叙述角度被推向历史的关键位置，他的死也成为大顺朝失败、起义军失败、甚至“种族失败”的根本原因。

1962 年 6 月《李自成》第一卷修改稿送交中国青年出版社后，姚雪垠曾应邀拜访明史专家吴晗，征求他对《李自成》的意见。交谈中，姚雪垠说不想采纳《甲申三百年祭》的方式写李岩和红娘子，并引述史料以及他得出的六点结论，证明历史上根本没有李信(即李岩)这个人。“《绥寇纪略》和《明史·流贼传》中关于李信和红娘子的事情全是捕风捉影之谈。后来郭老写了《甲申三百年祭》，因其崇高声望，加上被作为‘整风’参考文件，一个本来不为河南人所谈论的‘李公子’变成了家喻户晓的历史人物。”鉴于姚雪垠对史料调查把握的周详，吴晗肯定了姚雪垠的分析，还说：“看来论明初你不如我，论晚明我不如你。”①明史专家的肯定和称赞使姚雪垠“大受鼓舞”，不

① 高连英：《史学家与小说家的心灵碰撞——吴晗与姚雪垠一席谈》。见陈浩增主编：《雪垠世界》，中国青年出版社 2001 年版。

过,姚雪垠却没顺着这样的思路去结构小说,经他考证纯属子虚乌有的李岩和红娘子,还是作为小说中人物陆续出现在《李自成》第二卷到第五卷中。这是姚雪垠对历史与小说关系独具一格的处理方式。不是说姚雪垠不尊重历史,或者采取了一种"戏说"方式;而是作家试图用虚构的艺术手段来达到一种更高层次上的历史真实,即传统文人在农民起义军中的地位和作用实际上是非常有限的。

这种处理方式集中体现了作家对传统文人人格缺陷的认识,但其意义又不仅如此。它使这部表现农民起义的小说,通过对起义军构成的复杂性揭示,将笔触扩展到传统的社会结构、文化模式,以及运行趋势,使小说达到一种百科全书式的对明末社会的全景观照。对此,姚雪垠写《李自成》第二卷"内容概要"时有明确交代:

李岩在本卷登场,作为一个重点人物来写。他是否是杞县人,是否是李精白的儿子,从历史科学说,都尚有问题。至于红娘子破杞县救他出狱,则可以肯定说并无其事。但是在小说中,我仍用流行的说法,并把他作为杞县南乡圉镇旁边李家寨的人。我暂时将历史科学的悬案放在一边,努力去塑造李岩和红娘子两个小说人物。但是我不采纳流行的说法,把宦门公子李岩在闯王军中的作用夸大过火,而撇开农民革命运动的本身规律。事实上,李岩之所以投李自成,是因为李自成具有相当大的号召力,仁义之名远播,不然他也不会往投,誓忠于自成。他后来也没有被李自成十分重用,所以尽管他有经济学问,参加李自成军也较早,后来建立大顺国,他却没担任六部尚书或侍郎,仅仅是一位制将军。大顺的武将很多人封侯封伯,而李岩却没有封爵。李岩出身于宦门,被迫起义,虽然对农民军起过积极作用,却在精神深处同农民军有距离。他一投闯王便改名李岩(小说中写了改名字的细致心理和过程),表明有功成身退,隐于岩穴的决心。这种思想,其好的一面是不同于牛金星功名利禄的欲望熏心，其不好的一面是既参加农民起义大军而又只愿将来做一个“岩穴之士”，这就使他在精神上同革命队伍不能够化除距离，水乳交融。李岩大概受命主持对饥民的放赈工作，曾经出现了一种情况，即地方上很多人只知道有个李公子，而不知道有李自成，或以为李闯王就是李公子。这种事情不管出于什么原因，在政治上都是不能容许的。当李自成正在事业草创的时候，他可以包容过去；当内部困难发生猜疑之日，这件事就会触动新的猜疑，也可以成为旁人进谗言的资料。我将这件事在破洛阳以后以侧笔写出，为李岩兄弟在三年后的被杀埋下个伏线。①

李岩是农民起义军中仕宦出身、有科举功名的文人，但他的命运揭示了农民起义有与封建王朝一致的悲剧内在性。这种悲剧内在性与人物的秉性气质有关，但主要来自各方在文化上的同构特征。《李自成》从明王朝和李自成建立的大顺朝两个方面，揭示儒学、或儒道释三教合一、三教互补所形成传统文人赖以安身立命的基础，其介入现实的无力与无效。在崇祯看来，科举制度推举上来的文臣武将，若论个人能力，是一些“知经而不知权”、百无一用的书生；若论个人品性则更为不堪，或“不顾国家急难，不思君父忧劳，徒事口舌之争以博取敢谏之名”，或唯唯诺诺、四处钻营、左顾右盼、平步青云，皆为朝廷蠹虫②。书中描写大顺朝建立时间短促，李自成还来不及做崇祯那样的总结，就被清军驱赶，命丧九宫山。但小说中，李自成不重用李岩也不是没有道理的。李岩在起义军的作用没那么重要，在于他本身与李自成这支农民起义军精神上的一种游离状态。他有见识，却容易动摇，与其他将领相比，他总要为自己留一条后路，若不能青史留名，那么至少也要在

---

① 姚雪垠：《〈李自成〉内容概要》，载姚海天主编：《姚雪垠文集》，人民文学出版社 2010 年版。
② 详见《李自成》第三卷上册崇祯与黄道周、叶廷秀和刘宗周发生“廷争”一节，以及第三卷中册崇祯向戚畹借助部分。《李自成》第三卷，中国青年出版社 1981 年版。

历史上留下一个较为清高的文人形象。因此,在起义军与朝廷兵戎互见、无任何调和余地的情况下,无论作为起义军的谋士或崇祯王朝的对手,他都不能竭尽全力,也就无法获得举足轻重的位置。也就是说,姚雪垠出于对封建时代文人本质的认识,使他一方面通过描写李岩等人物的加入,表现起义军的复杂性,其构成并不全是贫苦农民;另一方面,揭示李岩这个人物的性格特点,在刻画这支队伍成分复杂同时,并没有消解或模糊对其中坚力量的认识。这种写法得出的结论与郭沫若不同:即使李自成没有错杀李岩,起义军和大顺朝也难逃脱黯淡与失败的结局。李岩与牛金星都是有科举功名的人,他们虽不像黄道周、叶廷秀和刘宗周是朝廷重臣、明代大儒,但对这些人却心向往之,只因时运不济,不得已落草为寇,而那不过是改换门庭,以求一逞。这些文人的政治与文化理想其实并无天壤之别。李岩的清高也不是嵇康式的,带有很大随机性。小说中,李岩完全不同于牛金星利欲熏心、宋献策江湖术士的形象;与陈新甲、吴嗣昌更是风马牛不相及。但在文化同构性这一点上,那些不同是表面的,其精神指向和道德归宿难分伯仲。

然而同为五四时代人,尽管姚雪垠不同意郭沫若《甲申三百年祭》中对李信的看法,但郭沫若这篇文章对传统文人,对同一文化结构形成的文人性格的分析,依然入木三分。据《甲申三百年祭》,大顺初建,牛金星等大考举人,而宋献策、李岩两人却在反对制科。郭沫若引述《小史》一段宋、李两人品评明政和佛教的话,认为这些话"极有意思,足以考见他们两人的思想"。郭沫若考证这些议论"是不是稗官小说的作者所假托的,不得而知,但即使作为假托,而作者托之于献策与李岩,至少在两人的行事和主张上应该多少有些根据"。郭沫若写道:

今从《小史》摘录:"伪军师宋矮子同制将军李岩私步长安门外,见先帝枢前有二僧人在旁诵经,我明旧臣选伪职者皆锦衣跨马,呵道经过。

岩谓宋曰:'何以纱帽反不如和尚?'宋曰:'彼等纱帽原是陋品,非和尚之品能超于若辈也。'岩曰:'明朝选士,由乡试而会试,由会试而廷试,然后观政候选,可谓严格之至矣。何以国家有事,报效之人不能多见也?'宋曰:'明朝国政,误在重制科,循资格。是以国破君亡,鲜见忠义。满朝公卿谁不享朝廷高爵厚禄?一旦君父有难,皆各思自保。其新进者盖曰:"我功名实非容易,二十年灯窗辛苦,才博得一纱帽上头。一事未成,焉有即死之理?"此制科之不得人也。其旧任老臣又曰:"我官居极品,亦非容易。二十年仕途小心,方得到这地位,大臣非止一人,我即独死无益。"此资格之不得人也。二者皆谓功名是自家挣来的,所以全无感戴朝廷之意,无怪其弃旧事新,而漫不相关也。可见如此用人,原不显朝廷待士之恩,乃欲责其报效,不亦愚哉!其间更有权势之家,循情而进者,养成骄慢,一味贪痴,不知孝弟,焉能忠烈?又有富豪之族,从夤缘而进者,既费白镪,思权子母,未习文章,焉知忠义?此途来取士之大弊也。当事者若能矫其弊而反其政,则朝无幸位,而野无遗贤矣。'岩曰:'适见僧人敬礼旧主,足见其良心不泯,然则释教亦所当崇钦?'宋曰:'释氏本夷狄之裔,异端之教,邪说诬民,充塞仁义。不惟愚夫俗子惑于其术,乃至学士大夫亦皆尊其教而趋习之。偶有愤激,则甘披剃而避是非;忽值患难,则入空门而忘君父。丛林宝刹之区,悉为藏奸纳叛之薮。'"

崇祯对满朝文武的指责,李自成对李岩不重用的"怠慢",都可以从这里找到一些答案。传统文化结构对现实政治的制约与销蚀,是崇祯王朝和李自成大顺朝内在悲剧性的重要原因。李自成攻入北京和清军入关是明朝及大顺灭亡的直接原因,但内在的政治结构和文化结构早已腐朽,才导致偌大的王朝和军事力量如此不堪一击。正如《甲申三百年祭》开头所言:"限于明室来说吧,事实上它久已失掉民心,不等到甲申年,早就是仅存形式的了。"

对大顺亦可作如是观。尽管大顺承袭明制，却连那个“仅存形式”还来不及完成。在这当中，即使个别有识之士看到问题所在，如《小史》“假托”之言，也没有能力扭转王朝颓势，更何况他们自身寄生于此，与这种政治和文化结构一荣皆荣，一损俱损，是命运相关的。

郭沫若、茅盾、吴晗、姚雪垠都是江晓天所说的“‘五四’以来第一、二两代老作家”。在此意义上，《李自成》研究所体现的，不仅是这两代作家对明末历史、对当代长篇历史小说的关注；小说与伴随小说所发生的这一过程，更体现了五四时代赋予历史小说和历史研究者特有的视角和方法。不同的历史观念可以形成迥然相异的历史复述，因此追溯一种历史观念产生的背景，并从这里再看历史，我们所得到的，除了明末的历史画卷，除了李自成领导的农民起义，还有当时西学东渐潮流影响下五四知识分子的思想愿景，即对于现代中国社会前景的追求与探索；封建王朝即使卷土重来，其结局也必然是覆灭的下场。以此类推，今天社会与20世纪二三十年代相比已经发生巨大变化，但对历史的纪念，以及对历史事件的重提，不仅意味着对姚雪垠和《李自成》所讲述历史的兴趣，更意味着现代历史观念中一种人文内涵的复现，或者说，那是五四时代精神的又一次复苏。

2010年10月2日完稿，2010年11月13日晨改毕

观念与小说

——关于姚雪垠的五卷本《李自成》

1999年8月，姚雪垠①逝世三个月后，他的长篇历史小说《李自成》第四、五卷终于杀青付梓。自1963年《李自成》第一卷问世，历时三十六年，这部小说的五卷共十二册、约合三百三十万字已全部出版。

当代中国小说史上，没有哪一部作品经历如此漫长的时间。姚雪垠"一九五七年秋天动笔"②，1963年7月《李自成》第一卷上、下册出版；1976年12月第二卷上、中、下册出版；1981年8月第三卷上、中、下册出版；80年代中期，作家"完成了四、五卷口述录音书稿，之后经不断修改，部分单元在《小说》上连载"③，直到1999年第四、五卷（每卷各上、下两册）同时出版，其间近四十二年。这还不包括据一些史料记载，姚雪垠在抗战期间，"即四十年代开始时，他就想到要写历史长篇小说"④，萌生了"写作《李自成》的念头、并开始为此搜集、研究明末史

---

① 姚雪垠，1910年10月10日生于河南省邓县姚家寨，1999年4月29日病逝于北京。

② 姚雪垠：《我的粗浅经验——给青年同志们的一封信》，原载《浙江日报》1981年2月17日。转引自《姚雪垠研究专集》，黄河文艺出版社1985年版，第181页。

③ 姚海天：《〈李自成〉第五卷·后记》，载《李自成》第五卷下册，中国青年出版社1999年版，第794页。

④ 茅盾：《关于长篇历史小说〈李自成〉》，原载《文学评论》1978年第2期。转引自《姚雪垠研究专集》，黄河文艺出版社1985年版，第517页。另，参见《姚雪垠致茅盾（1974年7月27日）》，载《茅盾姚雪垠谈艺书简》，人民文学出版社2006年版，第5页。

料”①。如果把这前前后后都加起来，小说经历了20世纪五十多年的风风雨雨，不仅凝聚作家大半生心血，也从一个侧面，反映中国小说观念在现代社会复杂的变化过程。

(一)

顾名思义，以明末农民起义领袖“李自成”命名历史小说，这是把农民起义作为事变轴心，表现王朝更替、天崩地裂的历史大变局。20世纪有关阶级和阶级斗争理论对小说的影响，由此可见一斑。然而，受观念影响的小说却没被束缚在观念预设的小说框架内，在讲求观念的时代，小说与历史形成一种张力：一方面，小说不可能脱离一定的历史观念及其话语范畴；另一方面，文学想象又不断地开拓并僭越特定观念的边界，就像“新的语言不断加入到旧的语言之中，形成老城区周围的新区”②。在“新”与“旧”中间，我们很难划一条严整的界限，辨明谁新谁旧，或此或彼，但模糊的新、老交融的景象让人不得不承认，“语言”或“城区”的面目已判然有别。

我这里想特别说明，小说的复杂性正植根于现代观念的总体特征。与新中国一批当代小说家经历相似，姚雪垠的文学道路横跨新、旧两个时代。20世纪30年代，左翼文化运动方兴未艾，马克思主义、无政府主义、女权主义、唯美主义等各种思潮都十分活跃，伴随革命运动蓬勃发展，马克思主义在芜杂多变的文化思潮中独领风骚。新思想的浪潮也迅速波及姚雪垠正在求学的河南开封。据作家回忆，开封求学是他一生的关键，他的文学准备是在“中国共产党在白区执行左倾路线”的环境中完成的。姚雪垠1929年从

---

① 高空蔚：《姚雪垠简介》，载《姚雪垠研究专集》，黄河文艺出版社1985年版，第6页。

② [法]让·弗朗索斯·利奥塔：《后现代的条件》，武波译，载韩少功、蒋子丹主编：《是明灯还是幻象》，云南人民出版社2003年版，第16页。

家乡河南邓县考入开封的河南大学预科,“因参加中国共产党所领导的政治斗争及学潮被捕”,出狱不久,“又以‘思想错误,言行荒谬’的罪名被学校开除”①。回想那段生活姚雪垠说:“当时我正是一个可塑性很强的小青年,我永远不能忘记进入河大预科后中国共产党的地下活动给我的启蒙教育。倘若没有这一思想教育,我不会走后来几十年的生活和工作道路。”②姚雪垠在《我的道路》一文写道,左倾路线“使学生运动遭到不必要的损失”,“但政治思想方面的确教育和锻炼了一大批青年”。他参加文学界正在“鼓吹”的“普罗文学运动”,从大量介绍苏联的新作品和文艺理论中,“我对文学的使命有了新的认识”,“我读了一些介绍马克思主义的书籍,初步掌握了一些关于历史唯物主义、辩证唯物主义以及政治经济学的理论常识,对我以后的学习起了启蒙和引路作用”③。他 40 年代的作品《春暖花开的时候》(长篇小说,1940)、《牛全德与红萝卜》(中篇小说,1941)、《差半车麦秸》(短篇小说,1943)和《长夜》(长篇小说,1947)等,与青年时期这些经历有密切的关系。

姚雪垠写“普罗文学”倾向的小说,但对历史学和古文典籍却情有独钟。他读梁启超的《清代学术概论》,“清代朴学家们的治学精神、方法和严肃态度使我受到了很大教育”;同时“很爱好古典文学。我不停留在一般欣赏,而能从古典文学中汲取了有益的营养”;他不仅粗通文言文和骈体文的写作方法,写旧体诗文,“日后读书渐多,这方面的修养也有所增进”④。热衷新文化与热衷古典并重,投身革命同时,对历史和古典文学也有浓厚的兴趣,这种经历当年也许并非姚雪垠独有。但是,穿越不同的知识结构,把新观念和“老故事”一起当作欣赏对象,不太强调知识谱系之间明显的分歧与界别,这

① 高空蔚:《姚雪垠简介》,载《姚雪垠研究专集》,黄河文艺出版社 1985 年版,第 3 页。
② 姚雪垠:《向母校师生汇报》,载《姚雪垠研究专集》,黄河文艺出版社 1985 年版,第 57 页。
③ 姚雪垠:《我的道路》,原载《中国现代作家传略》,四川人民出版社 1981 年版。转引自《姚雪垠研究专集》,黄河文艺出版社 1985 年版,第 46 页。
④ 姚雪垠:《我的道路》,载《姚雪垠研究专集》,黄河文艺出版社 1985 年版,第 46 页。

在姚雪垠经历中是比较值得关注的现象。

初看起来,姚雪垠的选择与新文化运动倡导的人性启蒙是矛盾的。经过马克思主义"理论常识"的"启蒙和引路",又亲历共产党领导的学生运动,他在学术倾向和艺术趣味上却并不想从旧文学营垒冲杀出来。至少姚雪垠的自述,很少有那一时代青年激烈的、对旧文化毅然决绝的姿态;反倒像要复兴被五四新文化运动声讨的"《选》学妖孽"与"桐城谬种",倾心于《文学革命论》批判过的"古典文学""贵族文学"和"山林文学"。从局部看,似乎可以这么说。但问题是我们不能不通过作家广博的知识兴趣,向现代思想史进一步追寻,重温启蒙文化赋予那一代知识分子的使命。

现代启蒙运动对作家和知识分子的意义,特别关于人对"自我觉醒"的认识,并不局限于对个人经验的描摹或个人喜怒哀乐的范围;不局限在对个人爱情、婚姻的想象,尽管这是一般印象中的启蒙文学。但如果这就是启蒙时代的标志,这种现象却非现代文学独有,在古代社会和古典文学也屡屡可见。现代启蒙运动是这样一个历史过程:与以往的经验不同,同样是对生活不满,但人们不再相信有任何所谓万古不变的教条。"我思故我在",笛卡儿的名言成为新时代的精神主题。它倡导一种无畏的、富于挑战的"反思"意向,鼓励并激发人要"敢于去知"①。对"知"的理解,不是在以往的知识结构内寻寻觅觅,修修补补;反之,它是对亘古以来的生活方式、价值观念、伦理道德,以及由此形成的历史普遍性的大胆质疑与批判,是对传统社会一次全面的、颠覆性的清算。而马克思主义,便是西学东渐潮流为中国知识分子提供的有力的思想武器。接受马克思唯物史观,以新思想重新确定和衡量一切,是现代思想启蒙在中国获得的标志性成果。

据姚雪垠回忆:"当时以历史唯物主义为指导的新史学运动正处在草创

① 参见[法]福柯:《什么是启蒙?》,汪晖译,载韩少功、蒋子丹主编:《是明灯还是幻想》,云南人民出版社2003年版,第3页。

阶段,关于中国社会性质和社会史问题的讨论甚为热闹。我对这一运动也很感兴趣。"①不仅追随时代潮流的青年对"新史学"感兴趣,历史学家也有对新史学运动的回忆可为佐证:"研究历史,和研究任何学问一样,是不允许轻率从事的。掌握正确的科学的历史的观点非常必要,这是先决问题。"②历史研究的关键不在于搜集和铺排史料,尽管那是必不可少的,但在这种常识背后,历史显然不是纯粹的客观存在,只等着历史学家原样叙述就可以了。叙述不再听凭正史记载中冠冕堂皇的宏大叙事;或者野史逸闻中零星的、支离破碎的断简残篇。研究历史的"先决问题"在能否"掌握正确的科学的历史的观点",如果观念不变,即使汇集了大量材料,也不能形成理想的表述。换句话说,现代启蒙意识赋予人重新讲述历史的权力。当时"一切学问家,不但对于流俗传说,就是对于过去学者的学说也常常要抱有怀疑的态度,常常和书中的学说辩论,常常评判书中的学说,常常修正书中的学说:要这样才能有更新更善的学说产生"③。在这样的时代背景,思想文化领域产生了不断自我否定的倾向:

> 对于古代社会的看法,在学者之间很难取得一致,主要的原因之一也就在这里。就拿我自己来说吧,二十多年来我自己的看法已经改变了好几次,差不多常常是今日之我在和昨日之我作斗争。④

这段话出自郭沫若《中国古代社会研究》的"新版引言"。这本书初版于

① 姚雪垠:《我的道路》,载《姚雪垠研究专集》,黄河文艺出版社1985年版,第46页。

②④ 郭沫若:《中国古代社会研究·1954年新版引言》,载《中国古代社会研究》,人民出版社1954年版。

③ 顾颉刚:《怀疑与学问》,载《学问人生》(上),高等教育出版社2007年版,第30页。其中"编者附注:此文于1934年由吴世昌代为草拟,顾颉刚改定。刊于中华书局高中《国文》教本。后收入1981年北京师范大学附属实验中学语文组编的教改试用教材初中《语文》第四册。"

1930年,50年代作者借重版机会,以“引言”的方式,对二十多年来自己的史学经验加以清理和总结。30年代,姚雪垠曾把郭沫若的《中国古代社会研究》当做“心爱的书”,以郭沫若的“私淑弟子”自诩①。像一种历史的巧合,史学家和小说家的命运如此紧密地连在一起,不惟郭沫若一生走在“今日之我在和昨日之我作斗争”的路上,姚雪垠的《李自成》也体现了不断否定的现代逻辑。1977年,《李自成》第一、二卷出版(其中第一卷为再版,两卷共五册,一百三十五万多字,距离五卷十二册的《李自成》已接近半数),第三卷正在加紧写作,姚雪垠写信对朱光潜说:“我的探索尚在进行,心中不明确的地方还很多”,仍然有“种种问题,横在我的面前,迫使我通过写作实践做些探索,更恰当地说,一面探索一面写作”②。这种“探索”是不是也包含“今日之我在和昨日之我作斗争”呢?答案是肯定的。

现代启蒙运动就像所罗门的瓶子,瓶盖一旦打开,那个背信弃义、僭越一切规范和准则的“魔鬼”就收不回去了。现代反思和批判的矛头不仅指向传统和历史,也包括对于当下,对现代定义中的现行法则。

(二)

就这一部长篇历史小说而言,不断反思和“斗争”的现代逻辑,主要不体现为一种抽象的理论表达,也不是简单化的否定之否定:作品前后自相矛盾,构不成合乎情理的叙述线索。尽管不成熟的作家作品有可能出现这种情况,但《李自成》绝非如此。

姚雪垠是一位杰出的小说家。关于这一点,首先要说作家对历史小说

① 许建辉:《姚雪垠传》,湖北人民出版社2007年版,第31页。

② 姚雪垠:《与友人讨论〈李自成〉创作问题的书信四封·致朱光潜》,载《姚雪垠研究专集》,黄河文艺出版社1985年版,第340页。

所下的苦功。姚雪垠把大半生心血都奉献给这部三百多万字的文学巨著："许多年来我没有假日，没有节日，不分冬夏，每日凌晨三时左右起床，开始工作，每日工作常在十个小时以上。"①1997年初春，姚雪垠"因写作过于紧张劳累而突发中风倒在书桌旁"，当家人把他抬到病床上，他说："我要起来写《李自成》，写不完对不起读者。"②小说家几十年如一日地辛勤劳作，最终如愿以偿，他的执著与勤奋固然是一方面；另一方面，他对现代观念与小说艺术关系敏锐的感悟，还有在此基础上卓越的见识与才情，也是不能不说到的。

中国是历史悠久的国家，也是史料如山、史笔如椽的史学大国。这部小说写作之前，已经有比较确定的材料摆在那里。明末农民起义于1644(甲申年，即崇祯十七年)初推翻明王朝，同年四月多尔衮率清军入关，李自成刚刚建立的大顺朝在与清军交战中一败涂地，军队溃散后一路逃亡，最后他本人死于湖北通山县境内的九宫山。但历史也有不那么确定的一面。比如，史家采取什么角度，怎样讲述，孰详孰略，这中间有许多缝隙和富于弹性的地带，使后来者可以不断地继续发挥。《李自成》以多角度的小说布局，复杂的人物心理刻画和汪洋恣肆的细节描写，让那些被重新组织起来的历史事件和人物故事更典型、更传神、更清晰地映入当代接受者的脑海，并形成小说与历史的一种张力。

小说向故有的历史挑战，并不意味着小说家存心要和历史作对。小说毕竟是小说，它似乎在不经意间，对原有的历史观念及其定义形成游离或僭越的倾向。姚雪垠在《李自成》第一卷1978年版《前言》中把这种"不经意"所体现的艺术必然性，概括为历史小说家"深入"和"跳出"的关系。他说：

① 姚雪垠:《〈李自成〉·前言》,载《李自成》第一卷上册,中国青年出版社1978年版,第4页。
② 姚海天:《〈李自成〉·后记》,载《李自成》第五卷下册,中国青年出版社1999年版,第795页。

“历史小说应该是历史科学和小说艺术的有机结合，而历史小说家在处理两者的关系时必须做到深入历史，跳出历史。不深入历史就不能达到历史科学，不跳出历史就完不成艺术使命。”也就是说，“历史科学”为小说摆脱旧格套提供了新的契机；同时不可忽略“艺术使命”在实践过程中，又使一定的观念或“历史科学”处于松动或解体的状态。需要说明的是，“历史科学”和“艺术使命”呈现的这种矛盾状态，并不是针锋相对、有意相互颠覆的那种。小说家不可能摆脱他身处的历史环境，就像人无法拔着自己的头发硬要离开地球，小说必然传递不同时代的各种信息，不管后来的人是不是赞同那个时代，或赞同他的意见。这里所发生的“松动或解体”，确切地说，应该是一种修正，原来的概念和定义在艺术转化中被赋予新意。

这一点，历史小说与80年代兴起于美国学术界的新历史主义有相近之处：“人们不愿意把历史叙事看作是语言虚构”，但实际上，“历史的语言虚构形式同文学上的语言虚构有许多相同的地方”。因为“没有任何随意记录下来的历史事件本身可以形成一个故事，对于历史学家来说，历史事件只是故事的因素。事件通过压制和贬低一些因素，以及抬高和重视别的因素，通过个性塑造、主题的重复、声音和观点的变化、可供选择的描写策略，等等——总而言之，通过所有我们一般在小说或戏剧中的情节编织的技巧——才变成了故事”①。海登·怀特讲的是历史而非小说，之所以采取“故事”一词，是由于新历史主义认为，历史学家所要形成的历史叙事，其结构和修辞手段可以和文学的“故事”媲美。

有志于写历史小说的作家大概都会贴近这种看法。不是说，作家有意打破原有的观念或历史格局；也不是说，姚雪垠在八九十年代想迎合新历史主义。这是历史与叙述、小说与观念在实践过程中必然经历的一种状态。

① [美]海登·怀特：《作为文学虚构的历史文本》，张京媛译，载张京媛主编：《新历史主义与文学批评》，北京大学出版社1993年版，第161、163页。

有关的新历史主义理论，只是把操纵历史写作的“隐秘的手”揭示出来，也为历史小说摆脱庸常之见——所谓恢复历史原貌——提供了一个更好的理由，即从叙事的角度看待历史和小说的关系。既然历史写作需要某种类似文学的修辞手段才能达到“叙事”，何况小说？小说本身是虚构的，它给历史小说家更宽泛的思考空间，以一种极尽情理的表述，连缀文学所认知的历史“实情”。

(三)

把农民起义和农民战争作为推动中国社会发展的动力，这是用马克思主义唯物史观观察和阐述中国历史得出的重要结论。对历史本质的这种判断和解释，使新中国以来的文艺运动，始终把塑造工农兵形象，塑造阶级斗争中“叱咤风云”的无产阶级革命英雄的典型形象当作文艺工作的首要任务。从许多材料看，姚雪垠赞成、拥护这种主张，并以《李自成》参与了这一意识形态的文化建构[①]。但结构的复杂性在于，历史小说描写的一系列“事件”和“必须符合思维法则地加以认识的行为，两者之间的界限并不是确定的”[②]。规约在创作中不断实现的过程，实际上也是在撒播与移植中不断变形的过程，正如小说家关于只有“深入历史”和“跳出历史”才能完成“艺术使命”的比喻。因此，无论从小说的整体布局还是具体描写，《李自成》实际上

---

① 1951年，姚雪垠离开上海回到河南，后调到武汉。他“准备写三部宏大的长篇历史小说：《李自成》、《天京悲剧》、《大江流日夜》(写辛亥革命)……就是要为社会主义祖国的文学事业作出贡献；并通过李自成、太平天国和辛亥革命的历史悲剧，来说明一个真理，只有无产阶级和共产党的领导，只有马列主义和社会主义能够救中国”。参见段景轩、李兴盛《成功者的足迹——姚雪垠访问漫记》，原载《黑龙江青年》1981年第4期。转引自《姚雪垠研究专集》第36—37页。

② [英]A·吉登斯：《论社会学方法新规》，黄平译，载《是明灯还是幻象》，云南人民出版社2003年版，第42页。

要比意识形态规定的范围丰富、复杂得多。

《李自成》第一卷分上、下两册，所写故事发生在崇祯十一年(1638年)冬到第二年夏。其时农民战争处于低潮，李自成在潼关附近陷入明军包围，几乎全军覆没，妻女失散。为彻底镇压农民起义，明王朝调集最优势的兵力，像洪承畴、孙传庭、曹变蛟、贺人龙等朝廷重臣都分别率领各路人马，对活跃在川陕鄂交界的农民起义军围追堵截。重压之下，起义军败的败，降的降，名噪一时的义军领袖张献忠、罗汝才(外号曹操)一时都归顺了朝廷。小说开始就把李自成放在严峻的政治和军事形势下，突出他的胆识，以及作为一位农民出身的政治家和军事家的个人素质：千钧一发之际，不胆怯，不投降，言而有信，又机警果断，这是他比其他义军首领别具人格魅力的地方。后来他在商洛山重整旗鼓，终于与突围到豫西的高夫人会合，并促使张献忠、罗汝才重新起义。

潼关南原大战，是历来评论《李自成》文章特别称赞的。名为"大战"，实际上是李自成几乎全军覆没的一次"突围"。小说描写崇祯九年至十一年，义军领袖高迎祥战败被朝廷杀害后，李自成继任闯王，被朝廷军队堵截在陕西潼关，眼看就要被势力强大的官军消灭，他不得不率领人马"从潼关突围"。结局是悲惨的，起义军上千人从潼关突围，最后冲出去的只有十八个人。但小说描写这一过程却极为壮观，全没有凄惨哀怨的情绪，是全书塑造这支农民军队的点睛之笔。比如，写大战前紧张的气氛："张鼐和三、四百名身经百战、犷悍异常的骑兵紧紧地跟着他。举在手中的刀和剑在阳光下闪着寒光"，"马蹄猛烈地踏着山石和坚硬的红色土地，像海潮，又像狂风暴雨"；写大战中起义军将领刘宗敏擒贼先擒王，冒着疾雨似的箭矢，连换三匹坐骑，"稳如砥柱，竭力要看清官军的主将是谁？在什么地方？"写李自成身先士卒，英勇过人，和袁宗第"率一小队骑兵杀开一条路，直冲进官军的方阵中心"，从祖大弼手里夺回张鼐；写高夫人胆大心细，运筹帷幄，带领义军的老幼妇孺趁机突出重围；写孩儿兵在闯王义子双喜带领下，像突然插入敌阵的一把尖刀，打乱了左光先部队的阵脚。其中既有敌对双方斗智斗勇，布阵周旋；也有贺国英（贺人龙之侄，外号万人敌）与郝大勇（即郝摇旗）捉对厮杀……这些场面有声有色，扣人心弦。诚如茅盾所言："第一卷写战争不落《三国演义》等书的旧套，是合乎当时客观现实的艺术加工，这是此书的独创特点。以潼关南原之战为例，有时写短兵相接，有时写战局全面的鸟瞰，疏密相间，错落有致。义军分兵两路同时突围而略有先后，写了李自成一面，接写高夫人一面，重点在李自成，而高夫人一面仍然声势不凡。"①

把惨烈的突围描写成起义军所向披靡的"潼关南原大战"，以突显李自成和农民起义军的英雄形象。对此，可以理解为小说家实践其历史观念使然。但另一方面，小说中起义军有那么高的起点，会不会影响李自成最终归于失败的事实呢？60年代，阿英看过《李自成》第一卷就提出这个问题：

使人感到有些反历史主义，觉得完全是写游击战争，而不是李闯王时代的农民革命。如当时闯王和部将都是这样，革命早成功了。……历史上的农民革命，从纲领起（按此句记录有误，意思不清楚），有许多缺点，如不写这些缺点，就是替他擦粉，不能在典型环境中写出典型人物。②

姚雪垠对阿英这个"重要意见"没做解释，70年代再版的《李自成》第一

① 茅盾：《茅盾致姚雪垠(1974年12月23日)》，载《茅盾姚雪垠谈艺录》，人民文学出版社2006年版，第22页。

② 阿英：《阿英、吴晗、李文治谈〈李自成〉》，载《姚雪垠研究专集》第526—527页，黄河文艺出版社1985年版。该文有注释：阿英的话由姚雪垠的回忆文章中摘出。姚雪垠文中说，"阿英另外有一个重要意见，在同我谈话时他没有说；江晓天同志当时整理的阿英的这个意见摘抄于下"。同上，第526页。

卷对这次战争场面也没做什么修改。姚雪垠的坚持,除了要表现农民起义和农民战争是历史发展的动力说之外,还有一个重要的原因,就是小说家从青年时代即热心新史学运动的历史情结,他曾有志于明史研究,并一直怀有重述历史的雄心。如果仅仅是一部歌颂农民起义的小说,作家尽可以在相对完整的历史观念中构筑一个相对完整的故事;如果承认"擦粉"也是一种虚构方式,那么只写成功,不写失败,只写李自成"过五关斩六将",不写"败走麦城"也无不可,尽管阿英不赞成这种写法。值得留意的是,姚雪垠在这一点上与阿英没有分歧,他不打算在一种类似新历史主义的虚拟轨道上走得更远,而倾向于以现实主义的结构方式重写明末历史,把向来被忽略、或受到轻视的农民起义作为重要的历史因素之一。唯物史观使姚雪垠增强了重新讲述明史的信心,但他不是按观念亦步亦趋地图解历史的思想的侏儒,而是领时代风气之先、富于艺术个性的历史小说家。他从这里打开缺口,突出农民起义军由弱到强的经历,但笔墨又不局限于此,为的是通过描写明末农民起义、明王朝和清王朝三股政治势力,展示明末社会的总体政治环境与历史格局。

这三股政治势力在明末历史舞台上既彼此排斥又彼此依存,此消彼长,此长彼消,最终"天下归一"的过程,不仅提供了能够支撑五卷十二册写作的广大空间,而且使历史小说的描写更加五彩斑斓,仪态万方。这种写法有一个重要的前提:向来被历史所忽视的农民和农民起义一定要成为势均力敌的一方,与明、清王朝形成鼎足之势。小说以潼关南原大战先声夺人,对势若星火的农民起义军施以浓墨重彩,便是要从小说结构上,扭转以往历史叙述对农民起义轻视和忽略的倾向。于此意义,小说《李自成》既不是传统的王朝兴衰、帝王将相史;也不是阵脚分明的地主与农民两大阶级对抗史;更不是异族入侵中原、宣扬爱国主义的反侵略斗争史。虽然它们各有表现,却都无法总揽全局。

这还不仅是一种主观推测。《李自成》农民起义军的悲剧结局直到第三卷中、下册《洪水滔滔》和《慧梅之死》才越来越清晰起来。《李自成》第三卷1981年8月出版,阿英已于四年前(1977年6月)逝世,没能看到悲剧全过程。小说家以作品回答读者(文学史家和批评家也是读者)的问题是常有的事。但值得重视的是,姚雪垠并不打算回避阿英的"重要意见"。他说,第一卷"敢于放开手写潼关南原大战",的确采用了"夸张"的笔法。关于李自成,实际上"将古代别的人物的优秀品质和才干集中到他的身上。虚构了许多动人的情节,好使他的形象丰满而典型化"。关于潼关南原大战,"根据我的研究,根本没有发生过这次战争,但在写小说的时候,我从完成小说的使命着眼,采用了这个传说"①。小说的"使命"与他所说的"不跳出历史就完不成艺术使命"应该是一致的。这一"使命"的目的,是让李自成和农民起义军"在小说一开始就成为崇祯皇帝的主要对手",所以他要"将李自成在崇祯十三年冬天以前的重要性作些夸张"。也就是说,在第二、三卷描写起义军破洛阳,杀福王,将明末农民战争推进到新的阶段之前,作家已经在整体上有了"三分天下"的历史考虑和小说布局。

(四)

《李自成》是当代第一部以如此众多篇幅、详细描写古代帝王和宫廷生活的长篇历史小说。不仅对明王朝的朝廷政治决策,对崇祯与周皇后、田妃和袁妃的后宫私人生活,小说也有生动的描写。对清王朝,小说通过《燕辽纪事》《甲申初春》等篇章,重点刻画了皇太极、多尔衮、庄妃和大学士范文程的人物形象,还有对洪承畴受降、多尔衮专权、福临发蒙读书等事件的大段

① 姚雪垠:《〈李自成〉第一卷上册·前言》,载《李自成》第一卷上册,中国青年出版社1978年版,第8页。

铺陈。李自成做大顺朝皇帝时间很短,登基与逃亡几乎同时。虽然大顺朝一切朝政按牛金星、宋献策等人的建议沿袭明制,但动荡的时局,加上这些来自社会底层的读书人不仅没有朝政经验,为人行事也忒心胸狭隘,目光短浅,或攀龙附凤,或但求自保,使大顺朝与明、清王朝相比,最为荒唐、草率和混乱不堪。

表现明末总体政治格局的小说,却不以王朝史一类的标题命名,这种看似名实不符的矛盾,其实包含另一层巧妙的蕴意,即小说构思上多维互动的艺术格局。实际上,作品无论突出哪一方面,都以一种反衬的方式在突显对方,对其他两方面的描写也是有力的引导和铺垫。小说题目正是这种小说结构的体现,李自成农民起义是明王朝岌岌可危的政治局面的爆发点,明、清朝代易位正是明王朝自身矛盾、自我崩溃的必然结果。深入描写明王朝内部矛盾,不仅有利于了解明末农民起义何以剿而不衰、愈演愈烈,而且揭示了农民起义中诞生的新王朝与旧王朝在政权文化上的同构倾向,从而进一步理解大顺朝迅速崩溃的原因。同时小说对新兴的清王朝的关注和描写,它一系列的政治举措、野心勃勃、充满进取的活力,对于成熟到逐渐衰朽的中原文化是一股巨大的冲击力,这又使作品富于文化反思的品格。"李自成"不是孤立的,而是明、清朝代转换之际的历史产儿。换句话说,没有明王朝积重难返的政治危机,就没有李自成农民起义;没有李自成农民起义,就没有明朝的灭亡和清军入主中原;没有大顺朝的覆灭,就没有清王朝的一统天下。促成明末历史大变局的这三者之间,缺一不可。如果说,小说描写李自成、牛金星、李岩、宋献策等人被"逼上梁山"、投身农民起义,与《水浒传》相似;那么由于明、清王朝在小说描写中所占的分量,特别对各方高层人物的着意刻画,使这部看似表现农民革命的"《水浒传》",毋宁是一部描写明末历史的"《三国演义》"。

崇祯是小说描写明末历史的焦点人物。起义军势力的长与消,清军的退与进，都与崇祯息息相关。一方面起义军和清王朝都渴望攫取“大明江山”；另一方面，摇摇欲坠的崇祯王朝仍然占据明末局势的主导地位，崇祯的每一个决策，都势必影响历史舞台上不同政治势力的胜负结局。明王朝投入镇压农民起义的力量多一些，清军势力就自北向南迅速扩张；明王朝全力以赴对付清军，李自成和农民义军的势力随即成星火燎原之势。崇祯由于夹在两股政治势力之间，国力逐渐被削弱，国土逐渐被蚕食，导致最终灭亡。

历史固然由历史的“合力”促成，也绝非个别历史人物的历史。但注重描写的小说艺术，更看重历史生活中的人物和细节，看重历史人物的主动性，因此在小说中，这些人物也绝不会是一些“历史必然发展规律”的玩偶。在这里，小说艺术似乎与历史哲学兜了个圈子，小说艺术的向心力在于发掘人物的具体复杂性，而不在于抽象的历史观念，甚至有意地反其道而行之，就像它标新立异的禀赋使然。实际上，任何抽象的历史观念只是对以往历史和历史人物的总结，而无法倒推过去，指导小说家照此结论去演绎人物。恰恰由于小说家注重历史人物的具体可感性，作为一种艺术象征，才使这样的人物故事更令人信服地体现了一种历史的宿命。因此，崇祯的确是“生于末世运偏消”的亡国之君，成王败寇，也是向来比较流行的舆论势力。但姚雪垠是一位对历史深怀悲悯之心的小说家，他没把崇祯写成一个咎由自取、天性顽劣的坏人，而详细地描写崇祯与命运抗争，写他的“励精图治”“宵衣旰食”。尽管结局很失败，偌大的皇室家族，从朝廷到个人互相攻讦，互相拆台，简直就是自取灭亡。对于这些“不配享有好的命运”的人，小说家也沉得住气，描写崇祯如何在做“大明中兴”君主的个人愿望与这种愿望最终不可能实现之间苦苦挣扎，他和他的王朝如何一步一步地走向不可预知的历史黑洞，并最终被这个黑洞吞没。

正如历史选择崇祯来完成明朝覆灭的悲剧；小说家选择这个人物为叙

事焦点,对充分实现小说的艺术使命也同样地恰如其分。第五卷上册描写崇祯自缢前痛心地说:“可叹我辛辛苦苦,宵衣旰食,励精图治,梦想中兴,无奈文臣贪赃,武臣怕死,朝廷上只有门户之争,缺少为朕分忧之臣,到头来落一个亡国灭族的惨祸。一朝亡国,人事皆非,山河改色,天理何在!……唉,苍天!我不是亡国之君而偏遭亡国之祸,这是什么道理?”这并非全是皇帝为自己辩解的一面之词。崇祯不是历史上骄奢淫逸的昏君,他“梦想中兴”却适得其反,这种矛盾现象构成生动的符号象征。就像明朝那座庞大的、已经运转失灵了的国家机器,崇祯在十一年后,他在国事和个人生活中的表现也是时而亢奋,时而沮丧;时而深藏不露,时而捶胸顿足;时而儿女情长,时而满腹杀机,其性格处于永无排解的自相矛盾中。

《李自成》从崇祯十一年写起,离明朝覆灭还有六年时间。在这六年,身为一国之君,唯一一件让崇祯自己做得了主的事,就是选择在煤山自尽。确切地说,那是没有选择的选择。崇祯错过了种种机会:年初李自成军队在山西,朝中大臣有人建议朝廷迁往南京,崇祯怕担“偏安”罪名,“讳言南迁”;后来有人建议,改送太子去南京,但“一经言官反对,便不许再有南迁之议,遂使一盘活棋变成死棋”。李自成刚过大同,离居庸关尚远,天津巡抚冯元彪“具密疏”请崇祯乘海船南下,他率一千精兵到通州“迎驾”,果真如此,崇祯也“必不会身殉社稷”,并有可能从天津转道南京。李自成进北京五天前,崇祯还有机会,但“朝廷上下壅塞之祸,从来没人敢说”,冯元彪的密疏终成画饼,崇祯必死无疑。

祖宗家法、皇亲国戚、满朝文武,无一不像绳索紧缚着崇祯。朝廷每道政令都出自崇祯,但每一道又都是这位“真命天子”多方妥协和无奈的结果。小说第一卷开头写崇祯十一年,清军打过通州,矛头直指京师。明朝的军费本来入不敷出,又受到“安内”和“攘外”两面夹击,崇祯打定主意向清廷赔款或割让土地,以求退兵。但他惟恐丢了祖宗的颜面,绕来绕去,就是不直言

“议和”两个字。第一卷上册,崇祯面色沉重地说:“崇祯九年初,虏骑入犯,昌平失守,震惊陵寝。凡为臣子,都应卧薪尝胆,誓复国仇。可是刚过两年,虏骑又长驱直入,蹂躏京畿。似此内乱未息,外患日急,如何是好?”与清廷议和的主意已定,崇祯说这番话,其实是在等他的心腹太监高起潜和兵部尚书杨嗣昌像猜谜一样婉转地说出自己的心事。事情挑明后崇祯不放心,反复叮嘱“力求机密,不使外廷知道才好”。崇祯自以为高明,但“议和的消息不但朝廷上文武百官都已经知道,连满城百姓也都在议论纷纷”。高起潜、杨嗣昌、陈新甲等人再精明,也不能不代皇帝担起“议和”的投降恶名,好像皇帝只是被他们所蒙蔽,并非始作俑者。这一来,那些坚持对清廷主战的文臣武将坚信“抵御东虏”就是效忠皇上;而深知内幕的高起潜和杨嗣昌力主议和,“务必为皇上留此一点家当”。但无论坚决主战的卢象升,还是比卢象升颇知底细的高、杨,还有后来的陈新甲的下场都十分不妙。所有人从皇帝那儿得到的都是自相矛盾的旨意:执行哪一种,都是尽忠职守;执行哪一种,也都是大逆不道!因此,小说中文臣武将被崇祯换得像走马灯似的,有战死沙场的,有被疑作谋反砍头的,有为辱君命自杀的,有自觉委屈说出实情而被下狱或斩首的……但官僚毕竟不是韭菜,割了一茬还有一茬,最后崇祯实在找不着可用的人,便从监狱或流放地“赦免”一些人重新启用,直到他们死无葬身之地。那些早死的人,反而免去了这番折腾,真不知自己是幸或不幸。

历史上的王朝建立在血缘基础上。朱姓皇亲国戚不仅是明朝世袭俸禄的贵族,由于与王朝一荣皆荣、一损皆损的命运,他们对这个帝王家族也有比一般人更大的责任和更多的承当。但这只是从道理上说。当内忧外患、王朝危在旦夕,这个家族却是众叛亲离、分崩离析。第三卷中册描写崇祯十三年春天,“半个中国,无处不是灾荒惨重,无处不有‘叛乱’”,在川陕鄂围剿张献忠农民义军的杨嗣昌“迭次飞奏,征剿诸军欠饷严重,军心十分不稳”。朝中大臣相互推诿拿不出办法，崇祯只好求助于“京师诸戚畹、勋旧”，也就是向皇亲国戚、有爵位的世家借钱。他思来想去，选中“隔了两代”的武清侯李国瑞，而闭口不提比李国瑞和其他皇亲国戚“都较殷富”的田妃和周后的娘家。内阁辅臣薛国观对皇帝的决定顺水推舟，以为可以不担责任。但“柿子专拣软的捏”的做法随即在李国瑞那里碰了钉子，李国瑞被崇祯送入大牢。表面看是李国瑞同皇帝作对，实际上所有皇亲国戚都站在李国瑞一边。李国瑞是明万历皇帝（神宗朱翊钧）孝定太后的侄孙，孝定太后是崇祯皇帝的曾祖母，从神宗皇帝算起，李国瑞还是崇祯的表叔。孝悌纽带是加在崇祯身上的又一条绳索，并不是崇祯对这位表亲心有不忍，而是“戚畹和勋旧多结为亲戚，一家有难，八方牵连。所以那些在京城的公、侯、伯世爵对戚畹都表示同情，暗中支持，希望武清侯府用各种办法硬抗到底”。他们找亲戚向周皇后、田妃行贿，行贿的银子花得如流水一般，就是不借皇帝一文钱。后来李国瑞的家人买通皇五子（田妃所生，崇祯最喜欢的小儿子）的奶妈和宫女，装神弄鬼，把皇子吓死。皇帝见借助戚畹这条路实在走不通，也只好不了了之。

崇祯向命运的每一次抗争，都在王朝内部酿造一次惨祸，加速了王朝灭亡。仅崇祯向戚畹借助这一件事，平白无故死去的小太监、小和尚、宫女、都人、奶妈和他们的家人，书中较为详细描写的就有十来个。再看高层，首辅薛国观被“赐死”，武清侯李国瑞在监狱吞金自尽，田妃从此一病不起，终致身亡。朝廷的言官、大儒有的惨遭廷杖，有的瘐死狱中，有的被遣回原籍……受牵连、遭横祸的人不计其数。

（五）

一般小说通过刻画人物性格表现人物命运，所谓“性格即命运”；历史小说家在人物性格背后，发掘出更为复杂的历史因素。从这个角度也可以说，历史即性格，历史即命运。

还以崇祯为例。小说描写崇祯性格焦躁，“猜疑多端，刚愎任性”，稍有些头脑的朝臣都明白这一点。但皇帝的性格也不是一贯如此、时时如此，只是随着内忧外患不断加剧而愈演愈烈。“国库如洗，司农(即户部)无计”，崇祯越是对国事缺乏信心，越是刚愎自用、猜忌多疑。其实崇祯的性格也与各位朝臣有关。那些满口阿谀献媚之辞的太监、佞臣自然帮助不了崇祯；那些一心为国分忧的忠臣也实在让崇祯心烦意乱。无论什么场合，他们都能出口成章、起承转合、滔滔不绝，如果稍加整理，就是一篇天庭饱满、地阁方圆的鸿文。明朝科举不断向朝廷输送一批又一批只会做光鲜文章的人，文章大国，文章治国，文章误国：“诸臣住在京城，全凭意气，徒逞口舌，捕风捉影，议论戎机。他们并未亲历其境，亲历其事，如何能说到实处！”杨嗣昌死后托梦的这番话(第三卷上册)，其实就是崇祯心里想的，忠臣们多是历届科举状元，朝廷智囊，但他们“尽是书生之见，知经而不知权”，要么立意高远，云山雾罩；要么远水不及近渴，解决不了任何问题。崇祯不是三国时代“舌战群儒”的诸葛亮，这些忠臣的“苦口良言”并不“利于病”，反而对情绪已十分焦躁的崇祯如同火上浇油。第二卷中册描写为筹措军费，崇祯与黄道周、叶廷秀和刘宗周发生“廷争”。崇祯责备他们“不顾国家急难，不思君父忧劳，徒事口舌之争以博取敢谏之名”，但这些大儒和他们的门生根本听不进其中的一点道理，只知道一个接一个地挺身而出，好像当代媒体组织的辩论大赛。但这场发生在错误的时间和地点的“辩论大赛”，实在让崇祯耐不住性子，终于棍棒相加，把这些言官、大儒通统赶入大牢了事。

最让人啼笑皆非的，是受这种“徒事口舌之争”、虚伪的朝政影响，皇帝自己也有意做一篇流芳千古的文章。第三卷中册描写崇祯十四年八月，蓟辽总督洪承畴率领明军在辽东战场一败涂地,被清军围困在松山堡,次年二月防守松山南城的明军副将夏承德与清军里应外合,洪承畴全军覆没,本人被俘。还没得到洪承畴是否阵亡的确切消息,京师士民“街谈巷议,都认为洪承畴必死无疑”,“洪府故旧门生都关心朝廷荣典”,洪府的管事家人“便共同给皇帝上了一道奏本,陈述洪承畴确已就义”。无论家人还是同僚,都好像唯恐洪承畴不死,抢先断了他活着回来的生路,人情世态冷酷到极点。于是朝廷决定为洪承畴举办“荣典事项,包括赐谥忠烈,赠太子太保,赐极九坛,在京城和洪的福建家乡建立祠堂”,“敕封协天大帝”。崇祯亲自撰写《祭文》,诵读其中段落“泣不成声”:

……古人云:慷慨赴死易,从容就义难。慷慨与从容卿兼而有之矣。又闻卿绝食数日,气息奄奄,并不能兴,鼓卿余力,奋身坐起,南向而跪,连呼“陛下! 陛下!”气噎泪流,欲语无声,倒地而死,目犹不瞑。君子成仁,有如是耶? 呜呼痛哉!

本来祭文不必崇祯动笔,礼部两天前已经写好,“用四言韵语,务求典雅,辞采亦美”,但崇祯不用,他放着国事不理,非要“亲自拟一祭文”,“传令名于万年”。在大厦将倾、狂澜即倒的危急关头,皇帝以祭文传世的想法已不大吉利;何况洪承畴没死,就在朝廷紧锣密鼓准备荣典的时候,洪承畴已经投降清朝。崇祯遂将《祭文》付之一炬。

正剧变成一出闹剧,悲剧不时流露喜剧的色彩,除了小说家把同情心分别赋予不同的政治势力,也在于他一身兼有二职,既是历史参与者,也是旁观者。小说家“参与”历史,仿佛与历史人物一起歌哭,一时山呼海啸,引得读者“听三国掉泪,替古人担忧”。“旁观者”的身份又使小说对历史有一种洞悉,在值得同情的人物身上看到他们必然覆灭的悲剧下场,比如对崇祯和李自成失败结局的描写；在曾经被历史贬抑的人物身上，看到他们的希望和前景，比如对清廷入主中原的描写。

小说对清王朝采取两种描写方式，一种为虚写，通过崇祯推行“和议”主张，写清王朝企图入主中原咄咄逼人的气势。小说第一卷开始写崇祯十一年秋季，“清兵已经过了通州的运河西岸”，东直门和朝阳门方面“特别吃紧”。另外还交代崇祯登基十一年里，清兵已经四次入关，有三次“直逼北京城下”。一种为实写，比较集中的描写从第三卷中册开始，更确切地说，从对原明朝蓟辽总督洪承畴的劝降开始。

洪承畴被俘前有一段清廷描写十分有趣。清朝皇帝皇太极从叶赫(今辽宁开原旧城东北)回到盛京，在清宁宫参加夕祭，看萨玛跳神，祈祷松山战事顺利。小说描写参加这次夕祭的都是清廷贵族中重要人物，

……他们在毡上坐下以后，侍卫在每人面前放一盘白肉、一杯酒、一碗白米饭、一碗肉汤。当时关外不产大米，大米是向朝鲜国李氏朝廷勒索来的。各人从自己的腰间取出刀子，割吃盘中猪肉。虽然贵族们将皇帝赐吃肉堪称莫大荣幸，但是又肥又腻的白猪肉毕竟难吃。幸而御前侍卫们悄悄地在每位大人面前放一小纸包的盐末，让他们撒在肉上，自然他们事后得花费不少赏银。

仪式、规则和变通的方法也适用于清廷对国事的处理。清廷自多尔衮入关前一直驻扎关外，朝廷内部懂汉字的人很少，不仅朝政上没有许多繁文缛节，仪式的外表也不奢华，甚至有些粗陋可笑。比如用跳神、皇帝赐白肉，象征神灵、天道和荣誉等庄重的主题。但关键在其中变通的过程，清廷却处理得十分精细，务要切合实际。皇太极继位，早有入主中原的野心，他改努尔哈赤国号“后金”为“清”，“清与金音相近，却避免刺伤汉人的民族感情”。

为一统天下,皇太极亟需汉族的文化和人才,所以一心想劝洪承畴降清。苦战被俘后的洪承畴本来已体力不支,又绝食三天,生命危在旦夕,皇太极急忙请内廷大学士范文程商议劝降办法,范文程建议皇太极对洪承畴用“美人计”。洪承畴出身名门,二十三岁即中状元,“少年为宦,位至尚书”,花团锦簇,应有尽有。更难的是关外不比北京或江南,到哪去找?找什么样的“美人”才能“引动他欲生之念”?最后皇太极找的“美人”的确不同凡响,不仅姿容秀丽,温文尔雅,而且神情高贵,能言善辩,寥寥数语,使洪承畴喝下参汤,动了“欲生之念”。最重要的是这位清廷的贵族丽人改变了洪承畴对清廷野蛮粗陋的“东虏”印象,使他对异族文化萌生一种体认和好感:“他想着满族女子不缠足,像刚才那位‘丽人’,步态轻盈中带着矫健,不像近世汉族美人每每弱不禁风,于是不觉想起曹子建形容洛神的有名诗句:‘翩若惊鸿,婉若游龙。’”直到受降仪式上观看歌舞节目,洪承畴才发觉那位丽人正是皇太极的宠妃博尔济吉特氏(庄妃),是皇位继承人福临的母亲,也就是后来的圣母皇太后。清廷这样做,自然让降臣感激涕零、肝脑涂地以报答“圣恩”,但洪承畴“多年身居猜疑多端之朝”,随即想到“清主命庄妃做此事必然极其秘密,将来如果泄露,或者他对清廷稍有不忠,他将必死无疑;而且,倘若清主和庄妃日后对此事稍有失悔,他也会有不测之祸。这么一想,他不禁背上冒出冷汗,再也不敢抬头偷望庄妃了”。看萨玛跳神、赐大臣吃白肉的皇太极,在和庄妃商量“美人计”的时候,势必早想到这层。

(六)

《李自成》第四、五卷是这一段惊心动魄历史的结局篇。第四卷上册结尾描写李自成攻进北京,崇祯自尽。第五卷上册描写多尔衮任清廷摄政王,于甲申年四月开始南征,五月占领北京。清王朝占据中原、统一中国近三百年就从“多尔衮时代”开始。第五卷下册描写李自成在清军追剿中，于顺治二年，也就是1645年初放弃长安、逃离武昌，军队完全溃散，他最后单枪匹马，在九宫山被当地乡勇杀害。李自成死后不久，另一路农民义军领袖张献忠在四川被清军杀害。十九年后，已经归顺南明王朝的李自成旧部高夫人、李来亨等人被清兵包围在湖北兴山境内的九莲坪、茅庐山一带，战败后高夫人和慧英自焚于茅庐山顶慈庆宫钟楼。之后，又有红娘子和红霞在川陕鄂一带传播白莲教，以至一百五十多年后，这一带爆发了白莲教起义。小说终篇结尾(五卷下册第二十八章)写道：

这时正值清朝嘉庆初年，人们只知道起义蔓延数省，震动了全国，却没有想到，一个半世纪前，红娘子和红霞暗暗地传下了白莲教的种子。人们更不晓得，红娘子出家后，上承明朝初年的唐赛儿。嘉庆年间白莲教起义的领袖虽然已是好几代以后的徒弟，但她们都还记得自己的祖师。只是官府抓住她们的时候，不管如何审问，没有一个人吐出实情，为的是怕泄露了王屋山上尼庵的秘密。

卒章显志，白莲教起义像一道谶语，预示反抗压迫和屈辱命运的斗争必将薪火相传。

小说不以成败论英雄，对李自成农民起义怀有无限同情。古代英雄之所以称为英雄，其中悲剧是最具震撼力的原因，英雄的别称应该是一场悲剧。小说对明、清王朝的描写间或还有滑稽的成分和喜剧色彩，对李自成则完全不同。李自成是真正的悲剧人物，不仅因为他最后孤家寡人、身首异处的下场最为凄惨，也不仅由于他个人的种种过失，使他最终丢失了大顺朝皇帝的宝座。关于李自成农民起义失败的原因，小说第五卷后半部分，描写茅庐山上高夫人、尚炯(老神仙)和红霞等人谈话中有片断流露，比如起义军流动性大，在地方没有牢固的社会基础；忽视了清廷对大顺朝的威胁，对吴三桂降清缺乏思想准备；进入北京后，军纪败坏，丧失民心，等等。这是小说描写高夫人等人在茅庐山壮烈牺牲前的一些心理活动，是从人物的角度，表现他们作为亲历者和知情人对事变经过的追思。故事至此已接近尾声，但小说依旧笔力均衡，从而有力地勾画出人物慨然赴死前从容不迫的样态。然而，这一切都还不能表明小说对李自成悲剧的看法。

把以往被史书写成“乌合之众”或“流寇”的农民起义军，写得有如此气魄，这种艺术开掘及其表现方式的确反映了小说家的立场。姚雪垠始终以深厚的历史同情心关注和表现李自成农民起义的全过程。或者说，他始终站在底层社会受侮辱、受损害的阶级和阶层一边。正因如此，《李自成》与一般史传小说有根本的区别。通过对农民起义军的描写，小说将笔触伸向社会底层，从李自成身上看到他所属的社会阶层悲惨的命运。如果说，明代社会在李自成造反前就已衰朽、崩溃了，那么崇祯王朝完全体会不到，承受这一后果的下层社会简直就是一座人间地狱。出于这种社会环境，李自成的悲剧不是外在的，固然有外部原因，但他的悲剧是与生俱来的。潼关突围后，李自成曾先去投奔张献忠，张献忠在军师徐以显鼓动下，差一点把李自成一干人全部杀掉。这次逃亡经历带有寓言性，李自成只有联合其他义军才能完成使命，战胜明王朝，但各路起义军首领决不满足于劫富济贫，不论李自成还是张献忠都一定要做皇帝，于是在起义军之间和起义军内部，永无休止的争夺、猜忌随之而来。

争权夺利、猜忌谋杀，这些情节主要出现在外部压力减弱的情况下。面对朝廷重兵围剿，李自成必须扩大自己的军事力量，除了攻下山寨，开仓放赈，吸收老百姓加入义军，最有效的办法是把“杆子”(其他起义队伍)收编为自己的队伍。小说第二卷描写宋家寨寨主宋文富请马三婆串通侄儿马二拴，利用高官厚禄收买义军将领。寨主奶奶担心此计不成，因为她听说义军中人颇讲义气,这时“马三婆撇嘴一笑:‘义气?江湖上的义气也早晚行情不同。目前大军压境,贼兵败将各人性命难保,义气该值几个钱一斤?’”底层社会鱼龙混杂,马三婆为典型一例。但也正因为她出身底层,了解那些人普遍的想法,从她的话里可以看出李自成军队的不稳定性。李自成破了宋家寨,接着平定石门谷“杆子哗变”,第三卷描写“慧梅之死”,李自成把义女慧梅嫁给袁时中,也是企图收编小袁营这支杆子队伍的二三万人马,最后袁时中带部队脱离闯王,被李过杀死在乱军中,已经怀孕数月的慧梅自尽,“她真是能狠下心,一抹脖子就去了两条性命”。李自成始终在收编杆子军队和“杆子哗变”之间煞费苦心,收编的军队要么叛逃,要么由于成分复杂,让李自成很难管理。慧梅的悲剧就是李自成军队扩编付出的代价,连同小说描写起义军围攻开封张存仁一家的惨剧,昔日繁华的开封变成一座死城。李自成向北京每前进一步,都愈加偏离起义军最初的愿景。如果李自成原本就打算“一将功成万骨枯”,是一个心狠手辣、性情歹毒的人,即使失败了也罪有应得,谈不上英雄,遑论悲剧。但小说描写李自成的悲剧在于,他天性仁厚,对下层百姓有强烈的同情心,他越是要解救民众于水深火热,扩充军队,清除异己,推翻明王朝,就越向失败的结局靠近一步,越要背叛他原本善良的天性。这种悲剧性的深刻之处就在于它是无法避免、无以克服的,如果消灭了问题一方,事物本身亦不存在。难道真应了意大利人的那两句话:“凡以人民起家的必沾染污秽”,“未掌权势者,权势会磨灭他”?①

这样总结李自成的悲剧,也许并非姚雪垠本意,但作为一部现实主义长篇力作,小说家对明末历史生动的叙述,使人物的悲剧性不局限于某一细节,或某一具体的失误,而是贯穿在他对整个历史生活的描写和诠释当中。一部小说诞生,正像婴儿脱离母腹,虽然保留着他脱胎于那个世界的遗传基

① 美国电影《教父》第三集,影片的英文原文:“He who builds on the people builds on mud.” “Power wears out those who don't have it.”

因，同时却又独立于那个世界，成为一个自在的生命个体。这也是姚雪垠长篇历史小说《李自成》给我的启示，其中既有小说所映现的时代语境和社会规约，又有小说艺术和历史叙事的独到之处。归根结底，小说家究竟写了些什么。

于 2007 年 12 月 29 日零时

“旁生枝节”对写实小说观念的补正
——以《腹地》再版为关注点

2009 年 5 月，在解放军出版社出版的《王林文集》中，长篇小说《腹地》是 1949 年天津新华书店版本①，而非 1984 年王林逝世后，作家“一改三十年”②的 1985 年修改本。王林活着没见到修改本问世是遗憾的，但如果人们得知他早期那部以生命为代价写成的作品，三十多年所受的批判、质疑，还有作者内心的不解、委屈和无奈，就会认为王林真正看重的，还是《腹地》1949 年版本。《王林文集》编辑者王端阳使这个版本重新面世，对抱憾终生的父亲，也是最好的告慰与补偿。

（一）

《腹地》从 1949 年初版到 2009 年收入作家文集，其间曲折的过程，已构成当代文学史上引人关注的“事件”。王林 1909 年生于河北衡水，1930 年

---

① 王林（1909—1984）的长篇小说《腹地》，1949 年 9 月 30 日由天津新华书店出版。1950 年小说受批判后，修改本于 1985 年由解放军文艺出版社出版。2007 年 8 月，王林之子王端阳为“让人们看到《腹地》的原貌”，经多方努力，促成《腹地》1949 年版本由解放军出版社再版，并收入《王林文集》(2)（参见王端阳：《王林和他的〈腹地〉》，《新文学史料》2008 年第 2 期）。《王林文集》1—7 卷，解放军出版社 2009 年出版。

② 王端阳：《王林和他的〈腹地〉》，《新文学史料》2008 年第 2 期。

考入青岛大学外文系，1931年加入中国共产党，任青岛大学地下党支部书记，并以旁听生身份成为当时执教于文学系的沈从文的学生，也是“沈先生的写作班从二十多人到最后只剩下五人”之一。关于王林的文学经历，王端阳写道：

1934年父亲开始写短篇小说，最初的几篇经沈从文的推荐，相继发表在《现代》、《国闻周报》、《大公报》等报刊上。特别是1935年1月父亲的第一部长篇小说《幽僻的陈庄》出版后，沈从文专门为这部小说写了《题记》，认为“一个为都市趣味与幽默小品文弄成神经衰弱了的人，是应当用这个乡下人写成的作品，壮补一下那个软弱灵魂的”。

本来父亲是想沿着这条文学之路走下去的，《幽僻的陈庄》也只是他的农村四部曲的第一部，可是接连发生的一二九运动、西安事变、抗日战争把他卷了进去。但是他始终没有放下手中笔，他的创作方向转向了民族的危难和抗争，写了许多直接反映抗战的剧本，如《火山口上》、《活路》、《家贼难防》等等，并由火线剧社演出，由此被称为“冀中的莫里哀”。

在最残酷的1942年五一大扫荡前，上级指示冀中军区一级的干部，都转移到平汉铁路西面的太行山区。父亲也在这批干部之列。可他为了能够亲眼目睹这场战争，要求留在冀中。后经他的老同学、军区政治部主任周小舟“特批”才留了下来。也正因为如此，他才在地道口、在堡垒户的炕头上写下了《腹地》、《十八匹战马》、《五月之夜》等作品。《腹地》完成于1943年，后有人考证说这是第一部直接描写八路军抗战的长篇小说。①

然而，这样一位现代文学史上的重要作家却完全被忽略了。2008年，

① 王端阳：《父亲王林》，载王端阳编：《王林百年纪念文集·被遗忘的王林》，解放军出版社2009年版。

当王端阳用轮椅推着母亲刘燕瑾女士,在现代文学馆“展示抗战文学的展馆面前,仔细观察,非但没有我父亲的著作,甚至连他的名字都没有。王林确实被现代文学‘遗忘’了”①。不仅现代文学馆,2007年作家林希在《天津日报》撰文说:“王林同志身后寂寞,我在网上输入‘王林’二字,搜索到上千条信息,居然全是房地产老板、歌迷粉丝们的信息,关于我们崇敬的作家老王林竟然没有一条消息。”②

作家被忽略或被“遗忘”的原因有许多种,比如王林为人“低调”,“不出去讲课,不出去做报告,不参加文艺沙龙”;他是天津市作家协会和文联副主席,但从不端架子、不虚张声势,作协机关的人都亲切地叫他“老王林”;他革命资历深,“几位建国后担任高级领导职务的高级干部,王林是他们的入党介绍人”,但他对官场没兴趣,注意力多集中在文学方面,甚至当他作品受批判、得不到出版机会,

> 这期间,王林的挚友黄敬(时任天津市长,笔者注)多次劝他去干别的工作,不要“从事专门写作”。他表示拒绝,所以黄敬批评他“不愿做行政工作,就是政治冷淡”。王林说:“目下不写‘五一大扫荡’,以后哪有另一种生活能比我亲自参加的‘五一大扫荡’更深刻的?”“我不能不把这事当生命来关心!”最后黄敬不得不感叹道:“匹夫不可夺志!”③

虽然造成王林“被遗忘”的因素诸多,但《腹地》出版即受批判,这是作家及其作品长时间沉寂的主要原因。《腹地》写作和出版过程看起来十分矛

① 王端阳:《王林百年纪念文集·前言》,载《王林百年纪念文集·被遗忘的王林》,解放军出版社2009年版。

② 林希:《可敬的王林》,原载《天津日报》2007年8月6日,转引自《被遗忘的王林》,解放军出版社2009年版。

③ 王端阳:《王林和他的〈腹地〉》,《新文学史料》2008年第2期。

盾:上世纪五六十年代,作家具有传奇色彩的写作经历没得到大张旗鼓宣扬,这在大力歌颂革命史的时代已经不可思议;怎么还会受大张旗鼓批判?受革命理念讨伐?但这毕竟是一个事实。如果我们不深入一些历史材料,就无法解释其中的矛盾,也很难理解这一事实或称为文学史"事件"潜在的逻辑线索。

上世纪 40 年代,王林的创作转向民族危难和抗争,他写了大量反映抗战的剧本①,长篇小说《腹地》也产生于这一时期。1942 年日本侵略者对冀中发动残酷的"五一大扫荡",根据当时形势"上级指示,属于冀中军区一级党政军民团体的干部,要暂时转到平汉铁路西太行山区,为未来的反攻储备干部。王林属于这批干部之列"。但王林要求留下坚持斗争,他说:"冀中最后留下一个干部,那就是王林!最后剩下一个老百姓,那也是王林!日本鬼子要搞'三光',只要王林活着,冀中就不能算'光'!"②王林在极端危险的情况下,为八路军抗战史作传的信念不减。当火线剧社"多数同志到路西后,冀中的作家梁斌、孙犁等也到了路西,子华(即程子华)同志发现王林还没有到路西,就派了一个小分队,回冀中专门去接王林。当时王林随群众打游击,住处不定,有时还钻地道和'堡垒户'"。小分队"费了一个多月的时间,才找到王林。这时,王林已经化装得完全像个农民",当"他听到程政委派人专来找他接他过路,眼泪不由自主地流下来","他没想到在反'扫荡'这样残酷的情况下,军区首长这样关心他,到处寻找他,接他过路"。除了对军区首长表示感激之外,他对来接的人说:

"我是搞创作的,不能离开冀中的土地和冀中的人民,特别是在人民遭劫,大难临头的时候,我要跟他们同生死,共患难,将来写这一段历史,

① 王端阳:《父亲王林》,载《被遗忘的王林》,解放军出版社 2009 年版。
② 刘绳:《在王林的记忆里》,原载《作家与冀中》,转引自《被遗忘的王林》。

我要写他们,没有这个生活体验,就不能创作。请你们回去报告程政委:只要冀中还有老百姓,就有我王林,冀中的人民一定会掩护我!请程政委放心!”

接他的小分队,只好回路西,如实向程政委复命。

王林没有到路西去。在艰苦险恶的环境中,写成了长篇小说《平原上》,他觉得这部作品比他以前写的其他作品都好,最可惜的是这部手稿在战争中遗失了。他非常痛苦。于是另起炉灶,重新写作,完成了全国解放不久就在天津新华书店出版的优秀长篇小说《腹地》。①

《腹地》动笔于1942年冬,定稿于1943年夏,“写作之中,敌人仍在穿梭‘扫荡’,剔抉清剿,枪声不断从四野传来。王林今天转到这村,明天转到那村,写完一摞稿纸,他就坚壁在地道里。这些经过艺术处理的血泪素材”,直到去世,他一直珍藏在身边②。《腹地》完稿时战争尚未结束,王林把底稿埋藏在地下,直到抗战胜利后,他才“回家取《腹地》稿本,出土如新,甚喜”(1945年11月18日王林日记)③。

也就在这时,一些从延安来的“文艺大员”到了冀中。“他们刚刚经过延安整风运动,并把毛泽东《在延安文艺座谈会上的讲话》也带到解放区。他们到来使王林很兴奋,然而王林没想到的是他冒着生命危险,并‘当作遗嘱’写的小说”,却遭到严厉的批评:

不应这样写。冀中英勇斗争,如何胜利的?这村前后两支书皆坏蛋。其余的人,旧思想相当重,或和平共居,没有革命空气,令人不知光明何在?

① 李之琏:《程子华派人寻找王林》(摘自《纪念程子华》一书),转引自《被遗忘的王林》。

② 刘绳:《在王林的记忆里》,载《被遗忘的王林》。

③ 王林:《抗战日记》,《王林文集》第五卷,第369页。

将黑暗不适当的夸大,看不着光明。

当王林反驳这种意见,说“我是以隐伏在农民心理中的旧意识旧作风与新意识新作风做为潜主题”时,批评他的意见认为:“这个今天不需要。今天需要的是发扬冀中如何能坚持到今天,能取得胜利。”当时陈企霞对《腹地》意见最为激烈:“作品中心——不同意将一个党的负责人写成这样。个别村里是有的,但典型的不是如此。将范世荣当成一个支书写,令读者有坏印象……政治影响不好。……令人觉得共产党的力量在哪里?”“《腹地》主要缺点就在这里,没有爱护党如爱护自己的眼睛一样。”①

1948年夏,在石家庄召开的华北文艺座谈会上,“《腹地》又被提了出来,陈企霞在大会上说:‘在共产党领导的地区,不能出版这本小说!’”②这些意见不但使作品在抗战胜利后无法出版,而且“围绕着《腹地》出现了许多流言,说这是‘暴露黑暗’,甚至同王实味联系起来。在延安整风中,王实味就因‘暴露黑暗’被批判,被定为托派。这些无疑对王林造成了极大的精神压力,使他感到‘灰心丧气’。他对自己也产生过怀疑,但又感到茫然”。甚至在当时日记中写道:“后悔不先看了毛主席的文座会讲话再写文章。谁原谅我写时,连党报都看不见,更不知道,将来会有毛主席的文艺座谈会讲话呢!因此灰心丧气了好几年。”③

王林在日记中“灰心丧气”,实际上并没放弃为《腹地》出版四处奔走。1949年6月,也就是《腹地》“出土”三年五个月后,周扬来信表示小说“修改后”可以“付印”。对于“修改”,王林说:“要求把范世荣(村支书)改掉,办不到。”但周扬的信还是使事情发生了转机。“王林抓住时机,开始活动,他找

---

① 王林1947年1月5日日记。转引自王端阳:《王林和他的〈腹地〉》,《新文学史料》2008年第2期。

②③ 王端阳:《王林和他的〈腹地〉》,《新文学史料》2008年第2期。

了黄敬①。此时天津已经解放,黄敬任市长和市委书记",经黄敬帮助,1949年9月30日,《腹地》终于以本来面目在天津新华书店印刷厂印刷出版,第一版印刷一万册,孙犁、侯金镜、方纪、胡丹沸、阿垅、秦兆阳、刘秉彦、李之琏都发表了肯定意见。1950年2月,出版总署出版处写信通知王林,《腹地》要再版。同年3月《腹地》再版,先后印发两万册。

《腹地》出版随即引发《文艺报》更激烈的批判。1950年第27、28期《文艺报》刊登陈企霞两万三千多字长文《评王林的长篇小说〈腹地〉》,认为小说主要问题有两点:第一,否定党的领导:"抗日战争在一个具体的村子里,党的领导实际上是被否定了的。广大群众与现实激烈的斗争的关系,党在中间的作用是看不见的";第二,歪曲英雄形象:"作者(指王林,笔者注)处处可以说是深入地在渲染英雄对人事得失的一种无原则的、十分难以理解的感慨——这样的感慨在思想本质上是何等陈腐,何等不切合于辛大刚这样的人物!"②这次批判使《腹地》长达半个多世纪销声匿迹。这里需要补充一点,《腹地》受批判后,《文艺报》陆续还批判了孙犁的《风云初记》,碧野的《我们的力量是无敌的》,萧也牧的《我们夫妇之间》,"批《三千里江山》、批《关连长》……一路批下来,人家一拿到《文艺报》就哆嗦:又批谁了?"③"开这种'战斗性和尖锐批评'风气之先的,是《文艺报》主编之一陈企霞对王林的小说《腹地》的批评"④。王林对这些批评感到"震惊","据徐光

① 1931年春,王林担任青岛大学中共党支部书记,介绍黄敬入党。1958年黄敬去世,王林异常悲痛,在日记中写道:"以后再有心事可跟谁说去呢?想到这个就觉得心里堵得慌!接着眼泪就控制不住了!"参见王端阳:《父亲王林与黄敬》,载《被遗忘的王林》。

② 企霞:《评王林的长篇小说〈腹地〉》,原载1950年第27、28期《文艺报》,收入陈企霞著《光荣的任务》,人民文学出版社1951年版。

③ 唐达成生前接受采访时所言。转引自邢小群《"〈腹地〉事件"引起的思考——从建国后被批判的第一部长篇小说谈起》,《被遗忘的王林》第62页。

④ 邢小群:《"〈腹地〉事件"引起的思考——从建国后被批判的第一部长篇小说谈起》,载《被遗忘的王林》。

耀回忆,王林专门找到周扬去吵:‘我这是在日本鬼子的炮楼下写的小说,你看了没有?’”①

1947年,周扬到张家口担任北方分局宣传部长,曾召集冀中一些领导人开文艺会议,周扬问王林:“你又写东西了吗?”王林很不客气地回答说:“我写了,我出的是炕头墙报,我自己看!”“这是一个间接的抗议。实际是对陈企霞的不满。”②然而,谁知竟不幸一语成谶,1950年的批判以后,在公开出版渠道,再难见到王林和他作品的身影。

(二)

富于戏剧性的是,批判者对《腹地》的批判话音未落,1954年底,文联与作协主席团通过了《关于〈文艺报〉的决议》,“除了(《文艺报》)在《红楼梦》研究上的‘错误’外,在这次检查中,还挖掘出了《文艺报》以前‘在批评上的粗暴、武断和压制自由讨论的恶劣作风’若干实例”,时任《文艺报》副主编的陈企霞受到“留党察看”处分。1955年又以怀疑一封给中共中央的匿名信是陈企霞所写为由,作协党组把丁玲、陈企霞宣布为“丁、陈反党小集团”,“反党联盟”③。1957年陈企霞被错划为“右派”,开除党籍,直到1979年才获得平反。回顾这段历史,人们注意的往往是受政治运动批判、迫害的人物,对那些在政治运动间歇和酝酿过程中受批判或遭遇不公正的人和事却比较淡漠。但值得留意的是,无论批判王林、死死揪住小说“存在本质的重大缺点”的批判者命运潮起潮落,直到1984年王林病故,1949年版的《腹

① 王端阳在《王林和他的〈腹地〉》一文曾引述徐庆全的《丁玲、陈企霞反党小集团冤案是怎样酿成的》文章说:“曾经在丁玲、陈企霞手下工作的唐达成,回忆那时候的《文艺报》,心情复杂地说:实际上《文艺报》过去不是右,而是左的厉害!”参见《被遗忘的王林》。

② 王端阳:《王林和他的〈腹地〉》,载《被遗忘的王林》。

③ 洪子诚:《1956百花时代》,山东教育出版社1998年版,第211、216页。

地》始终笼罩着批判的阴影，摆脱不了被“修改”的命运。对此，王端阳的一段话耐人寻味：

对陈企霞我想再说两句。后来陈企霞被打成“丁陈反党集团”的主要成员，遭到迫害，比我父亲还惨。我父亲对陈企霞没有个人的恩怨，我从未听说他对陈企霞有过什么人身的攻击。八十年代初陈企霞平反后回到北京，他女儿还来我家，看我弟弟王克平的木雕，我父亲见到她还对陈企霞的遭遇表示同情。……前些日我和胡可叔叔谈到陈企霞，他说陈企霞这人不坏，当时的文艺思想就是那样。我说我理解，没有陈企霞，也会有张企霞、李企霞。①

也就是说，王林《腹地》写作与出版的曲折经历，并不是用因果轮回之类的“冤冤相报”“逢凶化吉”即可说明的“文学事件”；在颇具吸引眼球效果的“事件”背后，应该还有更隐蔽的原因，即“文艺思想”和文学观念的分歧。

简要梳理《腹地》的故事梗概，按照文艺为政治服务、为抗战服务的标准衡量，当年的批判也完全没有道理。小说描写 1942 年冀中抗战进入犬牙交错、极端艰苦阶段，八路军代理连长辛大刚前后七次负伤仍坚持战斗，后在秋季反扫荡因右脚踝骨中弹，“伤口治好以后成了瘸子。平原上部队流动性太大，他已经不能再跟着队伍东征西战，只好回家来休养”。虽说是复员回家“休养”，但这时的家乡已决战在即。辛大刚没有一天放弃抗日军人的责任，他主动联系县、区各级组织，积极参与民选、文艺宣传活动。当“五一大扫荡”破坏了原有的基层组织，辛大刚组织游击队配合主力部队继续战斗，保护八路军伤员和地方群众，成为深受村民爱戴的英雄。战斗胜利了，辛大

① 王端阳：《王林和他的〈腹地〉》，《新文学史料》2008 年第 2 期。

刚与自己心爱的姑娘白玉萼终成眷属。

一部长篇小说总会有一个大致线索，一个起承转合的结构，但是单凭这一点却写不成小说。因为它缺乏小说必备的叙事功能。因此，有关事件场景、人物语言、性格、举手投足及心理活动等细节描写，便滋生蔓延开来，使小说血肉充盈，并因此成为生动可感的艺术作品，豁人眼目。于此意义，认为小说是“旁生枝节”的产物也不为过。然而细读当年对《腹地》的批判，问题往往就出在这里。《腹地》是一部描写抗战、歌颂抗战军民的小说，批判者对小说题材没有误解；问题是当他进一步深入到小说的具体描写，受批判的“把柄”便接踵而来。比如小说开始描写辛大刚复员后刚进村，“早就有一个人立在秫秸门口端详他”因负伤瘸了腿，“一拐打一拐打走上来”的样子：

“这不是大刚兄弟吗？你怎么……”

他末后一句话没有说完，就又收敛起来。大刚抬头一看是杨大章，心里早明白了他要问没有问出来的一句话，立刻又惭愧又骄傲地惨笑一下，解释说：

“行啦，咱们又做伴啦，受了伤成了残废，只好回家还当老百姓！”

“什么时候受了伤，怎么一点儿也没有听见说呢！先到窖里边坐一坐再家去吧，反正已经到了，还忙什么？”①

光荣负伤的八路军连长回到家乡，迎接他的不是鲜花、喝彩的掌声，而是乡亲们闪烁其词，同情、怜悯的目光……使小说“开场白”中主人公有点灰溜溜的。虽然这在辛大刚看是很自然的，但在活蹦乱跳的伙伴面前，他因伤残不得不离开部队，心里还是像打翻了五味罐，“惨笑”中有惭愧，有骄傲，也

① 王林：《王林文集》(2)《腹地》，解放军出版社 2009 年版。本文有关《腹地》引文皆出自该书，不另注。

有无奈。这些在批判者看来,便是小说从一开始就执意要表现“英雄的孤寂而阴沉的生活”的证据。又如,辛大刚回家后发现自己当年喜欢的女人姜红文,如今成了村民辛宝发(前任村支书)的妻子:“他(辛大刚)回家走着想起拉队伍的时候,辛宝发当司务长,账目向来不清楚,有人告他贪污”,又想如果自己带的队伍在这一带活动,“我那一会儿挺威风,骑着大马挎着盒子的,一提出娶她了,不会不答应的吧?”但“假若那么一来,我今天可又落个什么呢?”批判者对此批判道:“何等的痴心妄想,何等的患得患失!”再有,因为组织关系还没转到地方,工作一时安排不上,辛大刚在村里剧团打杂时爱上了剧团的“台柱子”白玉萼,他主动追求白玉萼,却被村里当作“捉奸”对象,强令在“反淫乱”的群众斗争会上作检查。

因为与辛大刚的爱情,白玉萼也是小说中重要人物,但小说却没把她写成主人公辛大刚的陪衬,以凸显革命英雄形象的高大完美;反之,她的形象使革命增添了许多复杂成分。白玉萼的亲生父亲是“响马”①,她除了人长得漂亮,热心演剧和公益活动,也是村民们议论的中心:

“偌就是白老存的带犊闺女?平常不显眼的个人呢,怎么上了台就那么好看呢?”

“化妆化的。”

“一化妆,谁都像个大美人吗?”

“怎么她演得那么像,简直和真的一模一样!”

“比真的劲头还大呢!”

“不是真两口儿,怎么就拉下脸来了呢?她不是还没有订婆家的吗?”

“演演戏怕什么,又不真成了什么!”

---

① 土匪的别称。

“就算是演戏吧,也……”

“难道演的四不像了,就好了吗?”(96 页)①

小说在“革命的爱情故事”中横生枝节,这些枝节却直接影响批判者对作品的价值判断。首先是白玉萼出身背景复杂,她不能算纯粹的、“苦大仇深”的贫下中农,为这样的女人魂不守舍并遭遇种种挫折是否值得?与革命者辛大刚的形象是否相符?作者不应该以“陈旧的浪漫主义”和“自然主义”观点描写革命英雄的生活②。二是白玉萼为人看似“招摇”,但却是有个性、有主见的姑娘,她既不因为辛大刚是荣誉军人而放弃自己对个人婚姻问题的权衡,也不因为村支书范世荣的权力、地位,而模糊了她对人性的比较和判断。换句话说,她不是被动地接受辛大刚的爱,而是主动地选择了自己的爱。这些人物、情节构成抗战大背景下一些日常生活片段,琐琐碎碎的,与那种是战是降、坚持或者动摇、革命与反革命之类的大主题不能说没有关系,多少有一些,但没有直接联系。因此批判者认为,这是对党内斗争“歪曲了的‘概括’(?),这里是把这样两个人(指辛大刚和范世荣,笔者注)的斗争内容,十分可笑地降低到仅是一些渺远的个人小恩小怨,大半是无关大体的人事纠纷,细碎的个性的差别,以及毫无原则意义的成见中,这一切又是仅仅为了争夺一个女人!”③

最让批判者不能容忍的是小说对村党支书范世荣的描写。与辛大刚相对,范世荣是革命队伍里的负面形象。范世荣家原是地主,因和胡家财主“争官道”输了官司而家败人亡。范世荣幼年经历了家庭破产后的遭遇:“受

① 本文对《腹地》引述均出自《王林文集》(2)《腹地》,引文只标注页码。

② 见孙犁《〈腹地〉短评》,其中驳斥对《腹地》“自然主义”和“陈旧的浪漫主义”的指责。载《王林文集》(2)《腹地》。

③ 陈企霞:《评王林的长篇小说〈腹地〉》,载《光荣的任务》。

那个打赢官司的财主家小孩的侮辱和打骂”,“他父亲的那口气传到他肚子里了”(179 页)。在推翻旧政权的革命中,中国乡村有无数“水泊梁山”,革命的动因就像“一百单八将”的个人出身经历一样千差万别。辛庄也是如此,其中既有辛大刚、辛老广和徐春田等穷苦出身、接受革命理想的人;也有范世荣这样的人:“他恨衙门口的黑暗,他恨衙役班房的势利眼,他更恨依仗着钱财势力欺负他家的胡财主。可是他心里瞧不起穷人。”(179—180 页)革命对范世荣来说是时局转变、改换门庭的天赐良机。他看不起不识字的农民,看不起他们没心机、不会算计,不知道为自己创造日后腾达的条件,因而也越加喜欢玩弄权术,给对手设计陷阱,无中生有,欺上瞒下。范世荣的确不是理想的革命领导者,但小说也通过这一层描写揭示当时的客观环境:贫苦出身的辛老广等人,虽然群众威信高,但不识字,无法向群众传达上级组织关于普选和抗战的文件,这是辛宝发和范世荣能当上书记的重要原因,恐怕也是中国农村逐渐向现代社会过渡所不得不经历的过程,或付出的代价。对辛宝发和范世荣的问题,作品有深入细致的描写,即批判者批判的问题是作品已经揭示了的,并无惊人之处。批判者与作者的主要分歧在于,这种写法歪曲了生活:“作者所设计的革命队伍中正气与邪气的斗争”,“离我们根据地农村在抗日战争中复杂、丰富而严肃的生活与斗争的内容,有多大距离!”①

其中批判者更不满的是,小说后半部分,以辛大刚、村农会主任辛老广(辛广德)和治安委员徐春田为代表的正面力量占据主导地位,但两任村支书却没得到道义上应有的惩罚。第一任村支书辛宝发借土改发家,把姜红文连同其家产一起算计到手。辛宝发被罢免后,第二任村支书范世荣为人更阴险。由于辛大刚证实范世荣的妻子在紧急疏散时,趁乱打劫胡财主家

---

① 陈企霞:《评王林的长篇小说〈腹地〉》,载《光荣的任务》。

一个"酱紫色的大包袱",范世荣便怀恨在心,不说自己家人的不是,反而说辛大刚阶级立场有问题。范世荣妻子去世,他想娶白玉萼续弦,却发现白玉萼与辛大刚相好,于是召开"反淫乱"斗争会打击自己政治上的竞争对手,并利用权势,企图迫使白玉萼的父母把女儿嫁给自己,可谓一箭双雕。不过辛宝发的发家梦、范世荣的腾达梦,都在日本侵略者的"五一大扫荡"中破灭了。日本人占领辛庄,辛宝发加入维持会,范世荣逃跑,躲到据点里"他丈人姑家"。但在日寇得寸进尺、步步紧逼的情势下,辛宝发和范世荣这样的人也没了退路:辛宝发遭受酷刑后,被扔进火堆活活烧死,但他至死也没出卖混在人群中任何一名党员和村干部,其中也包括他的"情敌"辛大刚(314页)。不仅辛宝发,原先曾与范世荣合成一气批判辛大刚的姜铁岭、范志中等人也都被日寇"治得半死了还不招。敌人又把他们三个拉到坑前,扔到火堆里"(315页),以自己的生命保全抗日力量不受损失。范世荣的仇家胡家财主的孙子胡介是汉奸,胡介利用被范世荣媳妇夺走包袱的胡家媳妇,为日本人探得范世荣的藏身处。范世荣冒死逃脱,逃亡中他想:"抗战五六年,穷人直起了腰",他也报了"世仇",但他渐渐"忘记了仇人还没死心。革命没有完全胜利,就想半道上开小差,是死路一条"。于是他又跑回辛庄,接受组织批评,"范世荣对于党的处分和区委的批评,并不同意,可是自己也感觉出自己和真正贫苦的农民们,不是一个心眼儿,正在劲头上又动摇逃跑了。自己今天没脸再争,于是,想在工作上卖一手"(322页)。他策反了一名日文翻译,与辛大刚里应外合,端了敌人的炮楼。

《腹地》批判者的不满,主要涉及如何看待辛宝发和范世荣这类人的"本质",即小说对于他们究竟是敌人(坏人)还是革命者(好人)缺乏清晰的判断。从《腹地》上面的描写来看,王林的确没做那样的处理:把人物本质的边界清晰化;没有按照一种惩恶扬善的戏剧程式,对人物进行脸谱化归类,从而善有善报、恶有恶报。戏剧化的表现程式自然有可取之处,由于敌我阵线分明,有痛快淋漓的观赏效果,颇能赢得读者和听众喜爱,“至说三国事,闻刘玄德败,频蹙眉,有出涕者;闻曹操败,即喜唱快。以是知君子小人之泽,百世不斩”①。这是古往今来的艺术实践证明了的。但王林对小说显然有另一种理解,因此采取了不同的表现方式。其实作家对于人物的善恶、事情的是非曲直并不缺乏判断,但与此同时,他对人物的看法却并非是一成不变的。人物内心世界随着战争推演不断变化、发展,原来意义上好人和坏人的界限,也在不断地改变。懦弱、原则性不强的人,可以变得临危不惧;内耗、争权夺利的人,也有可能义无反顾地奔赴战场。反之,曾经英勇抗战的人,日后也有可能走向反面,变成结党营私、贪赃枉法的人。这里的关键在于,小说遵循的是人物在现实中变化的逻辑,而不是一种观念或写作程式的逻辑。事实上,小说写辛大刚和范世荣还有辛宝发的矛盾、斗争,都未采取一般宏大叙事中描写阶级斗争或党内路线斗争的固定方式:善恶必然泾渭分明,斗争一定你死我活。当辛大刚获得“平反”,区委领导张昭向辛大刚道歉,并表示要发动全村党员群众揭发范世荣“对于党的危害”,书中写道:

“不用了,可不用了!”大刚赶快建议:“环境这样残酷,开个会不容易,还是先布置重要工作。我个人问题,不必惊动大伙了!”(292 页)

于是,张昭叫春田召集全村党员干部开会,使大扫荡开始两个多月,“天天躲情况”的辛庄党员忽然“听见组织上召集自己,真好像大歉年,眼看要立伏,还没有下过雨,天上忽然来了一块云彩,叫人又新鲜又兴奋”,抗战力量又呈现出凝聚和壮大的趋势。

---

① 东坡:《志林》六,引自鲁迅《鲁迅三十年集》(9)《中国小说史略》第 14 篇《元明传来之讲史》,鲁迅全集出版社 1947 年版。

(三)

叙事逻辑的变化说明,以一种单一的评价方法或标准,根本无法理解并深入到千差万别的作品中去。作品不是按照一种先在的标准写成,如果再用这种标准去衡量,结果一定南辕北辙,起码是雾里看花,终究隔了一层。但我们却无法据此说,作家和批评家无论哪一方就完全没有道理。实际上在批判者与被批判者背后,都有中国传统社会向现代转变过程中,曲折而复杂的文学史发展作为依据。

《腹地》的小说结构大体分为两部分,前半部分写辛庄抗日根据地的普选和抗战宣传组织活动,后半部分写"五一大扫荡"八路军和游击队带领村民的对敌斗争。与那些表现正面战场上正规军抗战恢宏场面的作品十分不同,《腹地》刻画的是一幅中国北方庶民社会抗战图,是基层农村全体动员开展游击战的作战方式。因此随着小说叙述不断深入,各具样态的乡村生活场景不断展开,其中人物少说也有好几十个,与当地地方志意义上的地理环境、社会组织、土地占有、经济模式、家族变迁等因素错综复杂地交织在一起。但实际上,这个庞杂的历史空间内所发生的一切都有一个穿线人——辛大刚。作品像一部摄像机追随他的脚步,他走到哪儿,故事情节发展到哪儿,人物也随他出现在哪儿。有的人物一闪而过,比如八路军干部刘屏,一个知识分子出身的政工干部,对辛大刚脱离困境、成为县武装部干部起了重要作用,但作品描写他只有两三页;有的人物前半部分频繁出现,但中途离去,比如辛宝发、姜铁岭和范志中在"五一大扫荡"时牺牲;有的则与他相伴始终,比如辛老广、范世荣;与辛大刚相恋的白玉萼,作品中所占篇幅却十分有限。与戏剧化程式的小说不同,串连作品全部内容的焦点,既不是以辛老广和胡财主为代表的阶级斗争,也不是以辛大刚和范世荣为首的党内路线斗争,更不是男女主人公的爱情故事,甚至人物的典型性也都不是最重要的。重要的是作品通过辛大刚在“五一大扫荡”前前后后的经历和见闻,有条不紊地勾勒出辛庄抗战生活的全景。由于以人物的经历穿线,与事先设计了明确叙事焦点、因而“无巧不成书”的作品相比,小说带有更多随意性。一方面,这种写法消解了戏剧化程式造成小说叙事的紧张;另一方面,在习惯一种程式化阅读体验的读者看来,故事整体结构显得比较松散。

但这也是小说的一种写法。或者可以比较西班牙 16 世纪中期的流浪汉小说《小癞子》(1553 年),以及 17 世纪初的《堂吉诃德》(1605、1615 年)等这样一些作品。不是说《腹地》中辛大刚与小拉撒路(即“小癞子”)有哪些相像,由于中西文化传统、时代和历史背景的巨大差异,这两个人物形象几乎无从可比。我这里想说的是小说结构方式上的某些相近之处。作品都让叙述追随着主要人物,以这一人物的见闻勾连全篇,这个人物在作品中的身份是事件亲历者和观察者,如果抛开这个人物,小说中一切便无从可知。在这样的叙事布局之外,小说不存在其他全知全能的叙述者和事件掌控者。因此,这种人物不会是卡里斯玛式的“超人”:登高一呼,应者如云,具有绝对崇高的个人声望和卓越品质;而是社会底层生活的践行者。像城市流浪汉小拉撒路,因伤致残的复转军人辛大刚,他们生活在社会底层,不可能以居高临下的姿态俯视生活,也不可能以正、反面人物两军对垒的方式来决定自己与周围人的关系。底层社会生活的逻辑,提供了比书本上忠奸善恶更为复杂的“隐情”。揭示“隐情”、表现人物之所以如此的来龙去脉,使叙述大大超出人们预想的范围,超出以往的故事套路。或者说,底层社会的复杂性为“旁生枝节”大行其道,因而在揭示特定时代的社会生活方面,使作品显得独具慧眼、独树一帜。不仅文学读者,这样的小说也被政治家、思想家和经济学家格外看重。比如《小癞子》描写小拉撒路从小离家出走,为瞎子领过路,侍候过穷教士、穷绅士、修士,后来发迹……通过小癞子的经历和所见所闻,小说揭示了城市兴起与人类私欲迅速膨胀、同步增长的严峻现实，以及平民阶层不断分化的早期都市景观。又比如辛大刚复员回乡，为乡村普选搭过台，演过戏，逃过难，布过雷；他与村农会、武委会、妇救会、抗战青年会、县委区委干部、八路军伤病员，还有维持会、老头队等各色人物都打交道。他与辛宝发既有矛盾，也有推心置腹的交谈；与范世荣既有斗争，也有合作；他与白玉萼的恋爱经过，更加生动地表明他是一个有七情六欲、也有性格弱点的凡人。但小说着重刻画了这个凡人性格突出的一点，那就是他不屈不挠的战斗精神。作品强调这一点的目的，不仅在于突出英雄形象，歌颂革命精神，对小说结构和人物的引线作用也非常重要。正是这种顽强的战斗精神，使辛大刚的足迹遍布家乡各个角落，使抗战时期的北方农村生活得以全方位展现。

主要人物作为穿线人的结构方式，还不足以说明这类写实作品的真正涵义。文学史上成功的小说锻造出成功的写作范式，研究其构成因素，学习和套用这些范式并加以完善，从而取得成功的作品也大有所在。但唯独近代以来的写实主义或现实主义小说难以沿袭传统的写作套路，而且作为一种思维方式，它为中国现代小说开拓出一条历史新路。鲁迅研究《红楼梦》所得出的结论，即是比较明显的例子："全书所写，虽不外悲喜之情，聚散之迹，而人物事故，则摆脱旧套，与在先之人情小说甚不同。"他列举小说家言，说明清代人情小说打破传统叙述程式的道理：

历来野史，或讪谤君相，或贬人妻女，奸淫凶恶，不可胜数。……至若才子佳人等书，则又千部共出一套，且其中终不能不涉于淫滥，以致满纸"潘安子建"，"西子文君"；……且环婢开口，即"者也之乎"，非文即理，故逐一看去，悉皆自相矛盾，大不近情理之说。竟不如我半世亲睹亲闻的这几个女子，虽不敢说强似前代所有书中之人，但事迹原委，亦可以消愁破

闷也。……至若离合悲欢，兴衰际遇，则又追踪蹑迹，不敢稍加穿凿，徒为哄人之目，而反失其真传者。（戚本第一回）

鲁迅对于不顾《红楼梦》写实真谛而“别求深意”的“揣测之说”不以为然。他认为《红楼梦》写作的要义在于：“盖叙述皆存本真，闻见悉所亲历，正因写实，转成新鲜。”[①]鲁迅还把明小说《金瓶梅》誉为反映了明代市井生活，“著此一家，即骂尽诸色”的“世情小说”。因为它们都脱尽了满纸“潘安子建”“西子文君”的传统套路，使小说面目为之一新。

不仅中国明清之际的世情小说和人情小说，17 世纪西方文艺复兴时期的名著《堂吉诃德》又何尝不是如此。其中主人公乖谬可笑的举止是对看不清时代、执迷不悟者的讽刺，同时是对一种骑士文学传统的挑战。主人公堂吉诃德原本是“蛰居在拉曼却村的一个穷乡绅，读骑士小说入了迷，决心恢复骑士道，模仿古代骑士去周游天下，打抱不平”。结果三次“出马”，主仆二人受尽折磨，终于“临殁见真”，他死前说：“我从前是疯子，现在头脑灵清了”，“现在知道那些书上都是胡说八道，只恨悔悟已迟”。他嘱咐他的外甥女，千万不要嫁给读过骑士小说的人，否则就不能继承他的遗产。虽然后人有赞赏堂吉诃德为了理想“永远前进的形象”（别林斯基语），但是在塞万提斯看来，堂吉诃德耽于幻想、穷途末路的人生结局，“骑士小说”应该负太多的责任[②]。或者说，传统的骑士形象，作为曾经一度流行的写作模式和生存方式已经显露出迂腐不堪的一面；小说对一心“恢复骑士道”的堂吉诃德辛辣的讽刺，正是塞万提斯对他生活时代的真实

---

① 鲁迅：《清之人情小说》，载《鲁迅三十年集》(9)《中国小说史略》，鲁迅全集出版社 1947 年版。

② 参见朱维之、赵澧主编：《外国文学简编》（欧美部分），中国人民大学出版社 1980 年版，第 80 页。

性的重新解读。

写实小说的文学经验来源于现实主义的思想方法,这种思想方法既不尊崇儒家的"文以载道"、道家的清心寡欲、佛家的因果轮回,也不把宗教世界看作无可逾越、至高无上的天国。写实小说无意于用自身来印证任何前人的观念与结论,非但如此,它们以写作方式的"不入流"表现出一种姿态,即对传统的蔑视。实际上,这体现了启蒙时代的一种思维方式,一种现代哲学观念,"文学作品与其模仿的现实之间一致性的问题。究其实质,这是一个认识论的问题",即"个人通过知觉可以发现真理的见解"①。哲学现实主义和现实主义小说的一致性,就在于它们对传统的颠覆性质疑,对于传统范式的大胆僭越。"与按照许多公认的伦理学的、社会学的和文学的准则来表现的更讨人喜欢的人类生活途径有所不同",作家否认在自己的观察和体验之外,有任何先验的生活结论,以及由此形成的叙事规范(同上)。因此,个人经验和个人知觉在原有的知识和文学传统面前获得了亘古未有的自信,以及前所未有的表达自由。

王林在青岛大学外文系学习的经历,固然是他了解西方文学的一种途径,但上述《腹地》小说的种种僭越之举,则具有更为深刻的现代文学史根源。1935 年 4 月 22 日,鲁迅在日记中写道:"昙。午得王弢所寄赠《幽僻的陈庄》一本。"②虽然王林没得到鲁迅的回复,但寄书给鲁迅,却表现出作者对鲁迅关于"不加文饰"的写实风格的尊崇,以及对这种文学表达方式的拥护:"严肃,紧张,作者的心血和失去的天空,土地,受难的人民,以至失去的茂草,高粱,蝈蝈,蚊子,搅成一团,鲜红的在读者眼前展开,显示着中国的一

① 参见[美]伊恩·P.瓦特:《小说的兴起》,高原、董红钧译,北京三联书店 1992 年版,第 3 页。

② 《鲁迅日记》,人民文学出版社 1976 年版,下卷第 951 页。王弢、儁闻皆王林三十年代曾用名。以上均转引自《王林文集》(第一卷)扉页。

份和全部，现在和未来，死路与活路。凡有人心的读者，是看得完的，而且有所得。”[①]“这自然还不过是略图，叙事和写景胜于人物的描写，然而北方人民的对于生活的坚强，对于死的挣扎，却往往已经力透纸背；女性作者的细致和越轨的笔致，又增加了不少明丽和新鲜。精神是健全的，就是深恶文艺和功利有关的人，如果看起来，他不幸得很，也难免毫无所得。”[②]“这就是伟大的文学么？不是的，我们自己并没有这么说，‘中国为什么没有伟大文学产生？’我们听过许多指导者的教训了，但可惜他们独独忘却了一方面的对于作者和作品的摧残。”[③]鲁迅30年代有关“奴隶社”丛书对叶紫《丰收》、萧军《八月的乡村》和萧红《生死场》的推荐，可看作是对现实主义文学精神的倡导与呵护。

如果说，鲁迅对于王林的影响还只在观念形态上；那么真正使五四新小说的现实主义精神在他内心生长起来、并具有实践效果的，应该归于当时在青岛大学文学系任教的沈从文。沈从文亲自为王林的第一部长篇小说《幽僻的陈庄》作序，其中，他给这位“旁听生”的文学启示有详细描述：

二十一年我在某某大学教小说习作，起初约有二十五个人很热心上堂听讲，到后，越来越少，一年以后便只剩下五个人了。五个人中还有两个是旁听的。只因为每个选课者皆想从这一堂上得到一点创作的知识。不止知识，他们还需要的是“秘诀”，或“简要方法”，以便学来处理自己的故事。……这件事想来我应当抱歉。……

我要他们先要忘掉书本，忘掉目前红极一时的作家，忘掉个人出名，忘掉文章传世，忘掉天才同灵感，忘掉文学史提出的名著，以及一切名著一切

① 鲁迅：《田军作〈八月的乡村〉序》，载《鲁迅三十年集》(29)《且介亭杂文二集》。

② 鲁迅：《萧红作〈生死场〉序》，载《鲁迅三十年集》(29)《且介亭杂文二集》。

③ 鲁迅：《叶紫作〈丰收〉序》，载《鲁迅三十年集》(29)《且介亭杂文二集》。

书本所留下的观念或概念。末了我还再三说,希望他们忘掉“做作文”“缴卷”。能够把这些妨碍他们对于“创作”认识的东西一律忘掉,再来学习应当学习的一切,用各种官能向自然捕捉各种声音、颜色同气味,向社会中注意各种人事。脱去一切陈腐的拘束,学会把一支笔运用自然,在执笔时且如何训练一个人的耳朵、鼻子、眼睛,在现实里以至于在回忆同想象里驰骋,把各样官能同时并用,来产生一个作品。我以为能够这样,这作品即或如何拙劣,在意识上当可希望是健康的,在风格上当可希望是新鲜的,在态度上也当可希望是严肃的。写成后,若认为失败了,也不过是把这个作品放在过去的标准中比较,得到一个不可免的失败罢了。然而毫无可疑,第一个作品即或失败,能用这种方法态度继续作下去,却可望来日在另外一个作品得到相当的成功。倘若作者不以失败为意,有魄力,有毅力,能想法多多认识社会各方面,了解他们的言语,爱和憎,悲哀或悦乐,一支笔又学会大胆恣纵无所畏忌的写下去,这个人所读的书即或不多,还依然能写出很完美很伟大的作品!①

沈从文的写作课上到后来仅剩“五个同学”,英文系的旁听生王林是其中之一,但这一个学生已使老师甚感欣慰:他“居然大胆使用我所说及的态度和方法,写了许多很好的短篇小说”。当时王林已经在《现代杂志》《文艺副刊》《国闻周报》上用笔名儁闻发表作品,并得到沈从文热烈的推荐与称赞:“中国倘若需要所谓用农村为背景的国民文学,我以为可注意的就是这种少壮有为的作家。这个人(指王林)不独对农村的语言生活知识十分渊博,且钱庄、军营以及牢狱、逃亡,皆无不在他生命中占去一部分日子。他那勇于在社会生活方面找寻教训的精神,尤为稀有少见的精神。”关于《幽僻的

① 参见沈从文:《幽僻的陈庄·题记》,载《王林文集》第一卷。

陈庄》,“这四百面的长篇巨制,据他说来,还只是计划里四部曲中的一部。看完了这个作品,我很感动。他那种气概就使人感动”。沈从文对作者视同一己,说这个“乡下人”的作品,很可以“壮补”时人“软弱的灵魂”(同上)。简要地说,《幽僻的陈庄》是以陈庄游手好闲的农民田成祥、在赚钱和女色上“老没够”的地主陈老仲与小白妻的三角关系为线索,勾画民国初期北方农村生活的小说。但在作品中,田成祥与小白妻偷情的描写并不多。作品着力表现的是田成祥卖地、告状,上下奔走,并以他的经历为叙事焦点,展现当时商号、当铺、投机生意、放高利贷,以及城乡、官商利益纠结的社会环境,特别是那里的“人们怎样在寂静的茅屋里烦恼,怎样从旧的滞性的道路上渐渐觉醒起来,饥饿的火怎样烧着这些人而唤起粗暴的力,怎样从传统的束缚下挣脱开”,从而实现“艺术家跟经济学家不同的所在”①。小说开头引述茅盾的话,表明作者所赞成和遵从的现实主义小说题旨:

> 庄稼事人人见惯,固然是平易的。然而单就农事的过程说,……这一直下来都是紧张的“作战”样的生活,实在天生是很好的“结构”。何况还有收获以前的借债,收获以后的逼租,赎衣服,贱卖新谷,都又是极动人的“穿插”。田家生活何尝是“平易”的啊!
>
> 近来的田家生活实在变化太多,有些事连顶好的“幻想家”也想象不到。
>
> ——茅盾《话匣子·田家乐》②

十六万字的《幽僻的陈庄》,只占王林写作计划四分之一③,那么,王林在转入抗战题材写作后,原来写“陈庄史”的愿望是否就半途而废了呢?事

① 彭勃(罗烽):《评〈幽僻的陈庄〉》,《大公报》1935年8月25日。转引自《王林文集》第一卷。
② 转引自《王林文集》第一卷。
③ 偶闻(王林):《幽僻的村庄》,1935年1月1日由北平文心书业社出版。

实并非如此。从《打回老家去》(独幕剧,1936 年)、《家贼难防》(话剧,1938 年)到短篇小说《五台山下》(1941 年)、《十八匹战马》(1943 年),直到长篇小说《腹地》(1942—1943 年),作家笔下的乡村抗战史始终与启蒙前后的乡村史紧密相连,启蒙与抗战,成为中国乡村史不可分割的一部分。也就是说,在王林对"陈庄"和"辛庄"大量日常生活描写中,"救亡"并没有压倒"启蒙"。当王林反驳 40 年代的批判时就曾明确地表示:《腹地》中,"我是以隐伏在农民心理中的旧意识旧作风与新意识新作风做为潜主题"。从王林的两部长篇小说中可以看到启蒙与救亡的历史连续性,《腹地》中辛大刚、范世荣等人物身上,具有《幽僻的陈庄》中田成祥、陈老仲等乡土人物的遗传基因;白玉萼母女的形象,也潜藏着小白媳妇的影子,人物性格发展的逻辑关系十分紧密。从幽僻、滞重的陈庄到热火朝天的辛庄汇演和村选,表明小说家对乡村改变充满信心。试想如果没有《腹地》所描写的村选,村民们民主意识、社会意识增长,如果没有区县、乡村建立的各级基层组织,就没有中国幅员广阔的农村深入持久的抗战。抗战使启蒙在乡村得到深入普及,启蒙又是对抗战最为有力的动员与推动。于此意义,从《幽僻的陈庄》开始到《腹地》完成,王林实际上创作了一部"大书",这部"大书"形象而完整地记述了中国北方农村生活的现代变迁史,从而也具备了现实农村生活"史前史"的意义与价值。其中特别是那些受到严厉批判、"旁生枝节"的乡村日常生活描写,恰恰从一个特定的角度证明,隔断这部历史中启蒙与救亡线索的不是历史本身,而是批评家专横而"断裂"的观念。

(四)

正如《腹地》有其产生的历史根源,对它的批判也并非空穴来风。如果把上世纪二三十年代"革命文学"的一些论点拿来与陈企霞的批判相比较,就会发现其中有许多相似之处。由于当时与革命文学家论争的主要一方是鲁迅,而且涉及同样的问题,即冠之以“革命”的现实主义应该写什么、怎样写的问题,这里仅举当时鲁迅认为特别需要辩驳和分析的观点为例,说明批判背后一些历史和文化的线索。

首先是如何表现劳动阶级。革命文学家认为,关于鲁迅《阿Q正传》中的阿Q“那样的一个人”,能不能做“革命党”,并且有“大团圆”的结局?如果有可能,那么对于阿Q这种底层阶级的人物,“至少在人格上似乎是两个”。也就是说,阿Q这种人不可能成为一个真正的革命者,起码不符合一个被誉为“革命者”的形象。对此鲁迅回答:“我的意见,中国倘不革命,阿Q便不做,既然革命,就会做的。我的阿Q的革命,也只能如此,人格也恐怕不是两个。”鲁迅下面的话更是对后来有关农民革命者形象不够高大完美论点的反驳:

民国元年已经过去,无可追踪了,但此后倘再有改革,我相信还会有阿Q似的革命党出现。我也很愿意如人们所说,我只写出了现在以前的或一时期,但我还恐怕我所看见的并非现代的前身,而是其后,或者竟是二三十年之后。其实这也不算辱没了革命党,阿Q究竟已经用竹筷盘上他的辫子……①

人与社会的新旧转变,并不仅仅是阿Q盘辫子似的形式上的改变;并不像政权革命那样,可以一朝易帜,而是一个长期缓慢的过程。鲁迅似乎当时就预见到《幽僻的陈庄》和《腹地》中出现的一些场景,即“还会有阿Q似的革命党出现”,同一阶级出身的人参加革命,也会怀有不同动机,并不都像

① 鲁迅:《阿Q正传的成因》(1926),载《鲁迅三十年集》(12)《华盖集续编》。

书本或理论概括的那般“纯洁”。不仅如此，鲁迅的预见甚至真的延伸到“二三十年之后”，新中国成立，共产党内就出现了刘青山、张子善等一系列贪腐问题，这当然是后话。辛宝发、范世荣的问题发生在革命胜利、夺取政权之前，却也印证了鲁迅和西谛辩论关于农民阶级革命的观点，哪一种更接近现实，哪一种更偏重于理想。

从这里又牵涉到作家本身的革命性和阶级性问题。正如当年来自延安的“文艺大员”说《腹地》“暴露黑暗”，进而怀疑作者的阶级立场，当时鲁迅也受到革命文学阵营关于阶级出身的指责。鲁迅说：“我们的批判者”要去“获得大众”，便把革命文学幻想为“十万两无烟火药”，“并且似乎要把我挤进‘资产阶级’去”。因为鲁迅曾说过文学产生的条件须“有闲”、也“便是有钱”的话，于是鲁迅有些自嘲地说：这时“倒觉得危险了”。但后来批评家又说：“我以为一个作家，不管他是第一、第二、……第百第千阶级的人，他都可以参加无产阶级文学运动；不过我们先要审查他们的动机。”鲁迅说：“才有些放心，但可虑的是对于我仍然要问阶级。‘有闲便是有钱’；倘使无钱，该是第四阶级，可以‘参加无产阶级文学运动’了罢，但我知道那时又要问‘动机’。”不过，当时鲁迅认为最可虑的还不是这些：

倘使那时不说“不革命便是反革命”，革命的迟滞是语丝派之所为，给人家扫地也还可以得到半块面包吃，我便将于八时间工作之暇，坐在黑房里续钞我的《小说旧闻钞》，有几国的文艺也还是要谈的，因为我喜欢。所怕的只是成仿吾们真要像符拉特弥尔·伊力支一般，居然“获得大众”；那么，他们大约更要飞跃又飞跃，连我也会升到贵族或皇帝阶级里，至少也总得充军到北极圈内去了。译著的书都被禁止，自然不待言。①

① 鲁迅：《“醉眼”中的朦胧》(1928)，载《鲁迅三十年集》(18)《三闲集》。

这是一个假想的、可怕的未来。实际上，以文学形象印证无产阶级革命理论的做法，虽然鲁迅不以为然："'赋得革命五言八韵'，是只能骗骗盲视官的"①，但作为当年一种观念先行的"先锋"艺术，那也是作家的一种选择，艺术上的功过得失，不过是见仁见智。鲁迅最反感也最为惮虑的是，在革命风行的时代，拉"革命"大旗，滥施"革命文学"标准在文坛上"跑马"的做法。作为五四时代的启蒙思想家，鲁迅敏锐地发觉这种批评裹挟着专制主义气息，他毫不留情地说："首先应该扫荡"这种批评。因为它"拉大旗做虎皮，包着自己，去吓唬别人；小不如意，就依势(!)定人罪名"，"抓到一面旗帜，就自以为出人头地，摆出奴隶总管的架子，以鸣鞭为唯一的业绩——是无药可医，于中国也不但无用处，而且有害处的"②。然而，在鲁迅逝世十多年后，他的话却不幸言中，《腹地》成为这种"横暴"批评的牺牲品，直到半个多世纪后才重见天日，不能不说是现代文学史上的一个损失。

回顾这段历史，王林以"少壮有为"的"气概"，以其作品横生恣肆的描写，对现代写实小说观念做了有力的补正。如果把陈企霞等人对《腹地》的批判，看作是正常的文艺批评中一种意见，那么的确有一部分读者是不满意作品的，比如说它结构松散，人物不典型，等等。但我想这个"过错"却不能由作家和作品来全部承担。现实主义作为一种现代哲学思维方式，本身就不是一个封闭的终极结构，《腹地》既是它的结果，也为后来的写实作品打开一道历史的闸门。特别是它对文艺思想解放的意义，甚至超过了作品本身。

2011年9月6日完稿，12日修订

---

① 鲁迅：《革命文学》(1927)，载《鲁迅三十年集》(17)《而已集》。

② 鲁迅：《答徐懋庸关于抗日统一战线》(1936)，载《鲁迅三十年集》(30)《且介亭杂文末编》。

以写作反抗幻灭与虚无
——有感于《王蒙自传》[①]

(一)

《王蒙自传》第二卷《大块文章》中有《难忘的1984》一节，写到王蒙的孩子身患抑郁症，“一旦发病，世界立马变得灰蒙蒙的”。孩子的遭遇，让父亲震惊：

> 我们都有弱点。而你面对的是自己的不知来自何处不知去向何方的孤独无靠的灵魂，你面对的是一只突然失去了罗盘失去了海图的小船，和小船四周的无边的黯淡的大海、波涛、风浪、雷电……你面对的是现实的、肉身的与想象的、情感的、欲望的、动荡的与梦幻无定所的精神。……你觉得自己不行，自己无力，自己看不见也听不清，一切都沉堕在阴影里。

为使孩子摆脱病苦的折磨，王蒙仔细地回想，他有生以来究竟“经历了哪些压抑，哪些刺激，哪些折磨”。当孩子的病情好转了，“突然一个想法进

---

① 本文所引，均见《王蒙自传》第一卷《半生多事》，花城出版社2006年5月第一版；《王蒙自传》第二卷《大块文章》，花城出版社2007年4月版；《王蒙自传》第三卷《九命七羊》，花城出版社2008年4月。

入我的脑海,我应该以我童年时代的经验为基础写一部长篇小说","这就是《活动变人形》的酝酿和诞生"。

《活动变人形》在王蒙当年众多作品中,也许不是反响最热烈、最受推崇的,但却是最具有真实意味的小说。其中的道理,正像作家所言:"我终于从'文革'结束,世道大变的激动中渐渐冷静了下来。我不能老是靠历史大兴奋度日。当兴奋渐渐褪色的时候,真正的刻骨铭心才会开始显现出来。"作家说"感谢时代",但实际上,"世道"和"历史"的变动不拘始终没有停歇,至今还在继续;而对孩子感同身受的体察,使作家获得了写作灵感。孩子的症状及其病理解决方案,突然具有一种普适性的含义,为摆脱"不知来自何处去向何方的孤独",为使社会激变中的个人不至于像一只"突然失去了罗盘失去了海图的小船",在一片虚无中"沉堕在阴影里",作家转向个人的生活史和精神史,追寻自己的来历,界定自己的身份。当作家从题材的时尚风潮中抽身而退,这是最顺乎自然的一种文学选择。

(二)

《活动变人形》是《王蒙自传》的写作先兆。尽管作家特别说明:"倪吾诚自杀的情节并非父亲的亲历",但他承认,童年生活中那些"最最沉重的经验我写到《活动变人形》里边去了"。80 年代有一种流行的看法,新时期文学续上了五四新文化的流脉,换句话说,也就是现代社会的这两个端口才是思想启蒙和人性解放的黄金时代。但是如果读了《活动变人形》,读"后新时期"或"新世纪"的《王蒙自传》就会发现,从作家切身经历的角度,这里具有一个明显的误差。新时期,王蒙出版的长篇小说《青春万岁》(写于 1953 年)中的"新",还有 50 年代《组织部来了个年轻人》中那些单纯热情的"阳光少年",显然把"新"赋予了新中国诞生后的生活,而非此前的生活,特别是深受五四新文化潮流影响的父母所缔造的、作家童年的家庭生活。由于有过去的生活为反衬的底子，在《青春万岁》《组织部来了个年轻人》和《小豆儿》等作品中，作家对新中国的一往情深，更主要表现在王蒙认为它“应该是怎样的”，它应该是全新的，生机勃勃的，拒绝“灰色人生”的。因此，当小说主人公林震敏感地察觉，像刘世吾这样的干部，尽管很有经验和能力，但性格深处有一种惰性，带有旧时代的颓废色彩，即便它们淡得几乎不着痕迹，无碍大局，仅仅“散布在咱们工作的成绩里边，就像灰尘散布在美好的空气中，你嗅得出来，但抓不住”，也在必须清除之列。这种对于生活纯而又纯的追求，是作家对以往不堪入目的生活的一种强烈的心理反弹，特别像《青春万岁》这样的长篇小说，抒情描写一泻千里，布满了富于诗意的想象和憧憬，却也能从一个侧面，映现出年轻的“诗人”背弃“旧生活”的决绝身姿。

《王蒙自传》通过大量形象的描写，把“旧时代”，“新中国”，“新时期”和“新世纪”的历史勾连起来，把这一段“断裂”的历史又重新拼接起来。在他眼里，并非启蒙观念降临，中国的事就一通百通，一好百好；倘若其中遭遇一些阻力和挫折，便是历史的断裂，历史的不可理喻。实际上，从作家的成长史看，这是一段一切都事出有因、环环相扣、延绵不断的历史，观念与现实在本土的现代化进程中并没有断裂，而是与过去那种一厢情愿的宏大叙事相比，大大地错位了。不由人不怀疑启蒙运动当初对于“人”的承诺。王蒙以自己童年的经历说明，生活给那些轻信启蒙、轻言个性解放的人开了一个巨大的、近乎残忍的玩笑。

王蒙的父母曾经是深受五四时代观念影响的知识青年，应该说，在进化论的知识背景下，他们也属于当时社会的先进青年。但是这样的人生模式只能表现在书本里，所谓“人生识字糊涂始”；一旦进入日常生活，便极大地破灭了，而且尽是让童年的王蒙感到“毛骨悚然”的场面：

父亲下午醉醺醺地回来。父亲几天没有回家,母亲锁住了他住的北屋,父亲回来后进不了房间,大怒,发力,将一扇门拉倒,进了房间。父亲去厕所,母亲闪电般地进入北屋,对父亲的衣服搜查,拿出全部——似乎也很有限——钱财。父亲与母亲吵闹,大打出手,姨妈(我们通常称之为二姨)顺手拿起了煤球炉上坐着的一锅沸腾着的绿豆汤,向父亲泼去……而另一回当三个女人一起向父亲冲去的时候,父亲的最后一招是真正南皮潞灌龙堂的土特产:脱下裤子……

这样写自己的父母,以私人生活见证时代和历史的悲剧,在一个"孝感天下"的国度,的确让人感到十分的难堪与无情。但是对此,作家抱着"我不下地狱谁下地狱"的决心:"我必须说到从旧中国到新世纪,中国人过的是什么样的生活。不论我个人背负着怎样的罪孽,怎样的羞耻和苦痛,我必须诚实和庄严地面对与说出。"自然,这种义正词严在王蒙写作中并不多见,更常见的是一种辛辣的讽刺。对此,王蒙自有王蒙的幽默,第一卷《半生多事》中《如同梦魇》一节,对母亲晚年的回忆便是一个生动的例子:

母亲晚年常常叹息:"你看人家冰心、宋庆龄这一辈子!你们看我这一辈子。干脆吗也不知道就好了,我知道了一点了,但是我什么也做不到!我这一辈子没有一点高兴,没有一点安慰,没有一点幸福!为什么我要这样过一辈子啊!"

我不明白她为什么要与冰心与宋庆龄比。我更不明白,为什么我断定她不应该不可以与冰心宋庆龄比。

无论义正词严,还是王蒙的幽默,《王蒙自传》都使读者对作家的写作历程加深了了解,从《组织部来了个年轻人》《布礼》《杂色》,直到《青狐》,形成一条连贯有机的线索。这条线索比较复杂,也许不是一两个概念便可以囊括,一两句话就能说清楚。但可以肯定一点,他的写作恰恰不是对新文学的“断裂”,反而使当代文学从另一个角度,与鲁迅的《坟》中《娜拉走后怎样》、张爱玲的《金锁记》,甚至赵树理的《小二黑结婚》都续上了流脉。

事情的复杂性往往表现在,有时候,负面的拼接与连缀,更表现出现代文化传统的顽强和无所不在,根本不是任何主观愿望所能“断裂”得了的。“断裂”的说法,就像说从《国际歌》到“样板戏”中间一片空白一样的荒唐。通过上面一些细节描写,表面看王蒙是反对启蒙的,但在他内心深处,始终有启蒙时代赋予他的一个现代标准:应该大胆质疑那些看起来毋庸置疑,但在现实中却不通情理的高头讲章或清规戒律;应该结束一种空洞、蒙昧、无趣、无味,或人整人、人吃人的活法。否则,就没有《王蒙自传》里那些诚恳的拒绝和幽默的讽刺了。因此,面对现实中许多的事情,王蒙主观上原想处理得八面玲珑、处处都好。但实际上,他也经常表现出书生气的一面。那当然是远不同于他父亲的书生气,毕竟时代变了。但出于某种观念,出于对某种标准有意识或下意识不可更改的遵循,他在现实中并不总是顺风顺水。自传的传主虽然经历“少年布尔什维克”、右派、中央委员、文化部长、著名作家等一系列人生的潮起潮落,对政治有比一般人更复杂也更深入的了解,但作为杰出的当代作家、新文化的后人,这也是他与满身市侩气的混世魔王绝不可同日而语的区别所在。

(三)

以回忆的方式建构文本,只是作家表现人生的一个角度,也可以说是一种方法。如果有人从另外的角度考察作家这段生活,也许会认为这种回忆不可靠,不符合读者想象中的真实,或者不符合经一些更较真的读者考辨的真实。自传体、日记体、书信体作品都可以归为写实的一类，鲁迅《三闲集》中的《怎么写》，就是对郁达夫关于日记体和书简体的看法所言。鲁迅认为，由于怀疑文艺作品某些细节的真实性而产生幻灭，是读者的“粗心”。因为“只要知道作品大抵是作者借别人以叙自己，或以自己推测别人的东西，便不至于感到幻灭，即使有时不合事实，然而还是真实。其真实，正与用第三人称时或误用第一人称时毫无不同。倘有读者只滞于体裁，只求没有破绽，那就以看新闻纪事为宜，对于文艺活该幻灭”。鲁迅又说，其实“幻灭之来，多不在假中见真，而在真中见假”。

引述鲁迅的话，不全是站在读者的立场，由于无从考察传主的人生细节，便一定要“幻灭”，其实也可以收获其“真”；我感到鲁迅的话还有一层含义，即真实与幻灭的关系。《活动变人形》和《王蒙自传》的真实性在于，王蒙以这样的写作，顽强地反抗来自社会变革、人生转变时期，时时活跃、散布在我们周围的幻灭与虚无的幽灵，正如他和自己患抑郁症的孩子一起，寻找一个真实的自我，为那只茫茫大海上孤独无助的小船，寻找由过去通向今天和明天的“罗盘”和“海图”。于此意义，写作首先是作家反抗幻灭与虚无的一种自救方式。

《王蒙自传》写他父亲晚年有一句名言：他的生活还没有开始，“他永远期盼着自己的潜力，他确实感觉到了自己的无穷潜力连十分之一都没有发挥出来”。王蒙对父亲的评价带有讽刺意味，但他的结论却耐人寻味：“潜力云云，更多的是一个抒情的话题，而不是一个实证、实践、实有的命题。”这个“抒情的话题”，不仅对于父亲，对于当年怀有约翰·克利斯朵夫式的少年狂想、一心踏上文坛的王蒙来说，同样不可抗拒。从这样的角度看，王蒙和父亲王锦第有相似的性格，或者王蒙秉承了王锦第身上一种特有的抒情气质。

而且似乎是一种巧合，年轻人难以逾越的“抒情的话题”，与捷克作家米兰·昆德拉的体察也大致相近。米兰·昆德拉就把他的“青年叙事诗”一般的小说定名为《生活在别处》,并作这样的解释:"'生活在别处'是兰波(十九世纪法国象征主义诗人)的一句名言。……1968 年 5 月,巴黎学生曾把这句话作为他们的口号刷写在巴黎大学的墙上。"把兰波的这句名言换一个说法,也就是真正的生活还没有开始。

对此,该书的中文译者作进一步解释:

> 对于一个充满憧憬的年轻人来说,周围是没有生活的,真正的生活总是在别处。这正是青春的特色。在青春时代,谁没有对荣誉的渴望?谁没有对家庭的反抗?谁没有对未知世界的向往?举目四望,我们周围的生活平庸狭窄,枯燥无味,一成不变,每天的日子都被衣食住行所填满,毫无色味,毫无光亮。正是为了逃脱这一恼人的生存现实,人们才赋予自己激情和想象。对青年人来说,没有梦想的生活是可怕的,那是老年人日暮黄昏的平静和死寂,青年人拒绝承认生活的本质就是平庸实在,总是向往着动荡的生活,火热的斗争。这就是青春、爱情和革命之所以激荡着一代代年轻心灵的原因。①

一个人的心态是不是年轻,不能以生理年龄断然划分,王锦第晚年的话与他的人生经历十分贴切,并不使人感觉突兀、无从由来。但在 1953 年,不满二十岁的王蒙所写的《青春万岁》,的确就是一首青春的抒情诗,而且是一首有新旧政权变更时期的"实践、实绩、实事"为"激情的基础"的抒情诗。

但我这里想讨论的是,一个人或一个作家,是否具备青春的潜能和抒情诗人的气质,这一点不是问题的关键;而是当青春的璀璨消失了,写作何以

① 景凯旋:《生活在别处·译后记》,载米兰昆德拉:《生活在别处》,景凯旋、景黎明译,作家出版社 1989 年版。

为继？王蒙1956年以《组织部来了个年轻人》蜚声文坛，随即消失在“反右斗争”的政治运动浪潮中，直到70年代末、80年代的新时期才得以复出。经历如此无常世事，王蒙本该最是有理由也有资格说“幻灭”和“虚无”的了。但环顾自传，那一句调侃的话“哀大莫过于心不死”，却是王蒙坚持写作的真实写照。王蒙可以放弃或不得不放弃许多，唯独写作这一点，他不仅实际上始终在写，就是在各类文字中，也从未轻言放弃。王蒙也因此和他的父亲划开了界线，他不会像王锦第那样郁郁而终，无穷的潜力无以发挥，也无从证实。在这当中，文学的梦想固然是王蒙在二十年来颠簸而坎坷的生活中有力的心理支撑。但从机关到基层，从内地到边疆，从城市到农村、牧区，不论逆境还是顺境，对周而复始的“日子”和其中展现的各色人性，王蒙悉心体味的兴致始终不减，始终不失去对生活的热情，这应该是维系写作更重要的原因。

需要进一步追问的是，“热情”和“兴致”又从何而来？《王蒙自传》给了一个非常感人的答案，那就是王蒙自“初恋”直到“就要与我度金婚的妻子”崔瑞芳，这位非常有个性和人性光彩的女性，她在如何看待人生问题上，给自命不凡的少年才子以“启蒙”。王蒙刚被打成“右派”，有一段描写令人过目不忘：

> 我给身在太原的瑞芳写信详细论述对我的批判帮助是必要的正确的有益的。然而，她根本不相信这一套。虽然她也读了狄更斯与阿·托尔斯泰。她在学校，拒绝接受将她搞成“官、骄、娇、暮、怨”“五气”的代表，不惜与学校领导决裂，离开了学校。现在一切明白，如果我与她一样，如果我没有那么多离奇的文学式的自责忏悔，如果我没有一套实为极“左”的观念、习惯与思维定势……归根结底，当然是当时的形势与做法决定了许多人的命运，但最后一根压垮驴子的稻草，是王蒙自己添加上去的。在这个意义上，说是王

蒙自己把自己打成右派,毫不过分。①

可以将此读作王蒙对个人命运的忏悔,却也可以读作王蒙就此解脱了一种近似"原罪"的心理阴影或心理负担。因为有了"芳"的参照,有了妻子的比一般同情式的劝慰更令人豁然开朗的个性展现,王蒙不必再做那种最有害身心健康的自戕式的认罪和检讨了。其实,任何稍有生活常识的人都会认为,被打成右派的王蒙,比那个与老婆"办不了事"、坚持要划王蒙为右派的单位负责人,要活得好得多!好和坏的标准,不在于时尚流行的一些玄妙、诡异的说辞,而在沉潜于社会底部的人之常理,人之常情。但越是常识,往往越不容易被观念风行的时代所理解,越是让痴迷的文学青年认识不清。如果把文学写作视为写作者的生命,那么,王蒙的妻子就是使"少年维特"获得一种韧性生存的理由,她以自己真实的存在,为他打开了通往斑斓多姿的日常生活的一扇门窗,这里有广阔的人生天地,可供驻足观赏;有目不暇给的人性内容,可供流连忘返。关键是欣赏者有没有荡开一尺的距离。王蒙从"芳"那里,获得一种从容的心境,或者说,一种欣赏的距离。所谓"人生百戏",有的人能看见,是一种福气;有的人却一辈子无缘见识,急煎煎地来世上、无趣无味地走了一遭。因此,王蒙在一段总结中说:"我这一生常常失误,常常中招,常常轻信而造成许多狼狈。但是毕竟我还算善良,从不有意害人,不伤阴德,才得到护佑,在关系一生爱情婚姻的大事上没有陷入苦海。一九五六年我们相互选择仍然与初恋时一样,我们永远这样。这帮助我避过了多少凶险,这样的幸运并不是人人都有。"反观王蒙"七十年",斯是真言。

① 《王蒙自传》第一卷,第173页。另,参见《王蒙自传》第一卷"大起大落",第154页,"一九五七年一月二十八日,我与瑞芳在京结婚",其时崔瑞芳正在太原工学院读书,"还有半年的大学没有上完"。

(四)

作为广告词,“国家日记”和“个人机密”的说法[1]会扩大作品的“轰动效应”,但我更倾向于把《王蒙自传》当作文艺作品来读。这部作品显示了作家、艺术家对人与生活独有的感知,独到的表述方法和叙述角度,以及善于捕捉细节的特殊才能。或许这就是鲁迅当年说“我宁看《红楼梦》,却不愿看新出的《林黛玉日记》,它一页能使我不舒服小半天”(《三闲集·怎么写》)的道理。不同的人观察同一问题、同一事件,由于所处的位置不同、角度不同,就会有不同的打量和不同的印象,姑且将其他人的角度称为一种“假”;那么鲁迅所说的“假中见真”,便是衡量作品的一种标准,说明与“怎么写”的方式方法相比,作品真实性的内涵,即作品对社会人生的普适性涵义,具有决定的性质。因此在鲁迅看来,“假中见真”的作品,要比那些自称“日记”和“机密”,但原本不适于公开出版的“真中见假”的作品,高出不知道多少倍。

王蒙人生七十年,由于他个人非同一般的人生经历,他的人生自述当囊括了曲折而宏伟的历史命题。加之历史学家把历史比喻为一项连接过去、现在与未来的基因工程,历史学有预知未来的功能,使“历史”一词有更加厚重的分量。如果把历史看作是一幅有高山大湖、雄浑壮美的地形地貌的屏风,那么文学家的关注点,更集中在那些容易被宏大叙事所忽略的历史缝隙,或者说历史的褶皱。王蒙善于从这些“缝隙”和“褶皱”入手,写人情世态,如过眼云烟,然而历史的生动可感,由此存焉。

譬如描写“文革”期间,在新疆乌拉泊干校,王蒙结识原文化厅干部祖颖之。“他是地道的北京油子,说话幽默,健谈。他当过兵,去过朝鲜,一九五

① 《王蒙自传》第一卷《半生多事》封面所带的宣传横幅写道:“文学大师的70年家事国事心事自述,一个人的‘国家日记’,一个国家的‘个人机密’”。

七年没戴帽儿,但被开除了团籍。他经常叹息,正嫩的时候,让人家给掐了尖儿啦。"他的夫人是舞蹈家,家里经常举行艺术家聚会,也邀请王蒙,"与艺术家的接触,给我一种'复辟'的感觉",全是"内地、外国与文艺的话题、轶事和旧事啦,以及那种笑容,那种摇头摆尾的举止,与巴彦岱二大队的社员们是如何地不同啊。却原来,经过'文革'的疾风暴雨,他们仍然是他们"。然而,"复辟"的喜剧还没收场,幻灭的悲剧已拉开大幕:

祖颖之对一切不抱希望,每天用标准的北京话嘲笑一切。他自嘲没有"银子"。他嘲笑某某吝啬是从肋条骨上带着血丝扒下钱来。他甚至不让自己的孩子上学了,他认为我们确实是生活在一个上学无用读书无用的时代。他吸烟,喝酒,牢骚,不认为能做成任何事情。千方百计,他在"文革"结束以后帮孩子移民到了澳洲,很快,他也有了去澳洲的希望了,他患了食道癌,不久,去世了。(第一卷,第 335 页)

命运弄人。虽然颓废和疾病、死亡没有必然的联系,但精神上的萎顿和消沉,逐渐抽空一个人的生命力却是不争的事实。祖颖之远非时代风口浪尖上的人物,和王蒙的"大起大落"相比,他经历的不过是一些"小灾小难",唯其如此,他的悲剧才更令人唏嘘不已。阶级斗争、政治运动、左右纷争,对祖颖之的死似乎都应该负有责任,但把个人遭遇全归咎于此,也有失偏颇。祖颖之的确是宏大的历史叙述难以兼顾到的一个角落。

一般印象中,王蒙久经政治运动沙场,八面玲珑、八面来风。《王蒙自传》自然离不开政治运动,这是王蒙人生七十年来中国社会生活的历史,谁想要摆脱,躲进一个清静的"象牙塔",无疑像拔着自己的头发硬要离开地球一样的可笑,那或者是一个"心造的幻影",或者是一种矫情。但有趣的是在《王蒙自传》中,自认为积极参与了每一次政治运动的王蒙,实际上,却是一个对政治运动不明就里的角色。这是因为他的关注点,或兴奋点,主要在那些提不上大的政治台面、却富于人性和文化内涵的方面。比如,写"反右"运动初期,"我被邀请参加了中国作协党组扩大会,批判丁玲、陈企霞。我被惊呆了,我惊异于为了批丁玲先从陈企霞的男女关系问题入手,发动柳溪同志以受害者的身份揭露她的一度的情人陈企霞。怎么是这样的手段?"(第一卷《大起大落》)又比如,写"文革"即将结束,"春节期间,几乎所有的互相拜访者谈周总理,说邓小平,谈江青,而态度都一致","人同此心,心同此理。但我也悲哀,新中国已经二十多年,人们谈论的仍然是忠臣,奸臣,佞臣,失察,得宠,腹诽,蒙冤与天大的不平。中国社会啊,你的进展就是这样艰难吗?"(第一卷《从"七、八、九三个月"到"四五"》)再比如,写 90 年代王蒙"回到写作行当"后,与夏衍交往较多,"夏公关心政治,但他从来不多说个人的蜚短流长,有时他略略一笑,表示对某人的不感兴趣。有一次说到文艺界是鲁太愚与全都换。由于与韩国两位政治家姓名谐音,令人解颐,这在他,就算是说得最刻薄、最严重的一次了"(第三卷《师长、朋友们》)。难怪有各种历史机缘的人,却不是历史的宠儿,这里几乎每一处描写都是对一种宏大历史叙述的解构,都是对文艺从属于政治观念的解构。

上面的例子是王蒙对上层政治生活的一些感受,那么回到平民百姓的生活,王蒙是否就如鱼得水呢?事实上,他也不能。比如关于"搓麻":

我也到朋友家中搓麻,但是我在牌桌前的定力有限,最多打上两圈已经哈欠连连,鼻涕眼泪涌现,我的只打两圈的习惯与对输赢毫不在乎的不以为意的劲儿(一般我一面打牌一面唱老歌,我特别爱唱的是"咳,我们,我们胜利的旗帜迎风飘扬……"与"大柳树,开了花……"),引起牌友的公愤,很快,我就被牌友们所抵制,被赶出牌局,想打牌也找不上伴儿了。(第三卷《震荡与从容》)

不仅“被赶出牌局”,“局外人”的角色是伴随王蒙一路走下来的。当然,以“局外人”来概括王蒙与政治贴得很紧的生活经历,的确与他实际的身份不符。但是如果换一个角度,或者换一种思路,一个作家、文学家,除了痴迷于写作之外,又怎么能企盼他痴迷、效忠于“牌局”或其他呢?即便曾经沉没于“半生多事”,也要铸就“大块文章”,这就是王蒙的“九命七羊”,也是王蒙以写作反抗幻灭与虚无的生存方式。法国社会学家皮埃尔・布尔迪厄在《现代世界知识分子的角色》一文中说:当某一事件发生的时候,“法国作家、艺术家和学者以具有某种权威的知识分子(intellectuals)的身份介入政治,其时他们宣称自己是知识分子。而这种权威的基础,在于他们属于相对自主的人文、科学和文学世界,也在于与这种自主相联系的操守、无私和能力”①。时代的文化趋势瞬息万变,法中两国知识分子的历史和现实也非常不同,但即便如此,读者还是可以从《王蒙自传》与布尔迪厄的知识分子的“相对自主”中找到某种暗合。

至于作品,以及这种“相对自主”的写作对他人有什么帮助?我想,我是从《王蒙自传》、从这种自救方案中获益的读者之一。

2008 年 6 月 5 日初稿于北京

2008 年 6 月 25 日修改补充

---

① [法]皮埃尔・布尔迪厄《现代世界知识分子的角色》,赵晓力译,载韩少功、蒋子丹主编《是明灯还是幻象》,云南人民出版社 2003 年版,第 187 页。

下篇

「我有迷魂招不得，雄鸡一唱天下白」

（唐·李贺）

·絮语·

对过去的生活方式满怀留恋，这种情绪不仅"故国不堪回首月明中"的落难帝王有，普通百姓也有，即所谓人性一种。怀旧有不同向度，有感时伤神的悲天悯人，有无可奈何的随波逐流，也有"沉舟侧畔千帆过，病树前头万木春"，对未来无限憧憬。以赵树理为代表的"工农兵小说"发生于政治激烈变革时期，曾被贴上"红色经典"之类的各种政治标签，同时又被"红色"的标准所不容。在告别过去生活的感情回旋中，小说家坚定地寄希望于未来，尽管其中有许多不确定因素，就像半个多世纪以来的农村变革，并没有终止在哪个经典的坐标之上；面向未来的小说也面临艺术经典的考验。与"向后看"的经典相比，"向前看"的小说缺少既往恒定的标准，通往经典的路，也命中注定更曲折一些。

“工农兵小说”：通俗外观下的生活隐喻

——从赵树理《小二黑结婚》说起（讲稿）

今天在座的大部分同学是理工科研究生，也是我第一次面对这么多不是中文系的学生发言，内心不免忐忑不安。我深知理工科学生对文学和小说的兴趣不亚于人文学科，甚至不亚于中文系的在读生。这是因为，对社会和个人命运的关注绝不仅限于人文学科，特别是当我们处在由古老的传统社会转变为现代社会的历史剧变过程，从集中反映这一变局的文艺作品中寻求答案和动力，所谓“人同此心，心同此理”吧。而且在知识信息迅速密集传播的网络时代，大家阅读文学作品的广博是我难以想象的。总之，站在这里，对于我，是一场严峻的挑战。

应中科院研究生院邀请，我把自己阅读和研究的一些心得加以整理，从中选取现代文学史上一位颇受争议的作家及其作品，如题目所示：“从赵树理《小二黑结婚》说起”，将此作为一个重要的历史环节加以考察。从这里，我们不仅可以看到作家讲述的历史，了解作家讲述历史的年代，还可以看到这一历史年代在当代的延伸。我希望通过我的这些表述，使同学们对中国现代文学的定义有一些辅助和参考的作用。

在讲赵树理作品之前，我想了解一下，在座的诸位老师同学，是否看过美国好莱坞 1967 年由迈克·尼科尔斯导演的影片《毕业生》(编剧巴克·亨利，由达夫汀·霍夫曼主演)？影片通过描写大学毕业生本恩的爱情经历，体现青年人的成长,以及对成年人社会的反抗。该片成为上世纪60年代中后期,“新好莱坞电影”的代表作。影片开始,本恩的父母为庆祝他毕业于美国名牌大学(本恩父亲说他来自“The East”,在美国东海岸有八所世界一流的大学,随便哪一所排名都超过北大清华或者日本东京大学,总称The East)筹备家庭晚会,而本恩却对生活感到茫然,来客中鲁滨逊太太对本恩很感兴趣,不断挑逗,开始遭到本恩拒绝,可日子很无聊,本恩便开始与鲁滨逊太太约会,并且爱上鲁滨逊太太的女儿伊莱恩,却遭到鲁滨逊夫妇坚决反对,把女儿许配给别人。最终本恩和伊莱恩从教堂正在举行的婚礼中逃跑,追寻他们自己所爱的生活。

60年代的美国社会经济迅速发展,人们对维系传统社会运转的金钱地位、财富荣誉等旧秩序的合理性发生动摇:黑人解放运动、妇女解放运动、反越战以及同性恋、性解放、嬉皮士文化,等等,都体现了新一代思想观念的颠覆性和破坏性。这种反体制文化也成为60年代中后期美国文艺作品的主旋律。

我们再来看看赵树理创作于上世纪40年代初期的短篇小说《小二黑结婚》。从故事背景看,小说创作于边区新婚姻法公布时期;故事的大体内容,如果从揭示人性的角度加以辨析,其聚焦点恰恰与二十多年后好莱坞的《毕业生》有些相似,即母女二人(三仙姑与女儿小芹)爱上同一个男人——村里的年轻人小二黑,最终小二黑和小芹挣脱父母之命、媒妁之言的束缚,一对有情人终成眷属。这两部都算得上通俗文艺作品的不同点很明显,鲁滨逊太太是上世纪60年代西方中产阶级妇女,三仙姑是上世纪40年代土改时期的中国农村妇女,但两部作品对社会转型期人性的诠释却有一致之处,正所谓“无可奈何花落去,似曾相识燕归来”。当然,《毕业生》的编剧导演和赵树理没有任何联系,绝没有谁模仿谁的问题,而且《小二黑结婚》面世要比《毕业生》早二十多年。由此说来,把社会转型期人性的冲突作为现代小说的聚焦点,被称为“工农兵文学”代表的“老赵”(这一称呼里有平易近人的意思，也有保守、土气的意思）其实是很前卫的。

《小二黑结婚》是小说家赵树理的成名作，1942 年延安文艺座谈会后，赵树理和他的作品被誉为贯彻毛泽东《讲话》精神，“为工农兵服务”“为政治服务”的典范，当时曾受到广泛宣传和推崇，即所谓的“工农兵小说”。似乎正应了“成也萧何，败也萧何”的老话，三十多年后，在“文艺为政治服务”的口号为人诟病和摈弃的时代，同一位作家及其作品又被弃之如敝屣。这种颇具戏剧性命运的历史由来，我后面再讲；而它导致的一个结果就是，今天的中文系学生，包括一些准备从事现当代文学专业研究的人，只知道这部“为政治服务”小说的大致梗概，能应付考试的填空题即可。至于小说中那些绵密的细节描写，作家对其讽喻色彩浓淡的把握，基层乡土社会人士对社会转型期微妙的感受，以及这感受所包含的生活隐喻，也就是小说中原有的特别能牵动人思绪的东西，都统统被略去了。针对现当代文学存在的这种情况，我打算讲三个问题：一、视角改变视界（阅读角度）；二、让小说“一寸一寸都是活的”（写实小说的现代含义）；三、观念与规约的尴尬（作品与理论框架的矛盾）。首先讲阅读角度问题。

（一）视角改变视界

同一部文艺作品，观看和阅读的角度不同，我们看到的也会有所不同，即视角改变视界。因此，如果只读一部小说的内容简介，它与小说实际所包含的内容，往往很不相称，《小二黑结婚》就是这样的例子。我这里引一段话，这是目前网上对这部小说的概括：“作品通过边区农村青年农民小二黑和小芹争取婚姻自主的故事，描写了农村中新生的进步力量同落后愚昧的迷信思想及封建反动势力之间的尖锐斗争，以主人公在新政权的支持下突破阻碍获得幸福婚姻显示出民主政权的力量和新思想的胜利。”这段通行的介绍文字，显然把小二黑和小芹作为故事主人公，把他们的爱情故事作为作品焦点，这样的阅读角度，也符合长期以来，对作品评价中，要突出英雄人物或正面人物的标准。不过问题也由此而产生，不仅小二黑和小芹都算不上英雄人物，也不是有一定“重量”级别的正面人物，而且把他们作为小说中心，这种介绍似乎疏漏了什么。或者换一种说法，如果我们把这些文字放在当时其他表现婚姻自主的小说上面也可以，即概括的针对性不强。原因在于，它忽略了故事真正的人物焦点——三仙姑，也就是小说使读者感觉特别有趣的部分。

人物焦点是小说结构和逻辑关系的枢纽。对此，现代文学史专家唐弢先生有比较详尽的解释。上世纪 50 年代，唐弢关于小说“人物描写的焦点”说：

在一篇小说所描写的许多人物中，我以为弄清楚焦点所在，不仅对人物创造有好处，便是对理解这篇作品，也可以有很大的帮助。《三国演义》写刘备三顾茅庐，头两次没有碰上诸葛亮，却遇见诸葛亮的朋友崔州平、石广元、孟公威、诸葛亮的兄弟诸葛均、丈人黄承彦。这些都是独立的形象，却又或多或少地反映了诸葛亮性格的某一点，或者某一方面，小说表面上是在描写他们，实际上却是通过他们——丈人、兄弟和朋友，使人物的正面光彩集中到一个焦点上，隐约地画出了这位尚未出场的卧龙岗上高士的风貌。所以在初顾和二顾中，尽管诸葛亮没有露脸，主角是那位求贤若渴的刘备，然而作为人物的焦点，却已经是前者而不是后者。透过崔州平、黄承彦等的形象，人们的脑海里出现了一个想象中的诸葛亮，刘备急于想见他，读者也和刘备一样急于想见他，诸葛亮这个人物便产生了吸引力，成为牵动全局的焦点。①

① 唐弢：《人物描写上的焦点》，载《中国当代文学研究资料·赵树理专集》，福建人民出版社 1981 年版，第 477—478 页。

唐弢把能牵动全局的人物作为焦点，并且认为，赵树理是善于运用这种手法的小说家。上面的那段话，是唐弢针对短篇小说《“锻炼锻炼”》评价中存在的问题所说的。1958年赵树理的这部作品发表后，有人说“小腿疼”这个人物写得好；有人说“吃不饱”这个人物写得好；还有人说杨小四写得好，不足之处在于他“强迫命令”，“捉弄压服”。于是对小说的评判和讨论“终于集中在工作方法上，成为对‘争先社’干部提意见了”。针对这些意见，唐弢说：“小腿疼”“吃不饱”和杨小四，“固然都统一于各人自己的性格，”但“另一方面”，这些人物种种行动的产生，又集中在一个焦点——这就是口口声声叫杨小四和热情的年轻人“锻炼锻炼”的社主任王聚海的身上。正是他遇事“和事不表理”“八面圆”的性格，成为“促使小说里许多人物行动的焦点”。在当时的社会历史条件下，唐弢先生不为流行趋势所动摇，不把小说叙述的关键点固定在英雄或模范人物身上，而从小说艺术肌理中寻找答案，开阔了文学批评和艺术鉴赏的空间。

正如唐弢说“赵树理善于运用这种手法”，即运用小说“人物的焦点”，在1943年的《小二黑结婚》中，赵树理已运用了这种手法。小说中“三仙姑”是在乡土社会发生转变中，一个连接过去与未来生活的关键人物。“三仙姑”这个称谓就耐人寻味，这个称谓是小说中人物的绰号，实际上，我们并不知道这个人物姓甚名谁，就像过去时代，妇女是没有社会地位的，即使土改后的农村，妇女婚后还是随丈夫的称谓，被叫做谁谁谁“屋里的”，谁谁谁“做饭的”，她们的真名实姓并不为人所知。但三仙姑不是一般人，和多数农村妇女比起来，三仙姑活得很另类，很“出彩”。关于“三仙姑的来历”，作品有详尽的描写：

三仙姑下神，足足有三十年了。那时三仙姑才十五岁，刚刚嫁给于福，是前后庄上第一个俊俏媳妇。于福是个老实后生，不多说一句话，只会在地里死受。于福的娘早死了，只有个爹，父子两个一上了地，家里只留下新媳妇一个人。村里的年青人们感觉着新媳妇太孤单，就慢慢自动的来跟新媳妇做伴，不几天就集合了一大群，每天嘻嘻哈哈，十分哄伙。

于福他爹看见不像个样子，有一天发了脾气，大骂一顿，虽然把外人挡住了，新媳妇却跟他闹起来。新媳妇哭了一天一夜，头也不梳，脸也不洗，饭也不吃，躺在炕上，谁也叫不起来，父子两个没了办法。邻家有个老婆替她请了一个神婆子，在她家下了一回神，说是三仙姑跟上她了，她也哼哼唧唧自称吾神长吾神短，从此以后每月初一十五就下起神来，别人也给她烧起香来求财问病，三仙姑的香案便从此设起来了。

从这里可以看出，三仙姑年轻时婚姻不随心，于是她以一种特殊形式的反抗，使她得以与婚姻以外的异性交往。然而三十多年后，新婚姻法颁布，废除包办婚姻，取缔童养媳，允许年轻人婚姻自主了，她却已经无力改变自己的婚姻。原因首先是当年的那些“老相好们”都不来了，小说写道：“当时的青年，如今都已留下了胡子，家里都是子媳成群”；更主要的原因是她老了，已经再不是当年“前后庄上第一个俊俏媳妇”。她人老心不老，看中了年轻的小二黑，但小二黑看中的却是她女儿小芹。于是她想“包办”女儿的婚姻，借此独占小二黑。村里的坏干部金旺打小芹的主意，之所以有机可乘，与三仙姑横亘在小二黑和女儿小芹中间有密切的关系。听说小芹和小二黑相好，小说写道：

三仙姑却着了急。她跟小芹虽是母女，近几年来却不对劲。三仙姑爱的是青年们，青年们爱的是小芹。小二黑这个孩子，在三仙姑看来好像鲜果，可惜多一个小芹，就没了自己的份儿。她本想早给小芹找个婆家推出门去，可是因为自己名声不正，差不多都不愿意跟她结亲。开罢斗争会以后，风言风语都说小二黑要跟小芹自由结婚，她想要真是那样的话，以后想跟小二黑说几句笑话都不能了，那是多么可惜的事，因此托东家求西家要给小芹找婆家。

由于三仙姑这个人物形成小说叙述的焦点，才有后续的“金旺拿双”（捉奸），区长断案，小二黑和小芹喜结良缘，最终两位“神仙”（小二黑父亲二诸葛和小芹母亲三仙姑）的转变。

小说是反对包办婚姻的，这样的作品古已有之，从题材来看不算新鲜。但由于小说家是贴着基层乡土社会普通人的日常生活来写，“正因写实，转成新鲜”。作为封建势力或旧势力的代表人物，三仙姑和二诸葛并不是金旺兄弟那样的坏人，而是小芹和小二黑的亲生父母。比如三仙姑：自己受旧式婚姻的伤害，几经磨难，“多年的媳妇熬成婆”，反过来再用“父母之命，媒妁之言”这一套来干涉女儿的婚事，成为旧传统一部分。三仙姑既是受害者，又是害人者，小说对人物两面性的描写，揭示出无论反传统还是遵循传统，在冠冕堂皇的一套说辞的骨子里，隐藏着人性中阴暗的占有欲和控制欲，为此，成年人不惜葬送子女、青年们的婚姻幸福。与此同时，小说把实行新婚姻法这一巨大的时代和政治的社会变迁，通过乡土社会的日常生活生动而逼真地表现出来，摆脱了以“阶级斗争”作为人物分野的公式化、概念化写作窠臼，也摆脱了像《孔雀东南飞》中刘兰芝与恶婆婆的善恶两极化的故事套路，因此有效地避免了小说宣教化和道德化倾向。正如三仙姑和二诸葛既不是所谓“阶级敌人”，也不是横行乡里的“坏人”，而是赵树理家乡，就像他的父母那样的普通人（赵树理曾表示，二诸葛身上有他父亲的影子），对他们的描写，小说家辛辣的讽刺中总是带有深深的同情，甚至是一种无奈。在新的社会潮流面前，无论三仙姑还是二诸葛，他们都无法操持旧业——下神儿治病、看风水、算命相；想要延续过去的生活方式，已然无路可走。这一点在三仙姑转变的描写中体现得非常充分，也没有任何说教：

到了区上。交通员把她（三仙姑）引到区长房子里，她爬下就磕头，连声叫道："区长老爷，你可要给我作主！"区长正伏在桌上写字，见她低着头跪在地下，头上戴了满头银首饰，还以为是前两天跟婆婆生了气的那个年青媳妇，便说道："你婆婆不是有保人吗？为什么不找保人？"三仙姑莫名其妙，抬头看了看区长的脸。区长见是个擦着粉的老太婆，才知道是认错人了。……

刚才跑出去那个小闺女，跑到外面一宣传，说有个打官司的老婆，四十五岁，擦着粉，穿着花鞋。邻近的女人都跑来看，挤了半院，唧唧哝哝说："看看！四十五了！""看那裤腿！""看那鞋！"三仙姑半辈子没有脸红过，偏这会撑不住气了，一道道热汗在脸上流。交通员领着小芹来了，故意说："看什么？人家也是个人吧，没有见过？闪开路！"一伙女人们哈哈大笑。……院里的人们忽然又转了话头，都说"那是人家的闺女"，"闺女不如娘会打扮"，也有人说"听说还会下神"，偏又有个知道底细的断断续续讲"米烂了"的故事，这时三仙姑恨不得一头碰死。

后来区长给她讲婚姻自主的法令，说小芹和小二黑结婚完全合法。三仙姑在"羞愧之下，一一答应了下来"。三仙姑认错，法律和婚姻自主的道理是一方面，但还有另一层原因，在区长院子里，听众人议论，她对自己的穿着打扮也感到很难为情。原来她对这一点并不自知，以为青年们常到她家来是迷恋她，而不是为了小芹，却忘记那是三十年前的事。时光不饶人，这回成为众人笑柄，她终于明白，与女儿小芹争夺小二黑是争不过了。从围观人的议论便可以想见，像小二黑这样的青年怎么会喜欢一个打扮怪异的"老太婆"呢？一个过气的人物，却长期生活在年轻时无限风光的幻影里，就像她

“擦着粉”衰老的脸和脚上的“花鞋”，既不合时宜，又令人可叹可悲。

（二）让小说“一寸寸都是活的”

下面讲讲写实小说的现代含义。经过大半个世纪以来的革命历史叙事，“工农兵小说”已然成为现代文学史的“断裂”，而不是现代文学史的有机组成部分，是现代文学在抗日战争时期，势在必然、顺理成章的一种结果。这种“断裂”的观点实际上迎合了上世纪70年代一种极端化的结论：“从《国际歌》到样板戏，中间一片空白。”而这种“断裂”论，不仅否定了赵树理，否定了“工农兵小说”，更主要的问题是把一部寓意丰赡的中国现代文学史简单、片面化了。

这里首先要解决的问题是《小二黑结婚》这样的“工农兵小说”的性质，在强调写实主义的现代文学潮流中，究竟居于怎样的位置。

并非完全巧合，1943年10月，赵树理的《小二黑结婚》和张爱玲的《金锁记》几乎同时在延安和上海两地出版。这是两位政治立场、意识形态观念完全不同，个人处境也完全不同的作家。当时赵树理是中共中央北方局党校调查研究室干部，在山西辽县（即左权县）调查审理“一桩村干部迫害自由恋爱的青年男女，并将男青年打死的事件”，根据调查材料写成《小二黑结婚》①。小说出版后，“立即在广大群众中引起热烈反响。次年二月再版，短时间内行销达三四万册，盛况空前。同时，许多农村剧团将其改编为戏曲，成为抗战时期根据地最流行的戏曲剧目之一”②。张爱玲则刚从香港回到上海，以“卖文”为生③。1943年，张爱玲的小说《金锁记》在《万象》发表，她

①② 《赵树理年谱》，载黄修己编：《中国现代文学史料汇编（乙种）·赵树理研究资料》，北岳文艺出版社1985年版，第578页。

③ 于青：《张爱玲传略》，载《张爱玲文集》（第四卷），安徽文艺出版社1992年版，第442页。

在“写作上很快登上灿烂的高峰，同时转眼间红遍上海”①。尽管赵、张二人所描写人物、事件十分不同，但本土文化传统的影响和统摄力却无所不在，他们的作品都鲜明地表现了贴近世俗的小说方式，并在抗战形势下，在抗战与传统的相关逻辑中，展现出各自独有的艺术才华。因此，当赵树理的小说开始被看作缺乏明确的革命主题，是专搞“噱头”的“低级通俗故事”，被根据地左翼文化人排斥的时候，张爱玲阐述自己小说观念的话，似乎可以看作是回护赵树理小说的某种理由：

> 我的作品有时候主题欠分明。但我以为，文学的主题或者是可以改进一下。写小说应当是个故事，让故事自身去说明，比拟定了主题去编故事要好些。许多留到现在的伟大作品，原来的主题往往不再被读者注意，因为事过境迁之后，原来的主题早已不使我们感觉兴趣，倒是随时从故事本身发现了新的启示，使那作品成为永生的。②

她接着对托尔斯泰的《复活》与《战争与和平》加以比较，发现“《战争与和平》的主题果然是很模糊的，但后者仍然是更伟大的作品。至今我们读它，依然一寸寸都是活的。现代文学作品和过去不同的地方，似乎也就在这一点上，不再那么强调主题，却是让故事自身给它所能给的，而让读者取得他所能取得的”。

张爱玲和赵树理都强调小说要有故事，他们的“故事”与观念或“主题”先行的小说结构明显不同。观念先行的文学，就像旧小说善恶因缘一类的套路，难让读者“随时从故事本身”发现“新的启示，使那作品成为永生”。而

---

① 柯灵：《遥寄张爱玲》，载《张爱玲文集》（第四卷），安徽文艺出版社1992年版，第422页。
② 张爱玲：《自己的文章》，载《张爱玲文集》（第四卷），安徽文艺出版社1992年版，第175页。

现代文学作品和过去不同的地方，就是“让故事自身去说明”，这比“拟定了主题去编故事要好些”。因为那些“一寸寸都是活的”生活故事，才浸透了现代作家“我思故我在”，强调个体经验和个人感受的“现实主义”题旨①。

在这里，我想稍微脱开对作家作品的具体分析，谈一点中外文学家在研究18世纪中西方不同文学作品所得出的有关现实主义（或写实主义）的一些不约而同的见解和结论，说明现代文学观念在不同社会环境的发生和繁衍，使大家对写实小说的思想文化背景有一些必要的了解和认识。

上世纪50年代，伊恩·瓦特研究18世纪早期英国小说的著作《小说的兴起》在英美出版，在对菲尔丁、笛福和理查逊小说进行系统研究的基础上，阐释当时小说与以往文学不同的特性，与现代社会特点之间的“持久的联系”。

瓦特认为，基于18世纪初期小说状态提出的“现实主义”，具有限定性的内涵，以区别那种把“现实主义”作为“理想主义”反义词的“法国现实主义的敌人的主张”。在那种观点看来，“现实主义”作为“理想主义”的反义词，其作品与早期“描写下等生活的虚构故事一脉相承”，像菲尔丁、笛福和理查逊的英国小说，连同法国伏尔泰等人的作品，不外是“这种传统的登峰造极”。这种“现实主义”小说的描写对象都是些“窃贼”“伪善者”和“私通者”等社会下层人卑微身世的故事。瓦特针对以上对现实主义小说传统的曲解，深刻地指出：“文学作品与其模仿的现实之间一致性的问题，究其实质，这是一个认识论的问题。”

文学的现实主义表现方法，来源于哲学上的现实主义，即“个人通过知觉可以发现真理的见解”。现实主义作为一种现代哲学概念，促使现代文学或小说在总体性方向上，由于对一般概念的抵制，或者至少是主观上想要抵

① 参见［美］伊恩·P.瓦特：《小说的兴起》第一章《现实主义和小说形式》。《小说的兴起》，高原、董红钧译，三联书店1992年版。

制，而使自身与古典的传统、中世纪的传统极其明确地区分开来。通过追溯笛卡尔和洛克的哲学观点，伊恩得出结论：“哲学上的现实主义的总体特征是批判性的、反传统的、革新的；它的方法是由个体考察者对经验的详细情况予以研究，而考察者至少在观念上应该不为旧时的假想和传统的信念的本体影响。”因此，现代欧洲小说呈现出与传统对圣经故事的演绎或出于某种先在的小说模式（比如善有善报、恶有恶报等小说套路）不同，其根本差异在于个人生活与文学之间建立一种独特的一致性。“我思故我在”，小说对真、对现实的追求，“被想象成为完全是个人的事”，是个人日常生活经验的故事。虽然我们很难就小说的具体描写进行过于专门化的区分，绝对地区分哪部作品是现实主义，哪部不是，但这一现代思潮使小说带有其总体特征。建立于现代基础上的哲学现实主义“从逻辑上说，这是独立于过去的思潮传统之外的，实际上，正唯与过去的传统相背离，才更有可能获得真理”。因此，它肯定、鼓励文学在认定个体经验基础上构造独立想象的空间①。

由于时间关系，我无法具体展开伊恩·瓦特对英国18世纪小说家笛福、理查逊、菲尔丁作品的分析，但这里可以从另一个角度再探讨一下这个问题。也是在20世纪现代潮流影响下，中国现代文学家也曾针对18世纪中国文学作品进行过类似的分析。比如，小说家能否从世俗中觅得人生趣味，由此生发新意，使小说从历史陈规中脱颖而出？对此，鲁迅在1920年对中国小说史研究中有重要发现。他从古代神话，六朝志怪，唐传奇，宋话本，明小说两大主潮，一路演化至18世纪清代的“人情小说”，鲁迅说《红楼梦》：

全书所写，虽不外悲喜之情，聚散之迹，而人物事故，则摆脱旧套，与在

① ［美］伊恩·P.瓦特：《小说的兴起》，三联书店1992年版，第4—5页。

先之人情小说甚不同。……盖叙述皆存本真，闻见悉所亲历，正因写实，转成新鲜。而世人忽略此言，每欲别求深义，揣测之说，久而遂多。①

至于说到《红楼梦》的价值，可是在中国底小说中实在是不可多得的。其要点在敢于如实描写，并无讳饰，和从前的小说叙好人完全是好，坏人完全是坏的，大不相同，所以其中所叙的人物，都是真的人物。总之自有《红楼梦》出来以后，传统的思想和写法都打破了。——它那文章的旖旎和缠绵，倒是还在其次的事。②

在鲁迅看来，《红楼梦》完全摆脱才子佳人小说"旧套"，而续接明代《金瓶梅》表现"世情"的一脉："作者之于世情，盖诚极洞达，凡所形容，或条畅，或曲折，或刻露而尽相，或幽伏而含讥，或一时并写两面，使之相形，变幻之情，随在显见，同时说部，无以上之。"时人只当是"淫书"，鲁迅对此不以为然，说："缘西门庆故称世家，为搢绅，不惟交通权贵，即士类亦与周旋，著此一家，即骂尽诸色，盖非独描摹下流言行，加以笔伐而已"③。至于"世情"的文学表现，"主意在述市井间事"，即贴着当时日常生活：市井间相互交际、流言蜚语，家务上叔伯斗法、姑嫂勃谿……这在《金瓶梅》是写西门庆"一家的事迹"；在《红楼梦》又是写钟鸣鼎食之家，即大家族的日常生活。所谓"写实"，并不是作品与作者身世可以一一对应，故事和小说是虚构的。但小说对于"市井"风情的再现，作者对世情"极洞达"的观察与合乎情理的描写，才是"写实"真正的含义。鲁迅认为许多人看不到这一点，于此不顾而"欲别求深义"，也就无法得到古典小说"转成新鲜"的真谛。换句话说，《金瓶梅》能

①③ 鲁迅：《清之人情小说》，载《中国小说史略》。
② 鲁迅：《清小说之四派及其末流》，载《中国小说史略·附录》。
③ 鲁迅：《明之人情小说》，载《中国小说史略》。

“著此一家,即骂尽诸色”;《红楼梦》“正因写实,转成新鲜”,小说的哲思是作家从对日常生活的观察和描写中生发出来,而不是由外部理念强加给小说的。

中外文学学者对18世纪小说研究的成果说明,写实小说受到现代哲学思想深刻的影响,成为这一写作流派深刻的哲学根基。作家对个体日常生活经验的肯定,使小说独立于过去的思潮传统之外,因为现实主义哲学把“传统的思想和想法都打破了”,并提出新的小说构想。

因此,虽然赵树理和张爱玲是两位政治立场和意识形态观念完全不同的作家,但是在文学方面的选择却多有异曲同工之处。张爱玲和赵树理都认为小说必须有故事。所谓“故事”,与以某种理论观念结构小说是有区别的。这种区别不在于作者是不是读过或读过多少理论书籍,有没有或有多少理论修养,有没有对于世界和事物的整体看法或哲学观念;而是一种文学观念的差异。在张爱玲和赵树理那里,故事是对人生兴味的采撷。说它比理论超前,是因为理论还来不及总结;说它比理论滞后,是因为缺乏一种理论的先导。总之,故事与理论擦肩而过,理论观念在小说中留下种种痕迹,使故事不是漫无边际,而向某个聚光点聚合,但聚光的边界却完全是模糊含混的,不像被那种观念或理论剪裁、过滤了似的。比如张爱玲的《倾城之恋》虽然写抗战时期的生活,但与战争动员的理论却有不小的距离。对此,她这样认为:“从腐旧家庭里走出来的流苏,香港之战的洗礼并不曾将她感化成为革命女性”;战事也影响了范柳原,“使他转向了平实的生活,终于结婚了”,结婚的结局“虽然多少是健康的,仍旧是庸俗;就事论事,他们也只能如此”。又比如赵树理《小二黑结婚》中二诸葛和三仙姑既不是地主富农,也不是地痞流氓,用“阶级斗争”“翻身农民”的观念来衡量,他们都上不了线。但他们分别从“不宜栽种”“米烂了”的“神仙”,成为了儿女亲家,甚至三仙姑也打扮得像个“长辈人”。这些看似“进步”的举止，其实也是人生的不得已，他们要在社会急剧变动中生存下来便只能如此。或者这也是一种"就事论事"，因为他们不是非凡的超人，而是世俗中的多数，是不得不跟上时代而随波逐流的人。这是张、赵二人暗含在各自作品中，对现代社会难以逆转趋势的一种人性隐喻或一种来自文学的对社会生活的诠释。

（三）观念与规约的尴尬

正如我这次演讲的标题所示，"工农兵小说"是打了引号的，对上世纪40年代毛泽东在延安文艺座谈会上的讲话（以下简称《讲话》）之后，至80年代初期的一批小说采取这样的称呼，主要出于一种约定俗成的说法，为了方便起见。但实际上，我做这样的标记，更主要的目的是想说明，建构某一称谓的文学理论构想，与作品实际之间的差距是难以对应的。以赵树理为代表的所谓"工农兵小说"即是其中典型的例子。因此我认为，当冷战帷幕徐徐落下，冷战时期的种种思维模式也越来越受到深刻质疑，文学史的叙述线索也面临一场巨大的变革。如果关注点只在理论和思潮上，不仅作家的自我宣称与作品实际往往并不一致，这样一种常识被忽略；而且这一时期的文学也与歌德杰出的论点恰好相反。歌德说：理论是灰色的，惟有生命之树常青。不论人们出于何种动机，一部文学史如果仅强调观念与规约的作用，变成对某一时期思想观念或思潮运动的评判，那么文学作品本身折射出人性的"生命之树"却不见了踪影。

美国科学史家库恩关于科学革命说到：一种理论观念的产生，是对于过去事物的总结，而无法成为对未来的指令或规约。领导者讲话与赵树理小说的关系也应作如是观。这里首先让我们回顾一些历史材料，以说明当年把赵树理小说作为"文艺方向"，这一方向的标准与作品自身之间存在着不小的距离。

实际上,赵树理的大众化写作实践发生在毛泽东在延安文艺座谈会上的讲话之前。1933 年赵树理写小说《蟠龙峪》,就在揭示农村封建势力的问题,并采取与当时"文坛"不大一致、大众通俗化的表现方式。《讲话》第一次公开发表在 1943 年 10 月的《解放日报》,《小二黑结婚》也发表于同年,但发表其时并不是众口一词地受到好评。当时解放区的"革命文化人"并不怎么欣赏赵树理这位"农民作家"①。杨献珍回忆《〈小二黑结婚〉出版经过》时说,1942 年他调赵树理到北方局调查研究室工作,第二年七月,赵树理下乡回来交给他一篇小说,这就是《小二黑结婚》,并由彭德怀交太行新华书店付印。"当稿交到太行新华书店后,如石沉大海,杳无音信。这时的太行区文化界思想仍然有些混乱,也还存在着一种宗派主义倾向。……有些自命为'新派'的文化人,对通俗的大众文艺看不上眼。"小说迟迟不能出版,杨献珍只好再去找彭德怀,"向他说明情况"。这一次,彭德怀写下"象这样从群众调查研究中写出来的通俗故事还不多见"的话,并"亲自交给了北方局宣传部长李大章同志,由他转交太行新华书店,小说才得以出版"。《小二黑结婚》"十月份出版后,受到太行区的广大群众热烈欢迎。仅在太行区就销行达三、四万册","许多村子的群众自动地把《小二黑结婚》改编成秧歌剧,自演自唱,可见群众之喜爱了"。与赵树理小说在基层受欢迎的景象相比,知识界冷清多了:"仍然有些知识分子对《小二黑结婚》摇头,冷嘲热讽,认为那只不过是'低级的通俗故事'而已",甚至说:"这是海派!"②

---

① 1947 年秋,中共晋冀鲁豫中央局召开土地改革会议。赵树理同志以文艺界代表身份参加会议。在此期间,《人民日报》发表新闻,称他为"农民作家"。史纪言:《赵树理同志生平纪略》,《汾水》1980 年 1 月号。

② 杨献珍:《从太行文化人座谈会到赵树理的〈小二黑结婚〉出版》,《新文学史料》1982 年第 3 期。

由于彭德怀、杨献珍和北方局领导出面干预，赵树理小说出版后又受到"太行区的广大群众热烈欢迎"，形势有所扭转。但在知识分子和思想文化界当中，则是到了延安整风以后，在学习毛泽东《在延安文艺座谈会上的讲话》①以后，至1946年左右，肯定的意见才越来越多，《华北文化》《文汇报》《解放日报》《北方杂志》《群众》《文萃》《人民日报》等报纸期刊纷纷发表评论文章，盛赞赵树理小说。

既然说到左翼文化人，还要说一点，上世纪30年代的文坛，左翼文学理论在文坛形成一种普遍倾向，具有左翼思想倾向的作家和知识分子学习苏俄以及西方文学经验，使一种革命化的现代小说观念逐渐成形。当这一时期的左翼文化人投奔解放区、投奔延安后，他们的政治追求连同艺术旨趣，直接影响延安以至1949年以后人们对文学的接受与评断。40年代延安开展的整风运动、"大众化"文艺运动，对政治上拥护共产党，文化和文艺思想却芜杂多元的文化人来说，显然是一种思想整合。但运动就像"水过地皮湿"，很难说收到"心悦诚服"的效果。赵树理在解放区闻名，其中有政治干预，而且结果在当时看还不错：书出版了，小说改编的戏剧也到处上演。但这种一风吹的现象掩盖了一种致命的忽略，即对作品本身切实的研究，却在《讲话》的"收获"和整风运动的"影响"等宏论下"开小差"了。尽管事实是"《讲话》传到太行山根据地以后，他（赵树理）读了非常兴奋，他认为毛主席批准了他的主张"②。尽管文学史家说明赵树理等作家的大众化写作发生在《讲话》之前，"在解放区的确已经准备好了迎接毛主席文

① 毛泽东在延安文艺座谈会上讲话分别是在1942年5月2日和5月23日（见《毛泽东选集》第三卷，人民出版社1966年版），据"赵树理年谱"记载：1943年"10月19日，延安《解放日报》全文刊载毛泽东同志《在延安文艺座谈会上的讲话》。中央总军委于二十日发出通知，将《在延安文艺座谈会上的讲话》规定为整风必读文件。"（见黄修己编《中国现代文学史研究资料汇编（乙种）·赵树理研究资料》，北岳文艺出版社1985年版）。也就是说，对《讲话》大范围的普遍学习应该是在1943年以后。（笔者）

② 史纪言：《赵树理同志生平纪略》，《汾水》1980年1月号。

艺方向的条件”①,但作品都被《讲话》和整风运动的“成果”之类的说法一笔带过,更不要说去关注和研究小说与理论诠释之间存在的巨大裂痕。

1949 年 7 月,中华人民共和国成立后,周扬主管文化宣传部门,作为《讲话》权威阐释者,他在中华全国文学艺术工作者代表大会上把 1942 年《讲话》以来的解放区文艺作为一个“伟大的开始”,将其概括为“新的人民的文艺”,并且明确地指出:通过“解放区文艺工作者自觉地坚决地实践了这个方向,并以自己的全部经验证明了这个方向的完全正确”,从而指出《讲话》“规定了新中国的文艺的方向”,并且“深信除此之外再没有第二个方向了,如果有,那就是错误的方向”②。这样的论断近于一种表态,这个“规定”也由于缺乏对作品实事求是的研究而尚嫌空泛,那么,他在 1952 年发表的《社会主义现实主义——中国文学前进的道路》一文,对这一“规定”所做的具体阐释,便与赵树理的作品真的是分道扬镳了。周扬概括总结为这样两点:

(1) 社会主义现实主义首先要求作家在现实的革命的发展中真实地去表现现实。“因此当我们评论一篇作品思想性的时候,主要就是看它是否揭露了社会阶级的矛盾”,并在揭露中看清现实发展的主导倾向。

(2) 通过描写积极向上、正面的“新的人物”,“真正做到用社会主义精神教育群众”。他认为作家,“今天最重要的,就是学习如何描写生活中新的和旧的力量的矛盾和斗争,学习如何创造体现了共产主义高尚道德和品质的新的人物的性格”。③

延安时期,周扬曾把赵树理小说作为《讲话》指引的“工农兵文学”方向,

---

① 王瑶:《文章下乡·文章入伍》,载《中国新文学史稿》(下册),新文艺出版社 1953 年版,第 16 页。

② 周扬:《新的人民的文艺》,载《中华全国文学艺术工作者代表大会纪念文集》,新华书店 1950 年版。

③ 周扬:《社会主义现实主义——中国文学前进的道路》,本文为苏联文学杂志《旗帜》所写,载《旗帜》1952 年 12 月号。《人民日报》1953 年 1 月 11 日转载。

但如果我们把上述标准与作品加以对照，就会发现无论40年代赵树理的《小二黑结婚》《李家庄的变迁》《李有才板话》，还是后来的《登记》《三里湾》《“锻炼锻炼”》，等等，用这样的标准来衡量，都达不到深刻揭露“社会的阶级矛盾”的规定，即使正面人物，也与“体现共产主义高尚道德和品质的新的人物的性格”这种规约相距甚远。实际上，周扬的说法主要遵循的是苏联社会主义现实主义的文学标准，而当时的社会政治环境中，也到处都在讲“苏联的今天就是我们的明天”。因此，尽管1953年赵树理的小说被提名到苏联参加斯大林文学奖评奖，但很快就被苏联专家否定，获奖作品是丁玲的《太阳照在桑干河上》（二等奖），周立波的《暴风骤雨》（三等奖），而赵树理的作品，虽然在国内受到过推崇，特别是很早就受到边区群众的喜爱，却没有获得任何奖项。毋庸讳言，出于赵树理个人的政治立场，他拥护周扬讲话中的标准，但他的作品实际上却达不到这个标准，或不大符合这个标准。这是赵树理的苦恼，也是当年许多“工农兵小说”的尴尬。赵树理是其中特别生动的例子。在他的作品里，你很难找到整齐划一的阶级分野，找到建立在此基础上的人物故事，更不要说那些“叱咤风云”的无产阶级革命英雄，根本就不存在。他笔下那些有着惟妙惟肖绰号的小人物，比如“常有理”“惹不起”“小腿疼”“吃不饱”，一眼看上去，就与上述的评价标准或文学规定风马牛不相及。

这还不仅仅是小说家的苦恼，如果用这样评价标准来梳理中国现当代小说史和文学史，我们就会发现，无论革命现实主义、社会主义现实主义，还是革命现实主义与革命浪漫主义“两结合”，这样的理论构想和文学观念在历史上都确曾发生过，并一度成为文学理论批评界的主导和主流倾向。然而，当我们承认这些概念，承认它们自身的系统性、连贯性和因果性，并用这些概念来讲述我们的现当代文学史，叙述随即出现问题，即它无法囊括和解释其中掩盖和压抑的多元性、差异性和增殖性。因此，假定我们对那些曾经处于主流的文学观念加以辨析，考察它们产生的原因及其结论的针对性和有效性的范围，那么，它们便是对以往文学潮流或文学现象的一种“总结”，而不能成为指导后来文学创作的“样板”与规约。否则，我们就会把不符合这一标准的作品和作品中的有关表现剔除出文学史。这也是如今现当代文学史教学使学生不感兴趣的重要原因。一旦我们的视野跳出这样一些观念形成的系统模式，用唐弢先生的话说，就是小说的叙述“焦点”变了，也许中国现当代文学史的叙述就会变成另一番景象：系统模式在时间与空间范围依然存在，但自身却被分解得支离破碎。所谓“支离破碎”并不意味着“打倒”，更不是被“消灭”，与长期形成的一种非此即彼的思维定势不同，这里所指的是在那些碎片周围，叙述者重新组织起大量过去无从归属的游离物，或者说，它们本属于在当时的社会语境下，一些比较含混、灰色的范畴。在这里，一加一不等于二，或一加一大于二。

我今天从赵树理《小二黑结婚》说起，并不是让大家都去看这部小说，或者让大家都喜欢赵树理的作品，我主要是想借此说明一个问题，如果我们能摆脱一些观念的束缚，了解阅读中被人为设置的一些阻力；如果我们不是为了应付填空和考试，而是因为中国现当代文学作品真正引发了我们阅读的兴趣。如果那样的话，将有助于我们开阔视野，有助于培养我们的文学修养和欣赏水平。毕竟，那些历史名篇中保留着中国社会在向现代转型过程中形象的过去，它们帮助我们了解现实的底蕴，并预示我们可能的未来。

谢谢大家。

*2013*年*6*月*19*日完稿于北京大兴

*2013*年*7*月*11*日中国科学院研究生院演讲

韧性坚守与“小调”介入
——赵树理小说再分析

无论“文革”前后政治环境如何变化，对赵树理小说的评价始终是一个问题。比较有代表性的意见，或者认为赵树理小说是“工农兵文学的方向”，是迎合共产党政治或政策的“宣传品”，或者认为他的小说不过是些“低级趣味”的“噱头”，根本没资格进入现当代文学史大雅之堂。初看这些意见大体都有确凿的历史依据可查，赵树理本人曾明确表示，自己的作品是配合当时政治和政策写的“问题小说”。但就连否定他小说的人大概都没料到，那些前前后后不断否定的意见会从不同角度证实了一点，那就是赵树理小说在现代叙事文学中的“新颖性”，换句话说，也就是具有文学史值得关注的小说艺术独特性。

（一）

如果可以这样比喻的话，把现代文学史比作一部表现中国人和中国社会生活的现代史诗，这部史诗是郑重、高雅的，因为其中包含像鲁迅、郁达夫、郭沫若、茅盾、曹禺、巴金、冰心等五四一代学贯中西的知识分子作家对传统变革的经典解读；如果我们可以把这部史诗比作华丽的施特劳斯的维也纳华尔兹，那么赵树理小说可以说是其中的小调。说它是“小调”，是因为它并不违背史诗的总体倾向，只不过是在其中增加了风趣的世俗化音节，从而使华丽的史诗更亲近下层，更日常生活化，更为一般读者喜闻乐见。然而“小调”的出现，改变了原有的抒情方式，实际上是现代叙事文学中最重要的变革。

赵树理小说视点向下的特点，用以往现实主义或附加以“革命”“社会主义”的大叙事理论都难以解释，成为他在文学史和以往评价体系中处于不利境地的原因。但我以为，问题并不出在小说本身，而是如何认识历史规范以及评价机制问题。实际上，一种规范或理论规则是对以往文学实践总结的结果，它们对未来研究和阐释有参考作用，但不能成为辨别后来艺术好与坏、小说是艺术的或不是艺术的唯一标准。最明显的例子，如果用 20 世纪苏联社会主义现实主义和 19 世纪法国批判现实主义的标准来阐释赵树理小说，无论对文学史家还是批评家都是一件比较尴尬的事。因为那些标准和规范，比如深刻地揭示社会阶级矛盾以反映社会本质，塑造叱咤风云的无产阶级革命英雄形象，等等，用来分析“二诸葛”“三仙姑”“常有理”“惹不起”这些赵树理笔下脍炙人口的人物形象，很有一些无的放矢。

并不是说那些理论没有道理，比较熟悉欧洲近现代文学史的人都对那些理论的人文价值和艺术史价值有所了解，持这些理论观点的批评家对于当时当地的文学作品，像对高尔基、法捷耶夫、车尔尼雪夫斯基、托尔斯泰、巴尔扎克等人的作品，他们的分析与批判的确鞭辟入里、见微知著，其理论的犀利和深刻毋庸置疑。但赵树理小说发生在近半个世纪、甚至近一个世纪之后，又是在中国传统深厚的乡村，在实行土地革命和农业合作化这一中国特有的现代化进程中，那里的情况与半个多世纪以前的欧洲自是不同；那里的生活环境和乡土人物，与理论批评家所预期的“高度”和“深度”也十分不同。尽管在中国现代小说史上，不是没有按照上述理论公式结构小说的作家和作品，他们为现代小说做出了了不起的贡献，并取得文学史上显赫的地位，但赵树理和他的小说显然不属于此类。对此，日本学者竹内好曾有明确的界说："特别提出赵树理的这种特殊性，是会遭到很多人反对的吧。因为把赵树理与其他人民作家等量齐观的人不少。但是，我反对那种意见。"为进一步证明赵树理小说的独特性，他提出当时文学有两种趋向："一种是茅盾的文学，一种是赵树理的文学。在赵树理的文学中，既包含了现代文学，同时又超越了现代文学。至少是有这种可能性。这也就是赵树理的新颖性。"出于重构亚洲现代性，竹内好对赵树理小说的新颖性给与极高的评价："对于赵树理的这种从新的立场出发，来把握人类和社会的准确性，我不禁赞叹不已。这部作品(指《李家庄的变迁》，笔者注)表现了一切人们的意志，它作为新的叙事诗而问世。这对于我来说，的确是一个很大的震动。同时，对于力图恢复与人们的合作的我来说，也给予了极大的勇气。"①竹内好通过细读文本，从小说结构、人物塑造、性格和语言描写等各种因素证明，赵树理小说与以往现代文学不同：被典型化了的人物和支配周围一切的"个人英雄"不见了，而着重表现社会的一种转机，以及人物在此变化中逐渐自觉成长的过程。其"新颖性"原因在于，赵树理小说不是在一种既定的大叙事理论框架内描述历史，他不按照流行的左翼文学理论把历史形象化，而是以中国乡土社会为中心去"发现历史"，发现经过五四新文化启蒙后，本土的历史究竟是怎样的。

(二)

历史通常被看作是过去发生的事，但实际呈现在读者面前的历史要比这样的概括复杂得多。比如历史由谁讲述？受什么样观念支配，为什么有

① [日]竹内好：《新颖的赵树理文学》，载黄修己编：《中国现代文学史资料汇编(乙种)·赵树理研究资料》，北岳文艺出版社1985年版，第488、489、486页。

些历史细节被无限放大？为什么有些重要的史实却被一笔带过，或避而不谈？在此意义上，考察讲述历史的时代的确要比历史讲述的时代更为重要。但历史终究是历史，不会因为避而不谈就不存在；反之，今天历史学家的责任就是要在看上去是以往历史的“终端”去发现历史。上世纪末，美国著名历史学家柯文(Paul A.Cohen)曾发表他对中国历史研究的见解。他认为，中国历史是中国人在中国经历的。因此“衡量这些问题之历史重要性的准绳也是中国的，而不是西方的。这样，就或明或隐地否定了种种过去习用的模式，这些模式都把中国历史的起点放在西方，并采用了西方衡量历史重要性的准绳。这样，描述中国最近几百年历史就不是从欧洲，从航海家亨利王子(Prince Hengry the Navigator)，和西方扩张主义的萌动开始，而是从中国开始”。他接下来的一段话，对从事中国历史研究、包括文学史研究的学者是富于挑战性的：

> 随着越来越多的学者寻求中国史自身的“剧情主线”(story line)，他们奇妙地发现确实存在着这条主线，而且在1800年或1840年，这条主线完全没有中断，也没有被西方抢占或代替，它仍然是贯穿19乃至20世纪的一条最重要的中心线索。①

“中国历史是中国人在中国经历的。”历史学家往往做不到亲临历史，对此还需要一个“移情”过程，但对于赵树理和他的小说来说，情况就不同了。赵树理本人从没想要做开创时代艺术风气的人物，更没有做历史学家的奢望。相反，他真正是共产党在农村推行土改、合作化运动中一个兢兢业业的基层干部，他的叙述者身份就是历史亲历者。翻开赵树理文集，他的创作谈

① [美]柯文：《在中国发现历史——中国中心观在美国的兴起》，林同奇译，中华书局2002年版，第170—171页。

大部分是对一些批评他作品的文章的反批评，即使有些检讨，比如他文章开头表示接受别人的意见，像批评他的小说阶级阵线不分明，贫下中农和党的形象不够高大，等等，但最后他还是要迂回地予以反驳。反驳中最有力的证据，还是他在农村看到的现实问题，用以批评那些批评他的人并不了解实际情况。例如，关于《邪不压正》他说，他想写那篇东西的意图是"想写出当时当地土改全部过程中的各种经验教训，使土改中的干部和群众读了知所趋避"。当时的情况并不像书里几条理论定义那么简单：

上级发现了被遗忘了的群众没有翻身，追查其原因，多分了果实的干部和积极分子只说是封建势力尚有残余，而没有说到自己多占了一部分果实，所以只决定了追究残存的封建财产。在追究时，少数占了便宜的干部明知残存的封建财产数目很可怜，怕解决不了被遗忘的贫农的问题，就想把富裕的中农也算到封建势力中去。流氓更喜的是混水摸鱼，惟恐天下不乱。这两下一结合，就占了上风，正派干部反成了少数，群众没有说话的机会，结果残余的封建势力固然被打倒了，而中农也因受了连累，人人自危，无心再过日子，生产也因之停顿。①

地方土改的主要问题不在干部们背诵的有关阶级和阶级斗争的条条，而是赵树理实际看到的"在不正确的干部和流氓身上"；因为"同时又想说明受了冤枉的中农作何观感，故对小昌、小旦和聚财写得比较突出一点"。赵树理认为这是土改工作成败的关键："据我的经验，土改中最不易防范的是流氓钻空子。"紧接着，赵树理又做了一番自己的"阶级分析"，以说明土改应该依靠什么人，反对什么人，团结什么人，警惕什么人：

---

① 工人出版社、山西大学合编：《赵树理文集》第4卷（论述 杂感 书信），工人出版社1980年版，第1437页。

因为流氓是穷人，其身份很容易和贫农相混。在土改初期，忠厚的贫农，早在封建压力之下折了锐气，不经过相当时期鼓励不敢出头；中农顾虑多端，往往要抱一个时期的观望态度；只有流氓毫无顾忌，只要眼前有点小利，向着哪一方面也可以。这种人基本上也是穷人，如果愿意站在大众这方面来反对封建势力，领导方面自然也不应拒绝，但在运动中要加以教育、逐渐克服了他的流氓根性，使他老老实实作个新人，而绝不可在未改造之前任为干部，使其有发挥流氓性的机会。（同上，第 1438 页）

出于这样的写作动机，《邪不压正》以及赵树理其他表现土改或合作化运动的小说自然出现不了“叱咤风云”的高大完美的人物形象①，而是像小宝和软英这样的普通人，“无论客观上起的什么作用，在主观上我是没有把他两个当作主人翁的”，虽然小说中许多人都有“社会代表性”，但“独对于这两个人”，虽然是小说主要人物，身份却非常一般：“小宝勉强还可以代表不当权的小干部（也只是临时加委的），软英则除与小宝有恋爱关系之外，我没有准备让她代表任何一方面。”（同上）

但是最终成就这篇小说的，恰恰是这两个小人物的爱情故事，是一对普通人命运的悲喜剧。而且即便如此，不情愿接受别人批评的老赵也没有把它当作了不起的创造：“这个故事是套进去的，但并不是一种穿插，而是把它当做一条绳子来用——把我要说明的事情都挂在它身上，可又不把它当成主要部分。我在写《李有才板话》的时候，曾以这样的态度来用李有才，这次又用了一下软英和小宝。这种办法，我没有多见别人用过，我也不敢自以为是一种什么手法，只是为了方便起见，偷偷用了一下算了，以后也没有准备再用。”

---

① 赵树理：《关于〈邪不压正〉》，《人民日报》1950 年 1 月 15 日。

如此看来,小说家在这里表现出一种艺术风格的非自觉性。对赵树理来说,艺术自觉并非是刻意进取,而是来自一种与自身命运相关的生存方式。从上面的表述可以看出,赵树理对农村工作的兴趣远远大于当专业作家的兴趣。所以他特别关注的不是当时理论推崇的如何塑造高大完美的人物形象,也不是后来获得"新时期"首肯的揭露现实黑暗的当代悲剧。他的写作与他参加革命、农村基层干部的身份是一致的,均源于当年他在长治师范学校读书时拥戴的启蒙理想,源于他期待现实政治应该并能够给家乡父老带来好的命运结局。当时共产党深入农村的土地革命使赵树理看到了这种希望,而对于希望,他不坐享其成,一方面他作为土改工作员参加运动,另一方面,他把参与过程中的所见所想写下来,也就是他别具一格的"问题小说"。赵树理学生时代读过鲁迅、郭沫若、郁达夫的作品,而且这些作品对他接受启蒙思想有直接和密切的联系。但启蒙时代的文化英雄与他家乡父老的现实生活实在相距太远了,他们的作品太郑重而严肃,太华美而深奥,太令人仰视而飘浮在云端,正像他把鲁迅的小说读给他父亲,他父亲根本不知所云。启蒙者的理想,在被军阀逼迫、被流氓敲诈、被混乱的政治局面搞得流离失所、冻馁交加的农民心里不要说扎根,就连听都听不进去。这种文化现实给关注启蒙的赵树理以极大刺激,因此他要写一种能在村民中流传的"地摊"文学,从表面看他是为土改写,为农业合作化运动写,但实际上由于他从这里看到农村生活的前景和希望,其实他是在为像他父亲那样的"二诸葛"而写,为那些不是高大完美的普通人而写。或者说,启蒙的对象包括自己在内,包括与自己血脉相连的父母兄弟姐妹。因为在赵树理心目中,这些人即使并不清楚眼前发生的一切,也应该在眼前发生的一切当中享有好的命运,并且跟上现代生活的脚步,否则才真正是启蒙的失败。因此我看赵树理对启蒙文学的批评,实际上表达的正是他对启蒙所绘制的生活愿景的真实向往。

（三）

小说是可以修改的，但生命的寄存方式却难以更改，改了就意味原有生命的结束，就不是赵树理。因此，无论经历了多少批评和检讨，直到上世纪60年代被批判为写“中间人物”的代表作家，赵树理始终不改其志，像《三里湾》的范登高、小俊和小俊妈，《“锻炼锻炼”》中的“小腿疼”和“吃不饱”，包括40年代《小二黑结婚》中的“二诸葛”和“三仙姑”，赵树理小说始终与这些人物打交道，他想的是他们，写的还是他们。

除了写作视角向下，为普通的乡下人写，写普通的乡下人之外，成就史诗中“小调”的另一个重要因素是写乡下人的家长里短、人情世故。以前我在这方面对《小二黑结婚》《三里湾》《“锻炼锻炼”》说的比较多，这里再举一个《传家宝》的例子。《传家宝》是赵树理发表在1949年4月14日《人民日报》上的一篇小说，一万多字的篇幅，按今天标准算得上一个小中篇，又发表在《小二黑结婚》和《三里湾》《“锻炼锻炼”》之间，也可看作是作家创作的一个连接点，在这个连接点上，可以清楚地看到赵树理对其小说艺术风格的坚守，尽管时代、政治形势和小说题材都有所不同。《传家宝》主要表现土地改革对农村普通家庭的影响，围绕李成娘和媳妇金桂的婆媳关系展开故事。李成娘的传家宝是一架纺车，一个针线筐，一口黑箱子，黑箱子里装有各种破布和“针、线、尺、剪、顶针、钳子之类”，她打算把这些传给过门的媳妇，特别是那口黑箱子，好让媳妇守在家里做针线活。但媳妇金桂认为：“那里面没大出息，接受下来也过不成日子”，故事就从这里开始了。传家宝传不下去了，因为媳妇要出去参加集体劳动，不再延续千百年的传统，所谓“恪守妇道”，就是守在家里缝缝补补，“围着锅台转”了。所以李成娘看媳妇样样都不顺眼，尽管媳妇屋里屋外地忙，又勤快，干活又利索，还被选上村里的“劳动英雄”,但李成娘却说:“她那个劳动呀,叫我看是狗抓老鼠,多管闲事!”她恪守的是传统的道理:“男人有男人的活,女人有女人的活。”这样细微的生活场景,却被赵树理点染得极尽波澜。婆媳或邻里闹矛盾,就有人来说和,非常符合乡村生活、人情社会所通行的不成文规则。婆媳不和,婆婆向评理的人指责媳妇不懂节俭,评理的人是李成娘的女婿,女婿劝丈母娘说:“老人家!如今世道变了,变得不用吃糠了!革命就是图叫咱们不吃糠,要是图吃糠谁还革命哩?”这一席话刚把李成娘的“气结平下去”,但女婿接下来说,以后“家里的事你不用管”,又燃起了烽烟:

“我死了就不用管了,不死就不能由别人摆布我!”

“这是我的家!她是我娶来的媳妇!先有我来先有她来?”

“管不了?娶过媳妇才一年啊!从前没有媳妇我也活了这么大!”

“她有本事叫她另过日子去!我不图沾她的光!大小事不跟我通一通风,买个驴都不跟我商量!叫她先把我灭了吧!”

李成娘借此又把陈芝麻、烂谷子都翻了出来。最后闹得实在没办法,金桂只好把管家的“权力”,也就是记录家里吃穿用度的账本交给她,然后一五一十地向她交待了收入和支出的账目。其实李成娘根本不识字,更不懂账目,但让人没想到的事却就在此时发生了,虽然她不懂账目,但金桂的“交权”却让她挣足了面子。她女儿看机会来了,于是劝娘说:“娘!你就还叫金桂管吧,自己揽那些麻烦做甚哩?这比你黑箱子里那东西麻烦得多哩!”这时金桂娘也就顺水推舟,说:“实在麻烦,我不管了!你弄成什么算什么!我吃上个清静饭拉倒!”矛盾解决,故事完成。

由表现家长里短而编织出密密麻麻的细节,不仅冲淡了作品的主题色彩,而且也冲淡了宏大叙事、主题先行带给作品的紧张。这种写法为日常生活带来一种散淡的韵致,并由散淡生出诙谐与幽默,消解了大叙事的庄重和典雅。小说家对生活和人物持平等关切的视角,让人感到一种特有的亲切和体贴。相对启蒙时代的文学经典表现,我不认为赵树理小说是对启蒙精神的背叛,而是对其风格的修正和发展,这也是启蒙造就民主时代所必然产生的结果。以当今的文学作品而论,尽管五四作家的经典作品依然是读者选择的对象,但小说普遍的写法一般都不采取居高临下或进行说教的文字表现方式,而是站在一种平等的立场与读者一起探讨人性、历史和现实。这也反映出现代文学史上,"小调"介入,成就了启蒙后另一种小说方式。它不仅改变了现代宏大叙事的抒情方式,而且为 20 世纪末至 21 世纪初的文学发展开创先机。

于此意义,赵树理的《小二黑结婚》《传家宝》《邪不压正》《三里湾》《"锻炼锻炼"》等一系列作品,不愧为时代艺术史上具有里程碑性质的经典。

2010 年 10 月 15 日初稿,28 日改毕

当代小说的传统延伸

——论赵树理、张爱玲小说的两重文化向度

当代文化研究(Cultural Studies)最初被确立为学科的时候,曾经在文化的双重定义中无所适从:要么认为"文化是审美的完善",要么认为"文化是全部生活"。两者中谁来代表文化研究的方向?对此,英国文化研究、伯明翰学派的重要成员迪克·海伯第支说:

> 正是通过这种争议与批评的传统,"有机社会"('Origanic Society')(即作为一个一体化的、有意义的整体而存在的社会)的梦想才得以大致保持下来。这一梦想有两重基本向度:一重指向过去的等级秩序社会中的封建理想,在这一向度中,文化被赋予一种近乎神圣的功能并以其"和谐完美"来反衬当代社会的"荒原"。
>
> 文化的另一重向度不及前者权威,它指向了未来,指向了消除劳动与享乐差异的社会主义乌托邦。尽管未必完全契合……在这里,"文化"一词指的是:
>
> ……表达特定意义与价值的特别的生活方式,它不仅存在于艺术与学识中,还存在于制度与日常行为中。就此而言,对于文化的分析便是对于特别的生活方式也即特别的文化中隐含在内与彰显于外的意义与价值的阐

明。(威廉斯,1958)①

如果把上世纪五六十年代伯明翰学派的崛起,看作英国知识分子对传统社会的一种现代整合,并由此展开向传统与现实的两端突进;那么中国在二战时期和二战之后,当战争以极端形式,使“一个一体化的、有意义的整体而存在”的“有机社会”的“梦想”更为强烈地撼动作家和知识分子心灵的时刻,他们不约而同地指向传统,在“呐喊”与“彷徨”之后,从传统再度出发,将眷顾经典与“指向未来”的两重文化向度发挥得淋漓尽致。无论后来承认与否,这条线索都确实存在,并一直延续到当代小说。

(一)

1931 年“九一八”事变后东北沦陷,使历经西学东渐、向欧美学习、向明治维新后的日本学习、正在向现代迅速蜕变的文学及其传统,不得不面对战争这一政治聚焦点。“因为现在中国最大的问题,人人所共的问题,是民族生存的问题。所有一切生活(包含吃饭睡觉)都与这问题相关;例如吃饭可以和恋爱不相干,但目前中国人的吃饭和恋爱却都和日本侵略者多少有些关系,这是看一看满洲和华北的情形就可以明白的。”②战争爆发意味本土生活将再次面临生死考验,并且昭示文学也将在这一时刻发生裂变,或以异乎寻常的方式,与文化的某一流向断档,与某一流向衔接。按一种流行说法,这是政治造成文学传统的又一次“断裂”。然而一旦深入其中就会发现,

---

① [英]迪克·海伯第支:《从文化到霸权》,何鲤译,载《是明灯还是幻想》,云南人民出版社 2003 年版,第 22 页。

② 鲁迅:《论现在我们的文学运动》,载《鲁迅三十年集》(30)《且介亭杂文末编》,鲁迅全集出版社 1941 年版。

传统——无论古典、近代，还是现代——随代代作家的文字流传下来，在表面“断裂”背后，另有潜流汇聚成新的历史，为自身开辟着道路。恰如 40 年代写《倾城之恋》《金锁记》的张爱玲，谈到晚清小说《海上花》与 20 世纪上半叶读者的隔膜：“北伐后，婚姻自主、废妾、离婚才有法律上的保障。恋爱婚姻流行了，写妓院的小说忽然过了时，一扫而空，该不是偶然的巧合。”①但《海上花》所描写的“禁果的乐园”，却“情是最不可及的”这样的“主题”，在后来并非描写“汉字‘青楼’”的作品里，张爱玲本人继续在写。

以鲁迅而论，五四时期，他的新小说在热衷传统文化改造的读者和青年中不胫而走。从 1918 年 5 月起，《狂人日记》《孔乙己》和《药》等作品陆续问世，“显示了‘文学革命’的实绩，又因那时的认为‘表现的深切和格式的特别’，颇激动了一部分青年读者的心”。与这“实绩”相关，鲁迅随即指出“这激动，却是向来怠慢了绍介欧洲大陆文学的缘故”②。但在当时，作者的自觉反而被忽略了。有关现代小说的定义，其中欧化和西化的倾向合着启蒙思潮迅速弥漫至全国。不仅上海、北京这样的大城市，就连远离现代文学中心，当时正在山西长治第四师范学校读书的赵树理，也为写《狂人日记》的鲁迅和新小说欢呼雀跃。20 年代，赵树理读了“鲁迅、郭沫若、郁达夫、蒋光慈的作品，文学研究会、创造社、狂飙社的杂志。也读了屠格涅夫、易卜生等外国文学作品”，“着实努力学习过欧化”③，还把他“崇拜的新小说和新文学杂志带回去给父亲看”，尽管他父亲对“他那一堆宝贝一点也不感兴趣”④。

---

① 张爱玲：《国语本〈海上花〉译后记》（1983 年 10 月），载金宏达、于青编：《张爱玲文集》（第三卷），安徽文艺出版社 1992 年版。

② 鲁迅：《〈中国新文学大系〉小说二集序》，载《鲁迅三十年集》（29）《且介亭杂文二集》，鲁迅全集出版社 1947 年版。

③ 《赵树理年谱》，黄修己编：《中国现代文学史资料汇编（乙种）·赵树理研究资料》，北岳文艺出版社 1985 年版，第 551 页。

④ 李普：《赵树理印象记》，《长江文艺》创刊号，1949 年 6 月。

而到了30年代,文学形势发生变化,鲁迅再领时代风气之先。他告诫文学爱好者和作家在侵略者入侵之时,“不要忘记了自己的时代”。他还说:“我以为文艺家在抗日问题上的联合是无条件的,只要他不是汉奸,愿意或赞成抗日,则不论叫哥哥妹妹,之乎者也,或鸳鸯蝴蝶都无妨。”① 尽管鲁迅说:“在文学上我们仍可以互相批判”,但那已经完全有别于五四时期对传统摧枯拉朽的战斗了。鲁迅这样说,除了表明经过五四新文化洗礼的文坛,传统的“哥哥妹妹”“之乎者也”“才子佳人”文艺没有绝迹,还占据一方天地;也预示在民族战争到来之际,传统,包括传统的文学手段,将作为“想象群聚”(Imagined community)②的文化载体而日渐凸显。在这里,题材不是首选,或者文艺不应是对一种口号和观念的演绎。尽管这种文艺作品在五四以后,在西方和苏俄理论纷至沓来、革命观念盛行的年代,因其前卫的艺术姿态十分可观,但艺术鉴赏的传统眼光及其读者接受,在声势浩大的新文艺背后,始终如一道强劲的暗流在涌动。

20年代鲁迅曾对革命文艺的标语口号倾向颇不以为然,并以传统文学写“富贵景象”为例,阐发他的文学观念与流行趋势如何不同:“真会写富贵景象的,有道:‘笙歌归院落,灯火下楼台’,全不用那些字(‘金’、‘玉’、‘锦’、‘绮’)。‘打,打’,‘杀,杀’,听去诚然是英勇的,但不过是一面鼓。即使是鼙鼓,倘若前面无敌军,后面无我军,终于不过是一面鼓而已。”③30年代谈“大众文学”,似乎是对革命文艺的痼疾旧话重提。但鲁迅在“两个口

---

① 鲁迅:《答徐懋庸并关于抗日统一战线》,载《鲁迅三十年集》(30)《且介亭杂文末编》,鲁迅全集出版社1941年版。

② [美]班尼迪克·安德森语。Benediect Anderson: *Imagined Community*(Ithaca: Cornell University Press, 1983),转引自夏志清著《中国现代小说史》,复旦大学出版社2005年版,第41页。

③ 鲁迅:《革命文学》,载《鲁迅三十年集》(17)《而已集》,鲁迅全集出版社1947年版。

号”论争中的观点表明，即便肩负实现文艺界联合抗战的使命，也不放弃对新文艺自身的探索，对中国文学艺术肌理的进一步阐发。鲁迅说：如果在民族革命战争的大众文学“作品的后面有意地插一条民族革命战争的尾巴，翘起来当作旗子”，这不是“我们需要的”；而“需要”表现的是本土活着的、孕育着生的希望的人生：“作者可以自由地去写工人，农民，学生，强盗，娼妓，穷人，阔佬，什么材料都可以写，写出来都可以成为民族革命战争的大众文学。”这样的文学先要摆脱急功近利的做法——主题先行，而着眼于新文艺作家圈外的天地。当时以对人物、故事的描写去敷衍某种观念的表现方式，在现代文艺和革命文学中是常有的。这种表现方式，实际上限制和缩小了拥有广阔“庶民社会”的本土文化版图。鲁迅反对在作品后面添上去“口号和矫作的尾巴”，而主张紧贴着社会生活的各阶层、各方面去写，因为那是全部的“真实的生活，生龙活虎的战斗，跳动着的脉搏，思想和热情，等等”①。这样的文学不仅在内容上与五四文学的国民性批判迥然有别；同样与五四时期不同，传统小说的世俗气息、不同阶层的生活韵致及其表现方式，由于包含一种“想象群聚”的文化自信，而显露出一度为新文艺所不屑的价值。标语口号式的文学倾向，连同现代小说模式化、观念化的写作，尽管也处在文学探索阶段，但在现实环境中难得到更广泛的响应；若再要以此为文学旗帜，很难实现文艺家在抗战时期真正的联合。因为当时毕竟还有许多按传统路子写作的人，有许多喜欢读张恨水小说的人。1936 年 8 月，鲁迅的话不仅是论战，还包括号召文艺家联合抗战和肯定小说传统的两重含义，并在一定程度上，建构起抗战和传统之间一种逻辑的关系。

---

① 鲁迅：《论现在我们的文学运动》，载《鲁迅三十年集》(30)《且介亭杂文末编》，鲁迅全集出版社 1941 年版。

（二）

向世俗化的小说传统回眸。在战争时期由于受不同地域空间和意识形态观念的阻隔，这种文学回流的趋势，通常以不尽一致的表达方式传递着相近的写作意志。

身处30年代文艺大众化、民族化的时代潮流，20年代就曾号召文艺青年“到兵间去，到民间去，到工间去，到革命的旋涡中去”的郭沫若，此时又有新见解，他说：

> 从外边去接近民众是不够的。你如只抱着一架照像机到乡村或工厂里，东去照一张像片，西去照一张像片，并不能便成为民众的艺术。我们从前曾经喊过“文章下乡”，“文章入伍”，“文章进工厂”那样的口号，过细考究起来，其实也是错误了的。我们应该喊“文人下乡”（下字根本要不得，姑且仍旧）“文人入伍”，“文人进工厂”，而说到文章上来呢，倒应该是“文章出乡”，“文章出伍”，“文章出工厂”了。①

老舍创作中对通俗读物与传统的关系看得更清楚。无论“出乡”“出伍”还是“出工厂”，社会底层都是传统艺术包括地方戏曲、山歌、小曲、鼓词、评书、快板书等广为传播的云集发散地。当台儿庄大捷、老舍开始通俗读物写作的时候，“文章入伍”，“文章下乡”的口号正喊得“山摇地动”。

但果真实行起来，也并不那么容易：

① 郭沫若：《文章下乡·文章入伍》。转引自王瑶《中国新文学史稿》（下），新文艺出版社1954年版，第16页。

我当时只有一种感觉，旧形式是一个固定的套子，只要你学得像，就能有用处，也就是作家尽了自己的责任。这的确是当时的衷心之感。后来慢慢的把握住了形式，才又想到如何装进适当的内容去，这是原先所没有想到的。于是发生了困难。也由于作家的生活逐渐深入于战争，发现抗战的面貌并不像原先所理解那样简单，要将这新的现实装进旧瓶里去，不是内容太多，就是根本装不进去。于是先前的诱惑变成了痛苦，等到抗战的时间愈长，对于现实的认识和理解也愈清楚，愈深刻，因此也更装不进旧瓶里去，一装进去瓶就炸碎了。①

大众化、民族化及其民族形式问题，40 年代前后，都一股脑地由大后方、根据地作家、批评家和政治家提了出来，写新小说的作家开始纷纷尝试通俗化写作，像穆木天、赵景深写过许多鼓词，张天翼、艾芜、沙丁等也共同执笔写了《芦沟桥演义》。但正如老舍的发现，虽然大众化、民族化的口号喊得“山摇地动”，但“旧瓶装新酒”的问题还是没解决。实际上，“这些通俗文艺大部分都是‘不暇求精’的产物”。就连那些主动请缨投身通俗文艺的作家也把手里写的当作权宜之计，自己看自己是“避重就轻——舍弃了创作，而去描红模子”，“肯接受这种东西的编辑者也大概取了聊备一格的态度，并不十分看得起它们：设若一经质问，编辑者多半是皱一皱眉头，而答以‘为了抗战’，是不得已也”②。

1938 年 10 月，毛泽东在中共扩大的六中全会上作《中国共产党在民族战争中的地位》报告，其中关于“学习”的一段说：“离开中国特点来谈马克思主义，只是抽象的空洞的马克思主义。因此，使马克思主义在中国具体化，使之在其每一表现中带着必须有的中国的特性，即是说，按照中国的特点去

---

① 老舍：《一九四一年文学趋向的展望》，《抗战文艺》1941 年 1 月 1 日 7 卷 1 期。
② 老舍：《三年写作自述》，《抗战文艺》1941 年 1 月 1 日 7 卷 1 期。

应用它,成为全党亟待了解并亟须解决的问题。洋八股必须废止,空洞抽象的调头必须少唱,教条主义必须休息,而代之以新鲜活泼的、为中国老百姓所喜闻乐见的中国作风和中国气派。”①这段话被广泛地运用到文艺大众化和民族化的理论探讨中。然而,事实却不令人乐观,文艺界经过对“民族形式”问题三年多的讨论,还有新文艺作家几年来的创作试验,至 1943 年 7 月赵树理完成《小二黑结婚》,实际上,文艺大众化已经到了难以为继的关口。“与其说大众文艺,还不如把它看作是一般的宣传品”,洪深这样形容当时的情景:“宣传抗战的方法是不拘一格的;有的也曾适合当前的需要,编写新唱本新脚本;有的只是增添若干抗战的唱词与白口,或略为改动原来剧本的故事,使演出时更能赞扬爱国,斥责奸邪,有的不暇求精,索性停锣演说。”②老舍亲自实践,学习传统文艺形式并加以改造,结果却令他颇为扫兴:“新的是新的,旧的是旧的,妥协就是投降!因此,在试验了不少篇鼓词之类的东西以后,我把它们放弃了。”③在这样的背景下,当赵树理把小说交给太行新华书店后“如石沉大海”,自命为“新派”的文化人,对通俗文艺看不上眼④,对照老舍、洪深等人上面的话,《小二黑结婚》的遭遇也就自在情理中了。

(三)

但恰恰是这位被“新派”文化人冷嘲热讽的“农民作家”;被说成是“低级的通俗故事”,甚至是“海派”、专搞“噱头”的赵树理小说,以其新旧杂糅、叙

---

① 毛泽东:《中国共产党在民族战争中的地位》,载《毛泽东选集》第二卷,人民出版社 1966 年版,第 500 页。

② 洪深:《抗战十年来中国的戏剧运动与教育:民间形式与地方戏》,转引自王瑶《中国新文学史稿》(下),新文艺出版社 1954 年版,第 19 页。

③ 老舍:《三年写作自述》,《抗战文艺》1941 年 1 月 1 日 7 卷 1 期。

④ 参见杨献珍:《从太行文化人座谈会到赵树理的〈小二黑结婚〉出版》,《新文学史料》1982 年第 3 期。

述绵密、一波三折的小说特点，走通了许多文人雅士没有走通的大众文学之路。

新文化以来，郭沫若也曾为文艺工作者在大众化问题上难以做到“知行合一”十分烦恼：“作家的通病总怕通俗。旧式的通俗文作者，虽然用白话在写，却要卖弄风雅，插进一些诗词文赞，以表明其本身不俗，和读者的老百姓究竟有距离，五四以来的文艺作家虽然推翻了文言，然而欧化到比文言还要难懂。特别是写理论文字的人，这种毛病尤其深沉，装腔作势，矫揉造作，瞎缠了半天，你竟可以不知道他在说些什么。……知行确实是不容易合一。这里有环境作用存在。在大家都在矫揉造作或不得不这样的环境里面，一个人不这样就像有点难乎为情，这就如在长袍短褂的社会里面一个人不好穿短打的一样。”①然而到40年代中期，郭沫若终于发现了大众文艺切实的成果：“我最近算阅读了这两本意外满意的好书。我愿意把这两本书推荐为抗战以来文艺作品的杰出者，这两本书我希望能够在上海重版，使它们更能够与向隅的读者群接近。”②郭沫若所说的“两本意外的好书”之一就是赵树理的小说集《李有才板话》，其中包括《李有才板话》和《小二黑结婚》两个短篇。读过这两篇后，郭沫若“又一口气把《李家庄的变迁》读完了”，称赞作品“和《小二黑结婚》、《李有才板话》一样的可爱，而规模确实是更宏大了”。

他对赵树理的“通俗小说”有一番解析：

大约是出于作者自己的意愿吧，书的封面上是有“通俗小说”四个字的标识的。作者存心“通俗”，而确实是做到了。所写的是老百姓自己翻身的事，人物呢连名字也就不雅驯，如像铁锁、冷元、白狗、二妞之类，然而他正是老老实实的人民英雄。事件的进行，人物的安排，都是妥贴匀称地，一点也

① 郭沫若：《读了〈李家庄的变迁〉》，《北方杂志》1947年第2卷1—2期。

② 郭沫若：《〈板话〉及其他》，《文汇报》1946年8月16日。

不突兀,一点也不冗赘。

作为新文学潮头人物,郭沫若马上觉察到赵树理小说"最成功的是语言"。小说中"每一个人物的口白适如其分,便是全体的叙述文都是平明简洁的口头话",这样的语言,"脱尽了五四以来欧化体的新文言臭味。然而文法却是谨严的,不像旧式的通俗文字,不成章节,而且不容易断句"。对比赵树理小说的"自然",郭沫若接下来是对章回体旧形式,比如"有诗为证"或四六体文赞之类的批评,也是对"旧瓶装新酒"写作方式的一种批评。他形象而风趣地说,如果把现实提倡的大众化,向传统学习,只理解为对这种旧形式的挪用和照搬,无异于"再在我们头上拖一条辫子或再叫女同胞们缠脚"①。

郭沫若由此揭示,赵树理借鉴传统形式的关键不是"旧瓶装新酒",不是为新内容"拖辫子"或"裹小脚",而在于小说家写作的出发点。与新文艺作家的大众化写作试验有很大区别,那就是郭沫若所说的,赵树理"存心'通俗'"。即传统小说家对世俗人生的态度。他们不是自外于生活的旁观者,也不是高高在上、俯视凡俗的传道者,他们本就是世俗生活一分子;不仅如此,还特别能从世俗生活中发现趣味,觅见人生,是善于观察、采撷并描摹人生意绪的高手。对于赵树理来说,与这种传统相关,与"世俗"相匹配的,是他安身立命的农村和农民生活,还有《小二黑结婚》《李有才板话》,直到《"锻炼锻炼"》等一系列"存心'通俗'"的小说。

《小二黑结婚》讲的是抗战时期,由于边区政府作主,两个农村相爱的青年克服落后势力喜结良缘的故事。故事内容说来简单,但叙事绵密的功夫却是第一流。现代小说对人性破解的新意,也在"密针线"的细节中见出精

① 郭沫若:《读了〈李家庄的变迁〉》,《北方杂志》1947年第2卷1—2期。

彩。说到三仙姑不想把女儿小芹嫁给小二黑：

她跟小芹虽是母女，近几年来却不对劲。三仙姑爱的是青年们，青年们爱的是小芹。小二黑这个孩子，在三仙姑看来好像鲜果，可惜多一个小芹，就没了自己的份儿。她本想早给小芹找个婆家推出门去，可是因为自己名声不正，差不多都不愿意跟她结亲。开罢斗争会以后，风言风语都说小二黑要跟小芹自由结婚，她想要真是那样的话，以后想跟小二黑说几句笑话都不能了，那是多么可惜的事，因此托东家求西家要给小芹找婆家。

古人说："画鬼魅易，画狗马难。"因为"鬼魅无形，画之不似，难于稽考；狗马为人所习见，一笔稍乖，是人得以指责。可见事涉荒唐，即文人藏拙之具也"，如果作品使人读来十分不合情理，那就像"活人见鬼，其兆不祥"①，即作品不会成功。三仙姑在小说中如同戏剧里的丑角，但对她的想法和作派，赵树理都写得合情入理，一点也不夸张、乖谬，连后来她认栽服输也写得丝丝入扣，使这样一个看起来不会承认错误的人，认错过程十分自然：

到了区上。交通员把她（三仙姑）引到区长房子里，她爬下就磕头，连声叫道："区长老爷，你可要给我作主！"区长正伏在桌上写字，见她低着头跪在地下，头上戴了满头银首饰，还以为是前两天跟婆婆生了气的那个年青媳妇，便说道："你婆婆不是有保人吗？为什么不找保人？"三仙姑莫名其妙，抬头看了看区长的脸。区长见是个擦着粉的老太婆，才知道是认错人了。……

刚才跑出去那个小闺女，跑到外面一宣传，说有个打官司的老婆，四十

① 李渔：《结构第一·戒荒唐》，载《闲情偶寄》，延边人民出版社2000年版，第11页。

五岁，擦着粉，穿着花鞋。临近的女人都跑来看，挤了半院，唧唧哝哝说："看看！四十五了！""看那裤腿！""看那花鞋！"三仙姑半辈没有脸红过，偏这会撑不住气了，一道道热汗在脸上流。交通员领着小芹来了，故意说："看什么？人家也是个人吧，没有见过？闪开路！"一伙女人们哈哈大笑。……院里的人们忽然又转了话头，都说"那是人家的闺女"，"闺女不如娘会打扮"，也有人说"听说还会下神"，偏又有个知道底细的断断续续讲"米烂了"的故事，这时三仙姑恨不得一头碰死。

后来区长给她讲婚姻自主的法令，说小芹和小二黑结婚完全合法。三仙姑在"羞愧之下，一一答应了下来"。三仙姑认错，法律和婚姻自主的道理是一方面，但还有另一层原因，在区长院子里，听众人议论，她对自己的穿着打扮也感到很难为情。原来她对这一点并不自知，以为青年们常到她家来是迷恋她，而不是为了小芹，却忘记那是三十年前的事。时光不饶人，当初迷恋她那些"青年"，"如今都已留下胡子，家里大半又都是子媳成群"。这回成为众人笑柄使她终于明白，与女儿小芹争夺小二黑是争不过了，从围观人的议论便可以想见，像小二黑这样的青年怎么会喜欢一个打扮怪异的"老太婆"呢？一个过气的人物，却长期生活在年轻时无限风光的幻影里，就像她"擦着粉"衰老的脸和脚上的"花鞋"，既不合时宜，又令人可悲可叹。

（四）

小说家能否从世俗中觅得人生趣味，由此生发新意，使小说从历史陈规中脱颖而出？对此，鲁迅早在 1920 年对中国小说史研究中就有重要发现。他从古代神话，六朝志怪，唐传奇，宋话本，明小说两大主潮，一路演化至清代的"人情小说"，鲁迅说《红楼梦》：

全书所写，虽不外悲喜之情，聚散之迹，而人物事故，则摆脱旧套，与在先之人情小说甚不同。……盖叙述皆存本真，闻见悉所亲历，正因写实，转成新鲜。而世人忽略此言，每欲别求深义，揣测之说，久而遂多。③

至于说到《红楼梦》的价值，可是在中国底小说中实在是不可多得的。其要点在敢于如实描写，并无讳饰，和从前的小说叙好人完全是好，坏人完全是坏的，大不相同，所以其中所叙的人物，都是真的人物。总之自有《红楼梦》出来以后，传统的思想和写法都打破了。——它那文章的旖旎和缠绵，倒是还在其次的事。①

在鲁迅看来，《红楼梦》完全摆脱才子佳人小说"旧套"，而续接明代《金瓶梅》表现"世情"的一脉："作者之于世情，盖诚极洞达，凡所形容，或条畅，或曲折，或刻露而尽相，或幽伏而含讥，或一时并写两面，使之相形，变幻之情，随在显见，同时说部，无以上之。"时人只当是"淫书"，鲁迅对此不以为然："缘西门庆故称世家，为搢绅，不惟交通权贵，即士类亦与周旋，著此一家，即骂尽诸色，盖非独描摹下流言行，加以笔伐而已"②。至于"世情"的文学表现，"主意在述市井间事"，即贴着当时日常生活：市井间相互交际、流言蜚语，家务上叔伯斗法、姑嫂勃谿……这在《金瓶梅》是写西门庆"一家的事迹"；在《红楼梦》又是写钟鸣鼎食之家，即大家族的日常生活。所谓"写实"，并不是作品与作者身世可以一一对应，故事和小说毕竟是虚构的。但小说对于"市井"社会风情的再现，以及作者对世情"极洞达"的观察及其合乎情理的描写，才是"写实"真正的含义。鲁迅认为许多人看不到这一点，于此不顾而"欲别求深义"，也就无以得到古典小说"转成新鲜"的真谛。换句

① 鲁迅：《清小说之四派及其末流》，载《中国小说史略·附录》。

② 鲁迅：《明之人情小说》，载《中国小说史略》。

话说,《金瓶梅》能"著此一家,即骂尽诸色";《红楼梦》"正因写实,转成新鲜",小说的哲思是作家从对日常生活的观察和描写中生发出来,而不是由外部理念强加给小说的。

这种文艺观点于鲁迅是一以贯之,及至鲁迅去世前的文字,也体现出传统小说艺术观念的影响,以及他对传统小说艺术价值的肯定。但对于正在经历八年抗战的文艺家、小说家来说,这段历史已经十分遥远。从文学革命到革命文学、抗战文艺、文艺大众化、民族形式论争,文坛上旗帜变幻、硝烟弥漫,到《小二黑结婚》《李有才板话》等作品问世,人们似乎已看不到它们与传统的联系。最明显的例子,延安时期把赵树理小说仅仅说成是"延安文艺座谈会讲话"的成果,因此代表了"工农兵文艺方向",这样的观点十分盛行。"'文艺座谈会'以后,艺术各部门都得到了重要的收获,开创了新的局面,赵树理同志的作品是文学创作上的一个重要收获,是毛泽东文艺思想在创作上实践的一个胜利。"①"《李家庄的变迁》不但是表现解放区生活的一部成功的小说,并且也是'整风'以后文艺作品所达到的高度水准之一例证。这一部优秀的作品表示了'整风'运动对于一个文艺工作者在思想和技巧的修养上会有怎样深厚的影响。"②尽管赵树理小说产生于当时的背景,也带有环境的影响,但那种强调文艺为政治服务的读解方式,却忽略了抗战时期大众文艺背后,鲁迅所揭示的,小说的历史传统与现实创作取向之间,始终保持一种若即若离、深刻的精神联系③。

并非完全巧合,1943年10月,赵树理的《小二黑结婚》和张爱玲的《金

① 周扬:《论赵树理的创作》,《解放日报》1946年8月26日。

② 茅盾:《论赵树理的小说》,《文萃》1946年12月第2卷第10期。

③ 关于赵树理小说与毛泽东《在延安文艺座谈会上的讲话》的关系,参见本书关于"十七年"文学研究的历史反思:以赵树理小说为例。

锁记》几乎同时在延安和上海两地出版。这是两位政治立场、意识形态观念完全不同，个人处境也完全不同的作家。当时赵树理是中共中央北方局党校调查研究室干部，在山西辽县（即左权县）调查审理“一桩村干部迫害自由恋爱的青年男女，并将男青年打死的事件”，根据调查材料写成《小二黑结婚》①。小说出版后，“立即在广大群众中引起热烈反响。次年二月再版，短时间内销行达三四万册，盛况空前。同时，许多农村剧团将其改编为戏曲，成为抗战时期根据地最流行的戏曲剧目之一”②。张爱玲则刚从香港回到上海，以“卖文”为生③。1943 年，张爱玲的小说《金锁记》在《万象》发表，她在“写作上很快登上灿烂的高峰，同时转眼间红遍上海”④。尽管赵、张二人所描写人物、事件十分不同，但本土文化传统的影响和统摄力却无所不在，他们的作品都鲜明地表现了贴近世俗的小说方式，并在抗战形势下，在抗战与传统的相关逻辑中，展现出各自独有的艺术才华。因此，当赵树理的小说开始被看作专搞“噱头”的“低级通俗故事”的时候，张爱玲阐述自己小说观念的话，似也可看作回护赵树理小说的某种理由：

> 我的作品有时候主题欠分明。但我以为，文学的主题或者是可以改进一下。写小说应当是个故事，让故事自身去说明，比拟定了主题去编故事要好些。许多留到现在的伟大作品，原来的主题往往不再被读者注意，因为事过境迁之后，原来的主题早已不使我们感觉兴趣，倒是随时从故事本身发现了新的启示，使那作品成为永生的。⑤

---

①② 《赵树理年谱》，载黄修己编：《中国现代文学史料汇编（乙种）·赵树理研究资料》，北岳文艺出版社 1985 年版，第 578 页。

③ 于青：《张爱玲传略》，载《张爱玲文集》（第四卷），安徽文艺出版社 1992 年版，第 442 页。

④ 柯灵：《遥寄张爱玲》，载《张爱玲文集》（第四卷），安徽文艺出版社 1992 年版，第 422 页。

⑤ 张爱玲：《自己的文章》，载《张爱玲文集》（第四卷），安徽文艺出版社 1992 年版，第 175 页。

她接着对托尔斯泰的《复活》与《战争与和平》加以比较，发现"《战争与和平》的主题果然是很模糊的，但后者仍然是更伟大的作品。至今我们读它，依然一寸寸都是活的。现代文学作品和过去不同的地方，似乎也就在这一点上，不再那么强调主题，却是让故事自身给它所能给的，而让读者取得他所能取得的"。

在这里，"故事"与观念或"主题"先行的小说结构明显不同。观念先行的文学，就像旧小说善恶因缘一类的套路，难让读者"随时从故事本身"发现"新的启示，使那作品成为永生"。而现代文学作品和过去不同的地方，就是"让故事自身去说明"，这比"拟定了主题去编故事要好些"。因为那些"一寸寸都是活的"生活故事，才浸透了现代作家"我思故我在"，强调个体经验和个人感受的"现实主义"题旨①。

（五）

日本学者竹内好对中国现代文学有深入的见解。他敏锐地觉察到由茅盾和赵树理分别代表的现代文学两种路向："一种是茅盾的文学，一种是赵树理的文学。在赵树理的文学中，既包含了现代文学，同时又超越了现代文学。至少是有这种可能性。这也就是赵树理的新颖性。"②竹内好所肯定的"赵树理的新颖性"，与那种以一种理论框架结构新小说的现代文学观念十分不同。因为从那种现代文学标准来看赵树理的小说，读者看到的是"陈旧的、杂乱无章的和浑沌不清的东西，因为它没有固定的框子。因此，他们产

① ［美］伊恩·P·瓦特：《小说的兴起》第一章《现实主义和小说形式》。《小说的兴起》，高原、董红钧译，三联书店1992年版。

② ［日］竹内好：《新颖的赵树理文学》，原载《文学》21卷9期，转引自黄修己编：《中国现代文学史料汇编（乙种）·赵树理研究资料》，北岳文艺出版社1985年版，第488、491、492页。

生了一个疑问，即这是不是现代文学之前的作品”？就像张爱玲说自己的作品“有时候主题欠分明”。但竹内好认为，这正是“赵树理小说新颖”的特点。竹内好以《李家庄的变迁》为例，对指责赵树理不符合现代小说标准的看法进行反驳：“然而，如果仔细咀嚼，就会感到这的确是作家的艺术功力之所在。稍加夸张的话，可以说其结构的严谨甚至到了增一字嫌多，删一字嫌少的程度。”因此他认为，赵树理小说是以传统艺术为媒介，并通过传统的艺术经验，从一种凝固的、观念先行的“西欧的现代中超脱出来”，达到一种现代文学观的“新颖”。

1939 年茅盾谈长篇小说《子夜》的构思时说：“我那时打算用小说的形式写出以下的三个方面：(一)民族工业在帝国主义经济侵略的压迫下，在世界经济恐慌的影响下，在农村破产的环境下，为要自保，使用更加残酷的手段加紧对工人阶级的剥削；(二)因此引起了工人阶级的经济的政治的斗争；(三)当时的南北大战，农村经济破产以及农民暴动又加深了民族工业的恐慌。”小说所要回答的“只是一个问题，即是回答了托派：中国并没有走向资本主义发展的道路，中国在帝国主义的压迫下，是更加殖民地化了”①。这种小说构思，强调小说内部要根据和采用一定的理论，并支撑起作品结构。作家“要把所见的人生真理‘启示’给大家看，就是要抉出这种‘阏机’，使它显而易见。小说家不用议论来解释，却是用具体的事实来显示”②。这段话是杨绛 20 世纪 50 年代针对斐尔丁小说所言，并不能全拿来比附茅盾的小说，因为即使认为两位作家都出于一种世界整体观进行写作，茅盾与英国 18 世纪小说家斐尔丁各自信奉的理论也不同。但还是能够说明，在西方启蒙运动之后，以某种理论或观念作为小说总体框架这一点，至 20 世纪已逐渐形成一种写作趋势。如果继续深究，这种理论先行的小说结构既有自黑

---

① 茅盾：《〈子夜〉是怎样写成的》，《新疆日报》1939 年 6 月 1 日。

② 杨绛：《斐尔丁在小说方面的理论和实践》，《文学研究》1957 年第 2 期。

格尔哲学以来欧洲深刻的理论背景，也有 20 世纪在本土思想文化领域，马克思主义最终独领风骚的具体原因。因此，即使竹内好认为，赵树理的小说"超越"了现代文学这一方面的成规，"但'超越'不是取代，特别在当时，在一个亟需摆脱战乱和贫穷，亟需向西方寻求先进理论的国度，被'超越'的作品，绝不意味着对超越者的臣服，而仍然有广阔前景"①。

张爱玲和赵树理都认为小说必须有故事。所谓"故事"与上述小说结构的区别，不在于作者是不是读过或读过多少理论书籍，有没有或有多少理论修养，有没有对于世界和事物的整体看法或哲学观念；而是一种文学观念的差异。在张爱玲和赵树理那里，故事是对人生兴味的采撷。说它比理论超前，是因为理论还来不及总结；说它比理论滞后，是因为缺乏一种理论的先导。总之，故事往往与理论擦肩而过，它在小说中留下种种细节的痕迹，虽然不是漫无边际，而是向某个聚光点聚合，但聚光的边界却完全是模糊含混的，不像被某种观念或理论剪裁、过滤了似的。比如张爱玲的《倾城之恋》虽然写抗战时期的生活，但与战争动员的理论却有不小的距离。"从腐旧家庭里走出来的流苏，香港之战的洗礼并不曾将她感化成为革命女性"；战事也影响了范柳原，"使他转向了平实的生活，终于结婚了"，结婚的结局"虽然多少是健康的，仍旧是庸俗；就事论事，他们也只能如此"。又比如赵树理《小二黑结婚》中二诸葛和三仙姑既不是地主富农，也不是地痞流氓，用"阶级斗争""翻身农民"的观念来衡量，他们都不上线。但他们分别从"不宜栽种""米烂了"的"神仙"，成为了儿女亲家，甚至三仙姑也打扮得像个"长辈人"。这些看似一种"进步"，但也是一种人生的不得已，他们要在社会急剧变动中生存下来便只能如此。这或者也是一种"就事论事"，因为他们毕竟不是非凡的超人，而是世俗中的多数，是不得不跟上时代而随波逐流的人。

---

① 董之林：《热风时节——当代中国"十七年"小说史论(1949—1966)》，上海书店出版社 2008 年版，下册第 139、140 页。

但从这里开始,张爱玲和赵树理小说也见出不同。这种不同不是一种优胜劣汰的关系,不是说谁可以淘汰谁;而是分别代表了他们追求传统艺术精神的两重文化向度,并在各自小说中,将传统在社会变迁拐点上的不同趋向,发挥得淋漓尽致。与身世处境有关,张爱玲原是“清末著名‘清流派’代表张佩伦的孙女,前清大臣李鸿章的重外孙女”,家世落魄,在“孤岛时期”的上海以卖文为生。“出名要早呀! 来得太晚的话,快乐也不那么痛快”[①],这是现代人在竞争社会的独白。但现代文坛成就她的却是她对古典的眷恋与深情。张爱玲曾引《诗经·柏舟》的句子说自己创作时的心境:“日居月诸,胡迭而微? 心之忧矣,如匪浣衣。静言思之,不能奋飞。”张爱玲尤其喜欢“如匪浣衣”的譬喻,“那种杂乱不洁的,壅塞的忧伤,江南的人有一句话可以形容:‘心里很“雾散”。’”联系张爱玲的《金锁记》《倾城之恋》等小说,把旧家庭、旧日的人生故事,把其中“那种杂乱不洁的,壅塞的忧伤”传递出来,并非立意在反抗,而是在凭吊中抒发无奈、无尽的感伤。对此她有些自问自答地说道:“一班文人何以甘心情愿守在‘文字狱’里面呢? 我想归根究底还是因为文字的韵味”,特别适于传递那种“雾散”的心境,并以此反衬现实社会:似乎一切都简单明了,实际上却是情寡义薄,是心灵与情感的“荒原”。因此她在《论写作》一文里以地方戏曲为引子,转达她对古典的向往及其小说背后的审美倾向:“然而我最喜欢的还是申曲里的几句套语:‘五更三点望晓星,文武百官下朝廷,东华龙门文官走,西华龙门武将行。文官执笔安天下,武将上马定乾坤……’”,戏文里,

不论是“老夫”是“老身”,是“孤王”是“哀家”,他们具有同一种的宇宙观——多么天真纯洁的,光整的社会秩序:“文官执笔安天下,武将上马定乾

① 张爱玲:《传奇》再版序言,1944年9月。并参见柯灵:《遥寄张爱玲》,载《张爱玲文集》(第四卷),安徽文艺出版社1992年版,第425页。

坤!”思之令人落泪。①

(六)

张爱玲写作的文化向度倾向古典、是向后看的,并从这里达到“审美的完善”。与此相向,赵树理小说的文化向度是指向现实与未来的,虽然这一重向度“不及前者权威”,但表达出“特定意义与价值的特别的生活方式,它不仅存在于艺术与学识中,还存在于制度与日常行为中”②。

与担心政治倾向影响小说审美表现的人不同,赵树理直言他的小说就是“问题小说”:

> 我的作品,我自己常常叫它是“问题小说”。为什么叫这个名字,就是因为我写的小说,都是我下乡工作时在工作中碰到的问题,感到那个问题不解决会妨碍我们的进展,应该把它提出来。例如我写“李有才板话”时,那时我们的工作有些地方不深入,特别对于狡猾地主还发现不够,章工作员式的人多,老杨的人少,应该提倡老杨式的作法,于是,我就写了这篇小说。……再如“锻炼锻炼”这篇小说,也是因为有这么个问题,就是我想解决中农干部中的和事佬的思想问题。中农当了领导干部,不解决他们这种是非不明的思想问题,就会对有落后思想的人进行庇护,对新生力量进行压制。③

从个人经历看,1906年9月出生在山西省沁水县尉迟村农民家庭的赵

---

① 张爱玲:《论写作》,1944年4月。《张爱玲文集》(第四卷),安徽文艺出版社1992年版,第83—84页。
② [英]迪克·海伯第支:《从文化到霸权》,何鲤译,载《是明灯还是幻想》,第22页。
③ 赵树理:《当前创作的几个问题》,《火花》1959年6月号。

树理，他的家庭属于“破产后流入下层的那一层人”①，正如他投身共产党领导的革命和抗战是十分自然的事情，他在文学界一举成名，不仅由于他“存心‘通俗’”，也在于他的身世，在于他身世中对乡村生活中宗法势力、旧军阀及其在农村残余势力的反抗：

赵树理的挚友王春谈到家庭出身对赵的影响时说：“他熟悉农村各方面的知识、习惯、人情等等。”他的父亲“是精通农村‘知识’的；从有用的缠木杈、安镰把，到迷信的捏八字，择出行，无不知晓，无不告诉他。赵树理自己上过村学，放过牛驴、担过炭、拾过粪，跟着人家当社头祈过雨，参与过婚丧大事，走过亲戚拜过年，总之是他在农村实顶实活了那么大，再加上他父亲遗给的那些‘知识’也就算得是真正熟悉农村了。”②

民国十五年上半年，卷在大革命浪潮里的山西青年学生，还在唱打倒军阀的歌。不说就明白，山西的军阀当然就是阎锡山，应该打倒。可是不久变了，阎锡山竟自称为“革命军的第三个总司令”，再也“不是军阀”了。反回头便大捉“反革命”的共产党。赵树理不得不跑，跑来跑去，第二年终于被捕了，受审、坐牢。出来以后，还是东奔西走，……③

因此他的“问题小说”，从一方面说，是他作为革命队伍一分子，响应领导号召，配合当时当地土改运动、推行新婚姻法、农业合作化运动等政治斗

① [日]今村与志雄：《赵树理文学札记》，《东京都立大学人文学报》第16期。转引自《中国现代文学史资料汇编(乙种)·赵树理研究资料》，并参见该书第544页，《赵树理年谱》介绍赵树理“祖父赵忠方，早年在河南经商，三十岁后回家务农”。

② 《赵树理年谱》，载《中国现代文学史资料汇编(乙种)·赵树理研究资料》，北岳文艺出版社1985年版。参见王春：《赵树理怎样成为作家的?》，《人民日报》1949年1月16日。

③ 王春：《赵树理怎样成为作家的?》，《人民日报》1949年1月16日。

争的需要;但另一方面,也在于他的身世促成对"问题"观察的角度,与观念化、概念化的流行趋势十分不同,从而为读者提供了乡土社会非常具有社会学意义的认识。其独到之处,至今也能为文学阅读提供别样的新鲜趣味。比如长篇小说《李家庄的变迁》,还有《李有才板话》这样篇幅稍长的作品,"阶级斗争"大量表现为乡村宗法势力对外姓人、外来流民的排斥和欺诈。比如《李家庄的变迁》,小说开篇写的是修德堂东家李如珍和侄儿李耀唐(即春喜)欺负外姓人张铁锁,他们霸屋占地,把张铁锁一家人扫地出门,故事就从这里依次展开。像李如珍这样的大户人家能长期横行乡里,必须在县里、省里,甚至国民政府里有人作政治后台。所以战争开始,他们先要了解山西军阀对抗战真实的态度,李如珍派春喜跑到县里,最终要知道的就是这一点。后来春喜打探清楚,原来阎长官和县团长的意思:"只要孝子不要忠臣!"所以他们的钱,即使在抗战时拿出来,想讨好军阀才是真的;至于抗战,虽不能断然说是假的,至少是隔了一层又一层的。

《李有才板话》开篇从介绍阎家山的村落布局说起:

> 阎家山这地方有点古怪:村西头是砖楼房,中间是平房,东头的老槐树下是一排二三十孔土窑。地势看来也还平,可是从房顶上看起来,从西到东却是一道斜坡。西头住的都是姓阎的;中间也有姓阎的也有杂姓,不过都是些在地户,只有东头特别,外来的开荒的占一半,日子过倒霉了的杂姓,也差不多占一半,姓阎的只有三家,也是破了产卖了房子才搬来的。

像"板人"李有才就住在村东头老槐树下,他编板书揭露和讽刺的主要对象是住在村西头的村长阎恒元。小说主要讲的是农村在土改、减租减息运动中,如何实现真正的乡村民主选举,使权力从宗法势力转移到民主政府手中。李有才板话的故事伴随着这个曲折的过程展开。最后在老杨同志带领下,村里坐地户、大户人家、宗法势力的代表阎恒元下台,“赔黑款”“退押地”;村东头“外来的开荒的”,“日子过倒霉了的杂姓”,还有“破了产卖了房子才搬来的”小保、小明和小顺在农救会选举中获胜。板人李有才作总结:“阎家山,翻天地,农救会,大胜利。”这个皆大欢喜的“大团圆”结局代表了作家真实的愿望:不断消除乡村宗法势力,不断扩大乡村的民主势力。李有才属于阎家山的杂姓、外来户,又以快板为“业”,这种“下九流”的身份,过去一直被人看不起。但在赵树理心目中,他是可以与“诗人”相提并论的:“作诗的人,叫‘诗人’;说作诗的话,叫‘诗话’。李有才作出来的歌,不是‘诗’,明明叫做‘快板’,因此不能算‘诗人’,只能算‘板人’。这本小书既然是说他作快板的话,所以叫做《李有才板话》。”①换一种说法,在赵树理笔下,李有才板话,就是以快板形式为传统农村变迁所撰写的“史诗”。

《三里湾》和《“锻炼锻炼”》是这“史诗”的继续。以争议最大的《“锻炼锻炼”》为例,其中两个绰号“吃不饱”“小腿疼”的女社员,是两个明知不是、却硬要当理说的人。她们两人之间也有故事,“吃不饱”事事拉着“小腿疼”,让她打头阵,是因为她比自己有靠山:

> 不过“吃不饱”可没有回了家,她马上到“小腿疼”家里去了。她和“小腿疼”也不算太相好,只是有时候想借重一下“小腿疼”的硬牌子。“小腿疼”比她年纪大、闯荡得早,又是正主任王聚海、支书王镇海、第一队队长王盈海的本家嫂子,有理没理常常敢到社房去闹。

经过土改、合作化运动,王镇海、王盈海,还有杨小四、高秀兰这些新一代农村干部不看重宗亲、面子这一层,而且人人都明白这只不过是“小腿疼”

① 赵树理:《中国人民文艺丛书·李有才板话》,新华书店1949年5月版,第32页。

的一种手段,实际和“亲戚”本身没多大关系。但社主任王聚海还是“和事不表理”,总让正直实干的年轻人“锻炼锻炼”,这个形象说明,“争先社”依然面临世俗势力严峻的考验。像“吃不饱”和“小腿疼”,一个“常喊吃不饱”,丈夫“上地她先把面条煮得吃了”,生产队动员她参加劳动,她却说:“粮食不够吃,每顿只能等张信吃完了刮个锅底”;另一个对集体劳动的概念是“拾东西全凭偷”,“为了容易使唤丈夫,她说她留下了个腿疼病”。她们就是这种势力的代表。赵树理并不认为她们天生就是多么坏的人,只讲她们的心计和会玩心计的故事,便把农业合作化运动的理想和这理想难以实现的矛盾揭示出来。比如“吃不饱”(原名李宝珠)因为丈夫不是干部,就把自己的婚姻看作“过渡时期”,“等什么时候找下了最理想的人再和他离婚”。揣着这种心思,她还曾有意于杨小四,但“后来打听着她自己那个‘吃不饱’的外号原来就是杨小四给她起的,这才打消了这个念头”。她对“过渡时期”的丈夫张信有一套“政策”,待全面执行之后,“张信完全变成了她的长工”。这样一个自私到顶,俗称“不倒黄河不死心,不见棺材不落泪”的人,王聚海由“怕”而“和稀泥”,向她们妥协,还自鸣得意地觉得自己“领导水平高”,恰恰说明杨小四、高秀兰这些对农村未来满怀憧憬的年轻人,要想维护农业社集体利益的想法,实行起来该有多难。但正如40年代赵树理把农村调查中看到的一出悲剧,改写为大团圆结局的《小二黑结婚》,十五年后,他也依然把“争先社”这一幕历史,结束于轻喜剧的人生故事中①。因为这里面有赵树理的人生理想,这是“指向了未来”的,也可见他对未来的信任与执着。

1956年,赵树理的长篇小说《三里湾》②出版一年后,傅雷欣喜地写道:

---

① 赵树理:《“锻炼锻炼”》,最初发表于《火花》1958年8月号,同年9月《人民文学》转载。

② 赵树理:《三里湾》,《人民文学》1955年1—4月号连载,通俗读物出版社1955年5月出版。人民文学出版社1958年3月出版,1959、1962、1964年再版。

赵树理同志深切的体会到，农民是喜欢听有头有尾的故事的；其实不但农民，我国大多数读者都是如此。但赵树理同志把“从头讲起”的办法处理得极尽迂回曲折，避免了平铺直叙的单调的弊病，故事开头固然“从旗杆院说起”，可是很快的转到民校，引进玉梅和其他两个年轻的角色，再由玉梅带我们到她家里，认识了现代农村中一个模范家庭，再由这个家庭慢慢的看到全局的发展。不但这种技巧的选择投合了读者的心理，而且作者在实践中把传统的写作办法推陈出新了。①

40 年代，张爱玲也是傅雷欣赏的小说家之一。欣赏的同时，傅雷也指出她后来过分沉溺于传统小说技巧所造成的创作问题。张爱玲当时在《自己的文章》中反驳了迅雨(即傅雷)②的批评。50 年代有关张爱玲的文字不再在大陆文坛出现，但傅雷评论《三里湾》有些文字，或可看作是对当年张爱玲文章的回应，是作者随时代发展又有的体会：

谁都知道文艺创作的主题思想要明确，故事要动人，但作者的任务还要把主题融化在故事中间，不露一点痕迹；……《三里湾》中大大小小，琐琐碎碎的情节，既不显得有心为题材作说明，也不以卖弄技巧为能事。作者写青年男女的恋爱，夫妇的争执，婆媳妯娌之间的口角，顽固人物的可笑，积极分子的可爱，没有一个细节不是使读者仿佛亲历其境。而那些细节所反映的时代背景和包涵的教育意义，又出之以蕴蓄暗示的手法，只教人心领神会。③

---

① 傅雷：《读〈三里湾〉在情节处理上的特色》，原载《文艺月报》1956 年 7 月号。转引自《中国当代文学研究资料·赵树理专集》，福建人民出版社 1981 年版，第 437 页。

② 参见柯灵：《遥寄张爱玲》，《张爱玲文集》第四卷，安徽文艺出版社 1992 年版，第 423 页。

③ 傅雷：《读〈三里湾〉在情节处理上的特色》，载《中国当代文学研究资料·赵树理专集》，福建人民出版社 1981 年版，第 436—437 页。

如果不把傅雷对这两位作家的批评看作一种对立——打击一个或抬高一个，而是一位学养深厚的批评家，对有着传统小说艺术追求、在当时环境都反响不俗的小说家格外的关注，那么他们各具特点的艺术探索正表现出传统的两重文化向度。因此我认为，不论《金锁记》还是《小二黑结婚》，张爱玲和赵树理的小说是传统社会急剧变动中宝贵的文化遗产，都值得记录并珍藏于中国文学发展演变的历史典籍中。

2009 年 8 月

关于“十七年”文学的历史反思
——以赵树理小说为例

(一)

对我而言,重新打量“十七年”小说①,源于对一种元叙述的不信任,这种不信任,是学术发展的产物,反过来,也是深化研究的前提。

上世纪 80 年代,现代化在政治、经济、文化艺术领域全面展开,工农商学兵,各行各业无不惟马首是瞻,百年来挥之不去的民族情结在这里形成一个爆发点,“顺之者昌,逆之者亡”。在此趋势下,当代文学研究出现了一种以西方启蒙话语为标志的元叙述。特别是对“十七年”文学,这种元叙述以服膺政治、否定个性为由,认为这一时期作品是政治的附庸,没什么文学价值,赵树理小说是其中比较典型的例子。当时对“十七年”文学的再叙述,“无产阶级”“资产阶级”和“工农兵方向”这些词句,已不再是评定标准;也与“文革”时期不同,把作品统统斥为“打着红旗反红旗”的“封资修黑货”。可悲的是,建立在启蒙话语基础上的元叙述,具有比以往任何时期的批判都难以企及的摧毁力量,甚至把这一时期文学逐出文学史讲堂。在形而上的意义,这是现代性在“全人类”名义下,不同于以往“阶级”革命的另一种粗

---

① 关于“十七年”文学,笔者曾出版:《旧梦新知:“十七年”小说论稿》,广西师范大学出版社 2004 年版;《追忆燃情岁月——五十年代小说艺术类型论》,河南人民出版社 2001 年版。

暴，另一种粗糙。

这种粗糙究竟忽略了什么？中国作为跻身世界现代化和全球化行列的后来者，相对主流，其文化和文学呈现出一种交互关系的边缘性。文学中，这种边缘性主要体现在它对现代社会演化过程的复杂体验和独有的表现。尽管文学发展与现代化关系密切，而且有些作品从语言到结构，俨然现代主义文学派头，但差异毕竟是其核心。因此在文学史领域，无法套用西方或其他民族、国家任何一种叙述模式加以比附。以启蒙话语为背景的文学史判断，恰恰忽略了文学表现这一边缘过程的复杂性，忽略了根植于本土的叙事文学特点。

这种粗糙也并非始于 80 年代。以启蒙话语为标志的文学史观，或者说，这种元叙述的确立，不完全出自 80 年代对西方思想的横向移植，早在上世纪三四十年代，在革命文学内部就有表现。当时无论解放区还是国统区，"革命文化人"对赵树理小说并不十分认同①。究其原因，不是他们对革命文学、大众文学的口号有怀疑，他们是革命文学理论的倡导者和实践者，但受"五四"以来苏俄和西方现代小说观念影响，却不自觉地表现出对来自基层社会、不符合流行的现代文学观念的作品的不屑与轻慢。在解放区，赵树理小说被鼓吹为"工农兵文学方向"，即便如此，在知识的层面，他的艺术表现也远没有获得普遍认可，并一直延续到后来，被当作"十七年"文学与五四新文学断裂的例证。如果把小说模式看作一种"知识"，与五四时期知识分子小说相比，这里的确出现了"知识"链条上的"断裂"，确切地说，是一种变异。但历史似乎有意与叙述者捉迷藏，制造"断裂"的陷阱，以掩盖处于现代主流趋势的边缘的文学特点，掩盖连接本土上下文的历史相关性。

---

① 参见杨献珍：《从太行文化人座谈会到赵树理的〈小二黑结婚〉出版》，《新文学史料》1982 年第 3 期。

至上世纪中，民族矛盾、阶级矛盾不断升温，在高度政治化的社会环境，关于解放区到建国后的文学究竟如何，难以做深入细致的体察。只见“革命文学”，“工农兵文学”，“文学为无产阶级政治服务”的口号此起彼伏，而口号下面文学的实际，特别是文学在生产、撒播与移植过程中的变异与演化，缺乏切实有效的结论。80 年代百废待兴，“十七年”文学研究更是行色匆匆，看起来“破字当头”，批判者振振有词，实际上却经不起推敲。由于缺乏相应的理论视角，对“十七年”文学的评价只能沿袭旧制，不同的是变换了说法：把以前拥护为正确的，现在说成错误；以前批判为错误的，现在“平反”为正确。以当时流行的见解，这是新时期“拨乱反正”的产物，是文学史研究对“十七年”文学“反思”的结果。结论即出，这一时期文学便被视为政治“传声筒”和“吹鼓手”，没什么艺术经验可言。

历史总是在不断“重写”中得以镜鉴和深化，因此“重写”并没有错，而是“重写”中的问题值得关注。今天看来，80 年代对“十七年”文学的再叙述缺乏建树有客观原因：长期封闭的环境，使人们在理论上一时找不到恰当有力的切入点。但也不能忽略主观上的原因：在急于实现经济乃至文学现代化的焦躁心理驱使下，即便概念推陈出新，理解上也有失偏颇。例如，英国历史哲学家柯林武德在《历史的观念》一书中谈到“反思”（reflection，中文意为：反射，影像，倒影，反省，沉思，反映），他对反思的理解并不是“逆反”或“对着干”。他认为反思不仅涉及对象客体，更主要的是对于那种与对象相关的主体的“思想”，或包含主体自身的思维方式。因此他说，“反思”的哲学本意，不仅在于它所“关怀的”对象客体，也包含“思想对客体的关系，故而它既关怀着客体，又关怀着思想”①。80 年代对“十七年”文学的否定，恰恰缺乏对主体思维方式的反省，进而重复了“十七年”至“文革”以来的“大批判”

① ［英］柯林伍德：《历史的观念》（中文版），何兆武等译，商务印书馆 1997 年版，第 2—3 页。

思路，尽管批判者说法上有所不同。但正如以一种“一体化”的思维方式，无法解开“一体化”形成的当代文学史研究的死结，把复杂、动态的历史看成铁板一块，只要认定文学与政治脱不了干系，而且对这一时期政治的否定意见又占了上风，就以强调个人和个性的启蒙话语为依据，将它们统统打入地狱，来一次历史上的重新站队。事情好像解决了，但问题是，几番站队之后，历史变成虚无主义狂欢的场所，更谈不上研究的深入。

关于政治结构和人类主体的关系，社会学家认为：“结构绝不能被简单地概化为施加在人类主体之上的强制性因素，相反，它们是能使人有所作为的。这就是我所说的结构的二重性。从原则上说，结构总是能够从结构化过程的角度去加以认识。”①这里所说的“结构”主要指政治与人类主体的关系，而意识形态与文学也隐含着这种结构关系。结构化过程的二重性在于：一方面，结构是通过主体的实践活动建构出来；另一方面，主体的实践活动又是被结构化地建立起来。

对“十七年”文学的历史元叙述问题在于，先验地确定有一个悬置于主体实践活动之上的社会与文学结构，只是由于当时的作家、批评家没有明智地加以选择，他们的实践活动和艺术经验便不得不被排除出宏大的历史叙述。与这种天真的愿望相反，在本土文学实践之外，人们找不到另一处“标准化”的、叙述者一厢情愿的历史。何况我们不得不承认，“人类主体的王国是受到限定的。人们创造了社会，但他们是作为受历史制约的行动者来创造社会的，而不是在他们自己选定的条件下去创造的”②。在此意义，没有不受制约的历史，只有受到历史限定，却在限定中有所作为的人类主体；没

① ［英］A·吉登斯：《论社会学方法新规》，黄平译，见韩少功、蒋子丹主编：《是明灯还是幻象》，云南人民出版社 2003 年版，第 42—43 页。

② ［英］A·吉登斯：《论社会学方法新规》，黄平译，载韩少功、蒋子丹主编：《是明灯还是幻象》，云南人民出版社 2003 年版，第 42 页。

有能够脱离意识形态的文学，只有因文学参与而绝非单一化的意识形态过程。

历史学家把历史比喻为复杂的基因工程，认为“人类的过去、现在和未来是不可分割的‘一个连续体’。三者之间有着内在的联系与因果关系”①。现实由过去发展而来，今天文学中隐含历史的酵素，未来文学也必然在相关的历史基因中发展起来。赵树理的小说，以及围绕他作品一系列争议所构成的文学现象，凸现了中国文学处于现代化交互关系中曾有过的边缘感受，也孕育着现实与未来文学的走向。

（二）

历史本身也有生命，复杂而充满变数。但被遮掩了历史细节的宏大叙述，仅凭一些异地条款便做出决断，全不顾多种因素相互缠绕、不断碰撞和妥协的过程，就等于轻易断送了历史的性命。这种机械地处理历史的方式，可谓“言者有心，听者无意”，叙述如同隔靴搔痒，总也搔不到痒处。

人们印象是在80年代，对赵树理的评价由“文学的方向”遁入“不折不扣的功利主义”泥淖，使他成为这一时期（从“解放区”到“十七年”）文学缺乏艺术水准的代表。对赵树理作品的非议主要集中在两点：一是“工农兵文学”的反智倾向；二是“问题小说”的服膺政治倾向。两者之间，服膺政治是主要问题，反智是由此带来的表现形态。

早在上世纪40年代，赵树理在解放区刚享有文名，他的作品不同于五四新文学的特点就引起人们注意。历史吊诡在于，80年代对赵树理小说的否定意见，当时曾以肯定的面目出现。比如，当时左翼文化人和批评家纷纷

① 佘志森：《中文版序》，载［英］埃里克·霍布斯鲍姆：《史学家 历史神话的终结者》，马俊亚、郭英剑译，上海人民出版社2002年版，第5页。

称赞赵树理响应“文艺为无产阶级政治服务，为工农兵服务”的号令，代表“工农兵方向”，因此才取得文学上的成就。这一点正是80年代赵树理为人诟病的主要问题。40年代批评家对赵树理的肯定，却为日后批判埋下伏笔，虽然当年他们绝无此意，但这样的后果，也暗示在前期肯定和后来否定之间有某种联系，或者说，存在一个比较复杂的过程。

实际上，解放区的“革命文化人”开始并不怎么欣赏赵树理这位“农民作家”①。杨献珍回忆《〈小二黑结婚〉出版经过》时说，1942年他调赵树理到北方局调查研究室工作，第二年七月，赵树理下乡回来交给他一篇小说，这就是《小二黑结婚》，并由彭德怀交太行新华书店付印。“当稿交到太行新华书店后，如石沉大海，杳无音信。这时的太行区文化界思想仍然有些混乱，也还存在着一种宗派主义倾向。……有些自命为‘新派’的文化人，对通俗的大众文艺看不上眼。”小说迟迟不能出版，杨献珍只好再去找彭德怀，“向他说明情况”。这一次，彭德怀写下“象这样从群众调查研究中写出来的通俗故事还不多见”的话，并“亲自交给了北方局宣传部长李大章同志，由他转交太行新华书店，小说才得以出版”。《小二黑结婚》“十月份出版后，受到太行区的广大群众热烈欢迎。仅在太行区就销行达三、四万册”，“许多村子的群众自动地把《小二黑结婚》改编成秧歌剧，自演自唱，可见群众之喜爱了”。与赵树理小说在基层受欢迎的景象相比，知识界冷清多了：“仍然有些知识分子对《小二黑结婚》摇头，冷嘲热讽，认为那只不过是‘低级的通俗故事’而已”，甚至说：“这是海派！”②

由于彭德怀、杨献珍和北方局领导出面干预，赵树理小说出版后又受到

① 1947年秋，中共晋冀鲁豫中央局召开土地改革会议。赵树理同志以文艺界代表身份参加会议。在此期间，《人民日报》发表新闻，称他为“农民作家”。史纪言：《赵树理同志生平纪略》，《汾水》1980年1月号。

② 杨献珍：《从太行文化人座谈会到赵树理的〈小二黑结婚〉出版》，《新文学史料》1982年第3期。

"太行区的广大群众热烈欢迎",形势有所扭转,特别是延安整风以后,经过学习毛泽东《在延安文艺座谈会上的讲话》[1],至1946年左右,肯定的意见才越来越多,《华北文化》《文汇报》《解放日报》《北方杂志》《群众》《文萃》《人民日报》等报纸期刊纷纷发表评论文章,盛赞赵树理小说。

对赵树理小说从"看不上眼"到认同、称赞,转变的原因固然是抗战以来,"'文章下乡'、'文章入伍'的口号正喊得山摇地动"[2],大众化的通俗文艺成为一时潮流,革命的文化人争先恐后地投入这个行列;除此之外,左翼文学阵营长期流行的理念——革命文学必须受革命理论指导——也起了决定性作用。由于《小二黑结婚》《李家庄的变迁》等作品出版,正值延安整风和毛泽东《在延安文艺座谈会上的讲话》发表期间,把赵树理小说归结为政治运动和《讲话》指导的结果,似乎也就顺理成章了。换句话说,肯定赵树理的艺术成就,毋宁是一份关于艺术理念的政治宣言。1946年,周扬在《论赵树理的创作》文章中对赵树理作品就"只说了他的好处",周扬认为自己这样做,"与其说是在批评甚么,不如说是在拥护甚么。'文艺座谈会'以后,艺术各部门都达到了重要的收获,开创了新的局面,赵树理同志的作品是文学创作上的一个重要收获,是毛泽东文艺思想在创作上实践的一个胜利。我欢迎这个胜利,拥护这个胜利"[3]。不仅周扬,当时的评论都特别强调赵树理是在正确理论指导下,在延安整风运动推动下才取得成功:"《李家庄的变迁》不但是表现解放区生活的一部成功的小说,并

---

① 毛泽东在延安文艺座谈会上讲话分别是在1942年5月2日和5月23日(见《毛泽东选集》第三卷,人民出版社1966年版),据"赵树理年谱"记载:1943年"10月19日,延安《解放日报》全文刊载毛泽东同志《在延安文艺座谈会上的讲话》。中央总军委于二十日发出通知,将《在延安文艺座谈会上的讲话》规定为整风必读文件。"(见黄修己编《中国现代文学史研究资料汇编(乙种)·赵树理研究资料》,北岳文艺出版社1985年版)。也就是说,对《讲话》大范围的普遍学习应该是在1943年以后。(笔者)

② 舒舍予:《保卫武汉与文艺工作》,《抗战文艺》1938年第1卷第12期。

③ 周扬:《论赵树理的创作》,《解放日报》1946年8月26日。

且也是‘整风’以后文艺作品所达到的高度水准之一例证。这一部优秀的作品表示了‘整风’运动对于一个文艺工作者在思想和技巧的修养上会有怎样深厚的影响。”[①]茅盾这段话后来被引用在《中国新文学史稿》[②],作为现代文学史对赵树理小说的定评。而史家同时指出,这一大众化的“新文艺运动”始于《讲话》之前,“虽然方向上还没有《延安文艺座谈会讲话》以后那样明确,但在解放区的确已经准备好了迎接毛主席文艺方向的条件”的这一事实[③],却被忽略了。

30年代是左翼文学理论盛行的年代,同时也是作家和知识分子学习苏俄以及西方文学经验,使一种现代小说观念逐渐成形的年代。当这一时期的左翼文化人投奔解放区、投奔延安后,他们的政治追求连同艺术旨趣,直接影响延安以至建国后人们对文学的接受与评断。40年代延安开展的整风运动、“大众化”文艺运动,对政治上拥护共产党、文化和文艺思想却芜杂多元的文化人来说,显然是一种思想整合。但运动就像“水过地皮湿”,很难对每一个人收到“心悦诚服”的效果。赵树理在解放区闻名,其中有政治干预,而且结果在当时看还不错:书出版了,小说改编的戏剧也到处上演。但这种一风吹的现象掩盖了一种致命的忽略,即对作品本身切实的研究,却在《讲话》的“收获”和整风运动的“影响”等宏论下“开小差”了。研究无法深入,紧张的战争生活是一个原因,但联系赵树理小说开始无缘出版的情形,“忽略”中是否也隐含“革命文化人”对一种基层“另类”艺术的不以为然呢?当年知识分子的政治认同,并不代表对小说所体现的另类知识结构的认同。由这样的历史来看,80年代对赵树理小

① 茅盾:《论赵树理的小说》,《文萃》1946年12月第2卷第10期。
② 见《中国新文学史稿》(下册)第四编第十八章《新型的小说》,新文艺出版社1954年版,第314—315页。
③ 王瑶:《中国新文学史稿》(下册)第三编第十一章《抗战文艺的动向》,新文艺出版社1954年版,第16页。

说的非议，实际上使40年代被忽略的问题明朗化，把赵树理小说有违于既定知识结构的做法称为“反智”，“智”的标准，其实是一个关于现代小说观念的神话，扮演着现代知识权力者的角色。

任何事情都有例外。与流行说法相比，40年代郭沫若对赵树理小说的意见别出心裁。他一反那种“先知而后行”的流行表述，用“自然”和“自由”来概括赵树理小说的艺术特点。他说：赵树理的作品就像“一株在原野里成长起来的大树子，它札根得很深，抽长得那么条畅，吐纳着大气和养料那么不动声色地自然自在”。他不认为赵树理小说是伟大理论指导下的伟大作品，却体现了一种新鲜的品质：“当然，大，也还并不敢说就怎样伟大，而这树子也并不是豪华高贵的珍奇种属，而是很常见的杉树桧树乃至可以劈来当柴烧的青杠树之类，但它不受拘束地成长了起来，确是一点也不矜持，一点也不衒异，大大方方地，十足地，表现了‘实事求是’的精神”①。在同一篇文章，郭沫若下面的话更生动地描绘出“五四”以来的文坛风气，以及他推崇赵树理的原因：

> 作家的通病总怕通俗。旧式的通俗文作者，虽然用白话在写，却要卖弄风雅，插进一些诗词文赞，以表明其本身不俗，和读者的老百姓究竟有距离，五四以来的文艺作家虽然推翻了文言，然而欧化到比文言还要难懂。特别是写理论文字的人，这种毛病尤其深沉，装腔作势，矫揉造作，瞎缠了半天，你竟可以不知道他在说些什么。这种毛病，有时候似乎明知故犯，似乎是“文化人”，“理论家”，“文艺家”，那些架子拿不下来。所以尽管口头在喊“为人民大众服务”，甚至文章的题目也是人民大众的什么什么，而所写出来的东西却和人民大众相隔得何止十万八千里！……知行确实是不容易合

① 郭沫若：《读了〈李家庄的变迁〉》，《北方杂志》1947年第2卷1—2期。

一。这里有环境作用存在。在大家都在矫揉造作或不得不这样的环境里面，一个人不这样就像有点难乎为情，这就如在长袍短褂的社会里面一个人不好穿短打的一样。

因此我很羡慕作者，他是处在自由的环境里，得到了自由的开展。

这里“自由的环境”，不是说赵树理生活在世外桃源；而是他早年决心不当“文坛”作家，一定要写“文摊”文学的志向①，在抗战时期倡导大众化的文化环境中修成正果，他的小说与社会背景相默契，达到一种“随心所欲”的境界。郭沫若这番话，也不能仅仅理解为他赞同《讲话》更为巧妙的表述。同为作家，心有灵犀，由于自身是五四新文化运动一员主将，郭沫若比一般人更敏锐地发现这位“文摊”作家对新文学的意义。赵树理没有“五四以来的文艺作家”的毛病；他不屑于混迹“文坛”，扎在“长袍短褂”的文人堆里讨生活；也不屑于“装腔作势”，好像不穿在理论和知识的“长袍短褂”里面“就有点难乎为情”。总之，他没有被固有的现代“知识”方式，被建立在此基础上现代知识分子的存在方式所束缚，而以自己顽强的个性开辟了“自由的环境”，使创作也“得到了自由的开展”。

郭沫若的敏锐还体现在，他对赵树理小说的诠释更符合历史实际。“毛主席《在延安文艺座谈会上的讲话》发表以前，他（赵树理）常与人辩论文艺大众化问题，虽然文艺界不给他立案，他却一直坚持。《讲话》传到太行山根据地以后，他读了非常兴奋，他认为毛主席批准了他的主张。”②也就是说，

---

① 见李普：《赵树理印象记》，文中说，赵树理在学生时代热衷于新文艺，但随即意识到：“新文艺打不进农民中去”，因此他说：“我不想上文坛，不想做文坛文学家。我只想上‘文摊’，写些小本子夹在卖小唱本的摊子里去赶庙会，三两个铜板可以买一本，这样一步一步地去夺取那些封建小唱本的阵地。做一个文摊文学家，就是我的志愿。”《长江文艺》1949 年 6 月第 1 卷第 1 期。

② 史纪言：《赵树理同志生平纪略》，《汾水》1980 年 1 月号。

坚持文艺大众化的路向，在赵树理早期文学活动中已经十分明显①，也就是史家所言："已经准备好了迎接毛主席文艺方向的条件"。因此，赵树理小说与理论的关系应该倒过来看：如果没有五四新文化运动以来的文学实践，没有赵树理等基层作家的文学实践，就没有《讲话》，也就没有解放区关于"工农兵文艺"的主张。任何理论都不是无源之水，而是对特定历史环境下社会实践的总结。

从"1941 年冬，太行山区抗日民主根据地文联，举行文艺创作座谈会。赵树理同志在会上大声疾呼，要写群众喜闻乐见的通俗化作品"；到 1943 年，他认为"毛主席批准了他的主张"，赵树理"农民作家"的经历表明，在抗日战争年代，一种来自中国基层的文学方式正受到普遍关注。即便人们对他小说看法不尽一致，但普遍意识到：《小二黑结婚》和《李家庄的变迁》等作品出现，开启了一个不同于五四新文化运动的文学时代。

（三）

把赵树理小说归结为政治运作的结果，同把他归结于一种纯粹的、未受政治"污染"的写作姿态一样，都难以自圆其说。作家孙犁是赵树理"同时代人"，他这样认识和形容这位从长治县山西省立第四师范学校出来的"多才多艺的青年"："当赵树理带着一支破笔，几张破纸，走进抗日的雄伟行列时，他并不是一名作家。他同那些刚放下锄头，参加抗日的广大农民一样，并没

① 荣安在《人民作家赵树理》一文中写道，1949 年赵树理回忆说："在十五年以前我就发下洪誓大愿，要为百分之九十的群众写点什么东西，那时大多数文艺界朋友虽已倾向革命，但所写的东西还不能跳出学生和知识分子的圈子，一九三三年我在太谷当教员时，曾写过一部长篇小说，名字叫《盘龙峪》是描写农民和封建势力作斗争的故事"，但碍于当时出版和发表方面的阻力，"这部作品只写了一半约十万字就搁笔了，但我并没放下这一志愿"。《天津日报》1949 年 10 月 1 日。

有觉得自己有任何特异的地方。他觉得自己能为民族解放献出的，除去应该做的工作，就还有这一支笔。”①

如果没有抗日战争，没有在家乡和城镇所经历的逃亡生活，赵树理很可能是一名乡村教师，或者像他父亲那样，“会算八字，看风水，也会治病，喜欢读小唱本，说故事”②，能为乡亲们排忧解难，是方圆百里交口称赞的乡村文化人。但现实生活没有“如果”，当国家政局在激烈的民族战争、阶级斗争中改弦更张，每个生活其中的人都面临无法回避的命运转折，这在赵树理，便是毅然决然地加入斗争行列。与当时多数中国人反侵略行为有所不同的是，赵树理还以他的“一只破笔，几张纸”，以他的小说“走进抗日的雄伟行列”，并以这样的小说印证了时代与社会结构。换句话说，从抗日战争到后来的社会主义农业合作化运动，不同时期的社会结构都有赵树理这样的“农民作家”主动参与，并通过他们一系列的个人“实践活动建构出来”；另一方面，赵树理小说又必然是在这种社会和政治背景中“被结构化地建立起来”，这是需要“从结构化过程的角度去加以认识”的现实课题。

确定作家的创作与时代政治在整体上不可分割的关系的同时，不能不考虑社会政治背后文化传统的因素。尽管还不能断定赵树理写抗战小说之前，是否读过列宁有关“帝国主义是资本主义最高阶段”的英明论断，但可以肯定的是，即使没看过，他也会积极投身抗日，也会写抗战题材的小说。赵树理小说和中国人的抗战一样，都与中国传统文化的价值取向有密切联系，那些内容和形式上明显的乡土印记，揭示了在小说鲜明的政治倾向底部，汇聚着大量生动的、与本土日常生活关系密切的文化潜台词。文化人类学家鲁斯·本尼迪克特曾从文化角度研究二战中的日本侵略者，她说：日本为什么发动战争，“我们真正想要知道的东西，更多是隐藏在日本文化的规则及

① 孙犁：《谈赵树理》，《天津日报》1979 年 1 月 4 日。
② 李普：《赵树理印象记》，《长江文艺》1949 年 6 月第 1 卷第 1 期。

其价值之中的”①。她的研究使人们更深入地了解那一场战争的文化动因。其实不单对侵略者,对反侵略者亦然,即重视反抗者一方“文化的规则及其价值”。赵树理小说真切地传达出这种信息。

如孙犁所言,赵树理在抗战中开始写小说,抗战题材也贯穿他的创作生涯。以他描写抗战题材的两部作品为例,一是 1945 年冬完成的长篇小说《李家庄的变迁》,一是 1959 年出版的长篇评书《灵泉洞》(上部),这在赵树理全部创作中,是最多血雨腥风描写,也最宜于用“阶级斗争”理论加以诠释的作品。然而实际上,我们却无法把作品严丝合缝地放入“阶级斗争”学说的理论框架中加以诠释,不是由于赵树理小说与社会政治脱节,它们紧密联系着社会政治,联系着抗战,联系着共产党在农村开展的减租减息运动,联系着根据地基层政权建设,但作品中的人物、情节,相对那种刻板而整体化的社会理论,却显得分散,甚至有点文不对题,从而游离了时代赋予小说宏阔而高深的理论建构。如果简单地说,这些作品就是发生在乡村日常生活中一些好人和坏人的故事。这种讲故事的方式倾向于传统审美表现,人物尽可以千差万别,并不以贫富、阶级和阶层划线,但美和丑、善与恶的界限却非常清楚:美的不能说成是丑的,恶的也不能说成是善的,真的更不能说成是假的,道德评价始终伴随或潜伏在对人物的描写中。值得注意的是,那些简单明了的故事结构,反而容纳了社会生活更广阔的宇宙空间,而不局限于对某一类人物及其心理的凸显和表达。

小说描写抗战时期山西农村的各色人物,有毁家纾难的普通村民,有被“逼上梁山”的共产党员革命者,有观望时局的投机者,也有投靠侵略者的汉奸,但与现代心理学基础上的心理分析小说不同,他们很少有分裂的人格,

① [美]鲁斯·本尼迪克特:《菊与刀》第一章《目的——了解日本》,廖源译,中国社会出版社 2005 年版,第 6 页。

也没有知识分子式的灵魂拷问，白描式的文字，使作品与古典史传小说气韵衔接。“说《三国志》者，在宋已甚盛”，“闻刘玄德败，频蹙眉，有出涕者，闻曹操败，即喜唱快。以是知君子小人之泽，百世不斩”。由于作品接受面广，“搬演为戏文者尤多，则为世之所乐道可知也”①。表现现代人人格分裂的作品会因人物心理的明暗不定，失去或淡化对读者的情感迫力，与之相反，文学史家将“以是知君子小人之泽，百世不斩”的道理，作为屡试不爽、“为世所乐道”的创作经验，作者评说世道、臧否人物，都有强烈的道德取向，并影响读者对历史的理解，这是传统史传小说不可或缺的特质。与这种小说有所不同，赵树理描写的不是赫赫有名的历史人物，而是匍匐于历史底层的芸芸众生。因此他将以往“只能适用于高层人物”的“大传统”，化解为“比较通俗化，适应于大众”的“小传统”，即“采取大传统的精义，融会简化而有时稍微歪曲之，只要不南辕北辙即可”②，反映了在本土传统文化背景下，侵略者遭遇的中国基层生活。

《李家庄的变迁》中描写牺盟会号召乡亲们为抗日捐款，家国一体的观念深入普通百姓，王安福老汉“虽说不是个十分有钱的户”，可是他对干部们说：“会里真有用钱的地方，尽我老汉的力量能捐多少捐多少！就破上我小铺交捐款！日本鬼子眼看就快来抄家来了，哪还说这点东西？眼睛珠子都快丢了，哪还说这几根眼睫毛？”对反面人物，像修德堂东家李如珍和侄儿李耀唐（即春喜），作品开篇就从他们欺负外姓人张铁锁写起，写他们怎样霸屋占地，甚至把张铁锁一家人扫地出门。平时李如珍指使春喜横行乡里，仰仗的后台是山西军阀，战时他就先要了解军阀对抗战的态度，他派春喜跑到县

① 鲁迅：《元明传来之讲史（上）》，载《鲁迅三十年集》(9)《中国小说史略》，鲁迅全集出版社1947年版。

② 参见［美］黄仁宇：《赫逊河畔谈中国历史》中关于“大传统”(great tradition)和“小传统”(little tradition)的论述，三联书店1992年版，第59页。

里终于打探清楚,原来军阀和县团长的意思是“只要孝子不要忠臣!”所以他们即使有钱,也只会拿来讨好军阀,而不会真正加入反侵略战争的行列。

又比如《灵泉洞》中写道:“一听说杂毛狼又出了世,小胖他娘打了个寒颤。她说:‘娘呀! 又该人家吃人了!’”杂毛狼既不是地主,也不是富农,更没有李如珍那种大户人家的背景,他只是依附于有钱人的地痞流氓,却因平日里欺男霸女,无恶不作,最让老百姓担惊受怕。侵略者在乡村招募汉奸,别人不干,但杂毛狼素来“有奶便是娘”,全无道德廉耻,自然成了“积极分子”,“依靠力量”,也就更加耀武扬威。战争造成生灵涂炭,但对小胖娘这样的普通农民来说,它的罪恶更在于侵略者摧毁了生活赖以维系的一套道德法则,黑白颠倒,老实善良的人要是落入“杂毛狼”这一类人手里,后果自然不堪设想。小说对侵略者与被侵略者的描写是在忠奸善恶之间进行的,从而合情入理地揭示中国农民投身抗战的文化原因。在这里,五四时期“砸烂孔家店”的呼声隐退,传统道德观念去伪存真,作为民族精神象征,构成赵树理小说底蕴。

从中学时代一名新文学的热情鼓吹者,到 30 年代后期反身回望传统,赵树理并不打算做悖逆新文化潮流的“复古者”,而且他的小说总是呼应着时代风雨。这种创作倾向表明,他回望传统的目的是想实现一种他心目中的现代小说。赵树理对新文学有很高期待,他希望新的革命的思想能够被农民接受,进而撼动家乡几千年来的宗法势力,使农村作为中国社会的根基,也能够分享现代思想的果实。但期望愈高,随之而来的失望也愈加的不堪。赵树理认为,新文化运动以来现代小说所表现的,主要是受西方启蒙思潮影响的都市知识分子的情感,尽管表达方式要适于作者情感抒发并没有错,但问题是“新文学的圈子狭小得可怜,真正喜欢看这些东西的人大部分是学习写这样的东西的人,等到学的人也登上了文坛,他写的东西事实上又只是给另一些新的人看,让他们也学会这一套,爬上文坛去。这只不过是在极少数的人中间转来转去，从文坛到文坛去罢了。他（指赵树理）把这叫做文坛的循环，把这种文学叫做文坛文学”①。在赵树理看来，中国农村幅员广阔，如果新小说只满足城市“文坛”那么狭小的天地，很不利于新文化传播。另外，这种“文坛文学”受“砸烂孔家店”激进思潮影响，具有强烈的排斥异己倾向，似乎新文学为要挣脱传统教义束缚，表现形式也必须与传统一刀两断，小说从内容到形式都要脱胎换骨，甚至小说采取“旧瓶装新酒”的方式，也会沾上“改变新文学性质”的恶名。这种文化趋势使人们对传统一时避之唯恐不及，其结果必然摈弃与传统观念有任何瓜葛的艺术融合，使现代小说蜕变成一种知识分子自说自话的“文坛文学”。

新文学要发展，一味与传统隔绝之所以行不通，就在于与传统隔绝，必然与广大读者隔绝，而五四新文化真正的内涵或生命，就在于它不拘一格的思想观念能为本土所接受，因而也能够通过本土“喜闻乐见”的文艺形式加以表现，这种文艺形式恰恰体现出被激进思潮全盘否定的传统文化富于生机的另一面。相反，如果把接受新文化，只看作是遵从某一种形式，文学上只能以某一类小说为模本，无异于画地为牢。这不单是文化上的皮相之见，而且当它转化为“唯我独左”、“唯我独革”、排斥异己的“文坛”倾向，便从根本上违背了新文化精神，势必阻碍它的传播，进而窒息了原本活泼的生命与灵魂。因此，正是在力图把五四精神撒播到中国基层社会过程中，赵树理与五四新小说发生分歧，进而分道扬镳。

通过借鉴传统确立富于个性的表达方式，这在赵树理的创作中体现为本土文化人的一种知行合一观。他认为，传统的故事形式正如传统的民间曲艺，还完全存活于具有传统文化背景的大众接受者中，新文化必须与这样的传统形式相融合，才能获得广大读者。这是赵树理鉴于自身经历，经过反

① 李普：《赵树理印象记》，《长江文艺》1949年6月第1卷第1期。

复思考得出的结论，并不像人们以为的那样，“赵树理对于民间文艺形式，热爱到了近于偏执的程度。对于‘五四’以后发展起来的各种新的文学形式，他好像有比一比看的想法”，过于意气用事了①。1946 年 5 月间，赵树理小说在解放区声名鹊起，他在接受采访时，曾集中从两个方面概括自己的写作特点：一是口语化的语言，“不仅对话如此，叙述也是如此”。这种语言特点一方面得益于传统话本、评书；另一方面，也由于他极富语言天才，对北方乡村语言的妙趣心领神会，烂熟于心，信手拈来，皆成文章。二是“故事曲折，引人入胜”。赵树理特别看重第二点，他强调“这是我国旧文学的特色”，他“读过许许多多旧式的章回小说，弹词唱本之类，凡是找得到的，他都看过”，他说，这些作品“都有这个优点”。赵树理认为，“西欧文学中古典的作品一般也有这个优点，有些近代的却不是这样。比如《奥布洛莫夫》，刻划一个典型的性格深刻极了，生动极了，的确值得学习的。但是故事太简单，读起来很沉闷，越是文学修养低的人，越是读不下去”。因此他表示：“作品除了必须有典型人物之外，还一定要有曲折的故事”②。因为不赞成“文坛”，赵树理从不以知识分子自诩，他这样说，不但丝毫没有贬低所谓“文学修养低的人”的意思，与此相反，恰恰出于他对喜欢听故事的读者的理解，对本土文化接受心理的尊重，他毫不犹豫地站在这“文学修养低的”多数人一边，站在必须有“故事”的小说结构一边。这是在他深入新文学之后，一种自觉的、富于个性的选择。

故事，或者讲述一个“曲折”“引人入胜”的故事，是赵树理以传统文艺形式表现现代生活的新旧临界点或接合部。50 年代初，赵树理谈自己以往创作体会时说：表现土改时期农村生活，“我所以套进去个恋爱故事，是因为想在行文上讨一点巧”，如果按照事件经过一一写下来，“篇幅既要增长，又容

① 参见孙犁：《谈赵树理》，《天津日报》1979 年 1 月 4 日。

② 李普：《赵树理印象记》，《长江文艺》1949 年 6 月第 1 卷第 1 期。

易公式化，所以我便想了个简便的方法，把上述一切用一个恋爱故事连串起来，使我预期的主要读者对象（土改中的干部和群众）从读这一恋爱故事中，对那各阶段的土改工作和参加工作的人都给以应有的爱憎”①。因此，他千方百计把生活改编成故事，小说由许多故事组成，其中故事又套着故事，使作品很像传统的章回小说。像《小二黑结婚》各章都有自己的题目：《神仙的忌讳》，《三仙姑的来历》，《小芹》，《金旺弟兄》，《小二黑》等，介绍一个人物必得有一段故事，这样的长篇小说“全是一段一段的短篇小品连缀起来的，拆开来，每段自成一篇，斗拢来，可长至无穷”②。

对比晚清小说体式上的这种特点，赵树理作品有相近之处，但它们却摆脱了传统章回小说“套路”上的俗气：“满纸‘潘安子建’，‘西子文君’”，“非文即理，故逐一看去，悉皆自相矛盾，大不近情理之说”③。在此意义，赵树理小说既是传统的，又不全是传统的；既是现代的，又不全是现代的，恍然你中有我，我中有你，有一种大俗大雅的气度。这中间一个重要原因，是作品中大量的细节铺衍。现代小说中，细节具有一种特别的媒介功能，具体表现为强调叙述的缜密和角度的独特。作为一种现代艺术追求，它使一般人看来不起眼的生活纤毫毕现，从中可见对社会和人性新的发现。赵树理笔下的细节具有这种功能，但又强烈地体现出传统小说特点，它们不是心理分析式的，不繁冗、沉闷，而是传统的白描，语言简约传神，仿佛信笔所至，实则匠心独运，比如一段板书，一些人物的绰号，小孩子学舌，夫妻斗嘴，邻里争执，女人之间的闲话，就像乡村的日子，“一事一事又一事”，由作者细细道来，密密麻麻地织成一片。这些细节淹没了故事的经纬，冲淡了传统的套路。

---

① 赵树理：《关于〈邪不压正〉》，《人民日报》1950 年 1 月 15 日。

② 胡适语。参见阿英：《晚清小说史》，东方出版社 1996 年版，第 6 页。

③ 参见鲁迅：《清之人情小说》，载《鲁迅三十年集》(9)《中国小说史略》，鲁迅全集出版社 1947 年版。

如果把故事套路也看作是一种叙事规则，那么故事中无数生动的、横生恣肆的细节，不仅使读者忘了套路，使叙事规则的边界十分模糊，也使小说很难完全受某一种文艺观念驱使，做某一时期文艺政策的驯服工具。

（四）

关于赵树理小说与30年代左翼文学的区别，日本学者竹内好指出："我认为，把现代文学的完成和人民文学机械地对立起来，承认二者的绝对隔阂；同把人民文学与现代文学机械地结合起来，认为后者是前者单纯的延长，这两种观点都是错误的。因为现代文学和人民文学之间有一种媒介关系。更明确地说，一种是茅盾的文学，一种是赵树理的文学。在赵树理的文学中，既包含了现代文学，同时又超越了现代文学。至少是有这种可能性。这也就是赵树理的新颖性。"①这种"媒介关系"说明现代文学内部有"超越"，但不同艺术表现的小说家之间，又不仅仅是一种"超越"关系。或者说，在"超越者"与"被超越者"之间，往往表现为一种相互矛盾又相互影响、互为表里的张力关系。

1939年茅盾谈长篇小说《子夜》的构思时说："我那时打算用小说的形式写出以下的三个方面：(一)民族工业在帝国主义经济侵略的压迫下，在世界经济恐慌的影响下，在农村破产的环境下，为要自保，使用更加残酷的手段加紧对工人阶级的剥削；(二)因此引起了工人阶级的经济的政治的斗争；(三)当时的南北大战，农村经济破产以及农民暴动又加深了民族工业的恐慌。"小说所要回答的"只是一个问题，即是回答了托派：中国并没有走向资

---

① [日]竹内好：《新颖的赵树理文学》，原载《文学》21卷9期，转引自黄修己编：《中国现代文学史料汇编(乙种)·赵树理研究资料》，北岳文艺出版社1985年版，第488—489页。

本主义发展的道路，中国在帝国主义的压迫下，是更加殖民地化了”①。

这种小说构思，强调小说内部要采用一定的理论框架支撑起作品结构。作家“要把所见的人生真理‘启示’给大家看，就是要抉出这种‘阏机’，使它显而易见。小说家不用议论来解释，却是用具体的事实来显示”②。这番话，虽然是杨绛20世纪50年代针对斐尔丁小说所言，而且茅盾与英国18世纪小说家斐尔丁各自信奉的理论也不同，但还是能够说明在西方启蒙运动之后，以某种理论或观念作为小说总体框架这一点，至20世纪已逐渐形成一种写作趋势。竹内好把茅盾和赵树理的小说喻为两种趋向，而且他本人也更倾向后者，因为赵树理代表了那种超越现代文学的可能性，“也就是赵树理的新颖性”。把赵树理小说看作是对原有“现代文学”的“超越”，就他作品对传统的融合而言的确是这样。但“超越”不是取代，特别在当时，在一个亟需摆脱战乱和贫穷，亟需向西方寻求先进理论的国度，被“超越”的作品，绝不意味着对超越者的臣服，而仍然有广阔前景。

因此，由现代文学中分别以茅盾和赵树理所代表的两种创作趋向繁衍而来，建国后，不同小说观念之间的较量也从未停止。一方面，在抗战时期提倡大众化写作基础上，50年代小说出现了向传统回流的趋向。对此，北京大学国文系教授、明代小说专家孙楷第先生曾有详细的解说：“人民是喜欢听故事的，并且听故事已经习惯了。我们要教育人民，必须通过故事去教育。故事组织得好，教育人民的效果愈大。若是以故事性不强的小说去教育人民，人民一展卷，就知道是教育他。他若是不愿在小说中受教育，索性弃去不观，则作小说的一片好意，一时化为无有，岂不可惜?”他指出，传统短篇小说的叙述方式“在五四新文学运动时代，已经被人摈弃，以为这种小说

① 茅盾：《〈子夜〉是怎样写成的》，《新疆日报》1939年6月1日。

② 杨绛：《斐尔丁在小说方面的理论和实践》，《文学评论》1957年第2期。

不足道，要向西洋人学习。现在的文艺理论，是尊重民族形式，是批判地接受文学遗产。因而对明末短篇小说的看法，也和五四时代不同，认为这也是民族形式，这也是可批判地接受的遗产之一。这种看法是进步的。我想，作短篇小说，用明朝的形式也好，用明朝的形式加以变通也好，可以不必过拘。而明朝人作短篇小说的艺术精神，却极值得我们注意。因为，他们作短篇小说，的确是将自己化身为艺人，面向大众说话，而不是坐在屋里自己说自己的话。"①孙楷第的这番话不是针对赵树理小说，但的确反映了40年代到建国初期，一部分知识分子倾向传统的意见。孙楷第强调的，不是作家以怎样的理论来结构作品，理论方针大计已定，大家没什么意见。或者说，小说专家关注的焦点不在这里；重要的是小说必须"尊重民族形式"，尊重这一份"可批判地接受的遗产"。这就使小说家未及言明之处，即，如何从民族形式的角度继承和发扬传统文化，促进新社会的文明建设，研究者从学理上给以深入浅出的回应。

另一方面，与上面这条线索不同，把现代文学视为一种现代"诗史"结构，如黑格尔《美学》所言："它是一件与一个民族和一个时代的本身完整的世界密切相关的意义深远的事迹。所以一种民族精神的全部世界和客观存在，经过由它本身所对象化成的具体形象，即实际发生的事迹，就形成了正式史诗的内容和形式"②。黑格尔强调了客观世界的整体性，以及人类有能力对客观世界加以认识和表现的世界观。受黑格尔哲学影响，西方文艺复兴以来许多文学作品，特别是长篇小说，都不同程度地体现了对社会发展趋势在总体上的哲学认知，同时承担着以"具体的事实来显示"这一"完整的世界"的职责。近代以来西学东渐，特别是五四新文化运动以来，它也逐渐演

① 孙楷第：《中国短篇白话小说的发展与艺术上的特点》，《文艺报》1951年4月22日4卷3期。

② 黑格尔：《美学》第三卷（下册），朱光潜译，商务印书馆1979年版，第107页。

化为一种对中国知识分子写作影响至深的文学观念。

文学如何表现一百年来中国社会的历史变迁，其中“现实主义”是最经常出现的“关键词”。从30年代至建国后，伴随写实文学发展，对现实主义的争论从未停息，虽然人们对现实主义的理解有诸多歧义，但从中也可以了解，现实主义创作方法是半个多世纪以来中国作家的普遍追求，正如人们在巨大的政治变动中，希望对社会有一个本质性的认识和理解。与新的政权建立相呼应，1953年，周扬在中国文学艺术工作者第二次代表大会报告中，对现实主义做出明确规定：“社会主义现实主义应当成为指导和鼓舞作家、艺术家前进的力量”，并引述马林科夫在联苏共(布)第十九大的报告中的内容，作为对现实主义应有的理解。马林科夫报告中这样解释现实主义：现实主义“能够而且必须发掘和表现普通人的高尚的精神品质和典型的、正面的特质，创造值得做别人的模范和效仿对象的普通人的明朗的艺术形象”①。这种文学规定伴随社会激进化浪潮逐渐升温，将表现社会主义社会的“典型环境”，以及塑造无产阶级革命英雄的“典型形象”的创作观念定为一尊。

在这样的现实主义面前，赵树理显得十分尴尬。他是在阶级革命和民族革命的社会环境推动下走向文学，但如他自己所言，他的创作却无法与这种背景下产生的文学理论相吻合。1955年《三里湾》出版后，赵树理对照这种现实主义标准，将自己作品的不符合归纳为“三个缺点”：一、重事轻人。人物描写不集中，更谈不上典型。二、旧的多新的少。“对旧人旧事了解得深，对新人新事了解得浅”。三、有多少写多少。对应该写，但“脑子里还没有的人和事就省略了”，比如“富农在农村中坏作用，因为我自己见到的不具体就根本没有提之类”②。而且这些“缺点”，在他后来的作品，像社会上影

① 周扬：《为创造更多的优秀的文学艺术作品而奋斗——一九五三年九月二十四日在中国文学艺术工作者第二次代表大会上的报告》，《人民文学》1953年第11期。
② 赵树理：《〈三里湾〉写作前后》，《文艺报》1955年第19期。

响较大的短篇小说《“锻炼锻炼”》中也没多少改变。与40年代解放区受推崇的情形相比，赵树理建国后受到冷落。像丁玲的《太阳照在桑干河上》和周立波的《暴风骤雨》在1952年分别获前苏联“斯大林奖金”二等奖和三等奖①，而赵树理小说由于“缺乏史诗结构”，塑造不出“叱咤风云的无产阶级革命英雄形象”，逐渐受到质疑甚至批判。

文学潮流由“大众化”转向“社会主义现实主义”，转向塑造“无产阶级的典型形象”，但赵树理对这样的转向或“提高”不理解。他反复表示：“有些人误以为中国传统只是在普及方面有用，想要提高就得加上点洋味，我以为那是从外来艺术环境中养成的一种门户之见。即使文化普及之后，也不应该辛辛苦苦去消灭我们这并不低级的传统。”②“我自己是有心学民族的东西……听评书的人听了五分钟以后就不想走。我们要用欣赏的态度多听一些，乡下人叫‘耳满’了，写起东西来也不知是从什么地方就受了影响。”③从50年代到“文革”，赵树理喋喋不休地向人们阐发自己的道理，别人得奖也好，上级干预也罢，他都不改初衷。与其说，这是对传统艺术形式的一种“偏执”；不如说，从30年代后期到“十七年”，在流行的现代小说趋势面前，赵树理始终持守对一种艺术精神的承诺。

这种艺术精神倾向于“温柔敦厚”的传统诗教，对强调斗争的激进年代具有一种缓释性。然而有趣的是，传统的儒学诗教，在赵树理小说却体现了更为宽厚与包容的一面。他的作品力图紧跟时代变化，但与同时期的其他作品相比，它们既没有表现农业合作化运动的史诗构架，也没有“干预生活”作品中亢奋的理想化追求，其中诙谐幽默的叙述语言，妙趣横生的故事结

① 《新中国文学纪事和重要著作年表》，仲呈祥编，四川省社会科学出版社1984年版，第41页。

② 赵树理：《从曲艺中吸取养料》，《人民文学》1958年10月号。

③ 《歌颂当代英雄，提高创作质量——北京市文联召开业余作者短篇小说座谈会，赵树理等同志同业余作者促膝谈心，介绍创作经验》，《光明日报》1962年11月1日。

构，消解了同类题材剑拔弩张的阶级斗争火药味。这种艺术选择带来作者与时代政治的多向关系，一方面，赵树理小说与“社会主义现实主义”规定的表现方式不同；另一方面，正如他的作品对社会生活的缓释作用，对“社会主义现实主义”创作观念，他走的也不是对抗的道路：他的小说一点也不脱离时代，不脱离现实生活，但同样表现叱咤风云的时代，却不以人物和故事附和其中所强调的对立和斗争，在时代政治的前提下，他更关注、更愿意表现生活局部的调整。像《李有才板话》针对的是抗战时期共产党基层政权选举中的问题，乡村基层政权掌握在坏人手里，所以李有才编的板书这样说：“村长阎恒元，一手遮住天，自从有村长，一当十几年，年年要投票，嘴说是改选，选来又选去，还是阎恒元。不如弄块板，刻个大名片，每逢该投票，大家按一按，人人省得写，年年不用换，用他百把年，管保用不烂。”尽管问题是严重的，但解决问题的方式不是硬碰硬的斗争，而像十来段板书里说的那么迂回曲折。板书使小说颇具讽刺意味，浅近通俗；而不是知识分子式的针砭时弊，或慷慨陈词，或灵魂自审。板书能在群众中流行，先就具备一种民主的普及功能，在此意义，这种追求通俗化的传统笔法及其表现，更体现了标志现代生活的民主氛围。

建国后表现农业合作化运动的小说《“锻炼锻炼”》，也是针对乡社一级基层干部的“问题”。唐弢当年对此有十分精到的分析。他强调写小说与绘画有相似之处，这就是“焦点”。像绘画一样，小说作者也“总是站在一定的角度上，观察对象，进行构思”，并“以此为中心，分别上下左右，大小近远”。这个“焦点”在《“锻炼锻炼”》中就是“口口声声叫人‘锻炼锻炼’的社主任王聚海”。因为“这位主任老哥是个‘会和稀泥的人’，没有原则，给人平息争端的时候主张‘和事不表理’，只求得‘了事’就算”，于是“小腿疼”、“吃不饱”这两个思想落后的女社员便得寸进尺，不但下地偷懒，还偷摘集体地里的棉花，这才导致副社长杨小四在社员大会上当众批评她们，虽然这件事上杨小四“有点急躁”，但唐弢说：“我看很大一部分是由社主任王聚海的‘八面圆’性格促成的，是从这个焦点里反射出来的行动。”因为有这个焦点人物，其他人物便都依自己的性格逻辑构成一个个“完整的形象”①，而绝非两个阶级、两条路线代表人物叫阵和对垒。

当年唐弢文章还说到他写评论赵树理小说《“锻炼锻炼”》文章时的心情。他说，他写那篇文章的原因，在于当时“许多好心的批评家”对《“锻炼锻炼”》的批评，使他“替赵树理同志感到不公平”。因为赵树理小说具有强烈的现实性因素，他在小说中提倡婚姻自主、妇女解放、集体劳动，把有碍农村合作化发展的问题揭示出来，为建国后农村生活谱写欢快而诙谐的长调短歌，使他与时代推崇的文学理论不可能不保持千丝万缕的联系。赵树理早在40年代就主动地把自己的创作与社会主义观念结合起来，曾多次表达类似的想法：“我的作品，我自己常常叫它是‘问题小说’。为什么叫这个名字，就是因为我写的小说，都是我下乡工作时在工作中所碰到的问题，感到那个问题不解决会妨碍我们工作的进展。应该把它提出来。例如我写《李有才板话》时，那时我们的工作有些地方不深入，特别对于狡猾地主还发现不够，章工作员式的人多，老杨式的少，应该提倡老杨式的作法，于是，我就写了这篇小说。”②50年代末《“锻炼锻炼”》所遇到的尴尬，与40年代《小二黑结婚》出版的情景相似，不同点在于，40年代他选择的作品方式与五四新小说不同；50年代他的小说又与一般“社会主义现实主义”模式不尽一致。

赵树理小说的缓释性特点，必然使作品与政治的联系显得松散而多向。因此，尽管我们承认赵树理小说的政治性内涵，却无法将作品中这一类大量的细节条分缕析地归入某一个明确的政治或政策的范畴。《李有才板话》开

① 唐弢：《人物描写上的焦点》，《人民文学》1959年8月号。
② 赵树理：《当前创作中的几个问题》，《火花》1959年6月号。

头交待:“阎家山这地方有点古怪:村西头是砖瓦房,中间是平房,东头的老槐树下是一排二三十孔土窑”。接下来的描写更像是记流水账:“西头住的都是姓阎的;中间也有姓阎的也有杂姓,不过都是些在地户,只有东头特别,外来的开荒的占一半,日子过倒霉了的杂姓,也差不多占一半,姓阎的只有三家,也是破了产卖了房子才搬来的。”这样的地貌和居住环境描写,打破了严整的阶级阵线,至少呈现出的是一种犬牙交错、构不成“阵”的局面。又比如刘家峧三仙姑的“米烂了”和二诸葛“不宜栽种”的故事(《小二黑结婚》);小飞娥的罗汉钱(《登记》);小俊妈“能不够”对付婆家的办法——“一哭二饿三上吊”(《三里湾》);争先农业社社员“小腿疼”“吃不饱”绰号的来历(《“锻炼锻炼”》),一段一段乡村往事,全都是说不完、道不尽的“张家长,李家短”。换句话说,在赵树理小说中,只有那些适合做基层社会谈资,够得上世俗生活中少不了的飞短流长,才能入小说家法眼,变成描写对象。在经过这种“家长里短”的方式表现出来之后,不仅文学话语和小说观念,社会政治内容也被分解为细碎的日常生活哲理,与庸常琐碎的现实更为贴切,也更容易让人信服。小说中的人物无论积极投身抗战也好,热情支持农业合作化运动也罢,并不是由于他们明白了多么高深的无产阶级革命理论,而是现实生活中正派善良的好人都站在这一边,道德和舆论同情也在这一边。

如果把五四新小说、左翼文学、大众化运动和社会主义现实主义分别看作现代文学史上不同的话语实践,赵树理小说“没有屈从于”其中任何一个“限制的过程”,他以传统形式为基础,使小说变成一个“煽动不断增大的机制”,因此“服从”的是另一种多元形式的经验的“撒播和移植的原则”。套用福柯的话说:如果把话语看作一种知识的权力,那么“权力无所不在:这不是因为它有着把一切都整合到自己万能的统一体之中的特权,而是因为它在每一时刻、在一切地点,或者在不同地点的相互关系之中都会生产出来。权力到处都有，这不是说它囊括一切，而是指它来自各处”①。不仅赵树理小说，在备受指责的那些“十七年”小说和小说家背后，都可以发现漫长而复杂的文学传统的背景，其中既有古典的，也有现代的；既有本土的，也有外来的；既有上层社会的文人情怀，也有世俗社会的浅近诙谐；既有革命者的义无反顾，也有普通人的平常岁月，而绝非只是单纯的一种：要么是传统的，要么是反传统的；要么是“社会主义现实主义”，要么是反“社会主义现实主义”。

赵树理没生活在后现代文化时代，但他创作中复杂而多元的感受和表现，连同后人从不同角度对他的褒贬，却在后现代文化的理论平台得到一个重新阐释和重新认识的机会。在浩瀚的艺术领域、茫茫人海，赵树理凭借自己的艺术天分和“对人民的诚实的心”②，执著地坚持到生命最后一刻③。他的小说，连同他在现代社会生活中全部的喜怒哀乐，都称得上是文学史上的“经典作品”。当年，赵树理小说在文学大众化形势下应运而生；在大众文化市场日益活跃的今天，对他和“十七年”小说的重新关注表明，这一份文化遗产已经显露、并将进一步发挥其历史价值。

2006 年 4 月 7 日

---

① [法]米歇尔·福柯：《性经验史》第一卷《认知的意志》，佘碧平译，上海人民出版社 2000 年版，第 67 页。

② 孙犁语。见孙犁：《谈赵树理》，《天津日报》1979 年 1 月 4 日。

③ 赵树理于 1970 年 9 月 18 日在山西太原最后一次被揪参加批斗大会，罪名是“黑作家”、“黑标兵”，五天后，9 月 23 日含冤逝世。他的骨灰安放仪式于 1978 年 10 月 17 日在北京举行。参见史纪言《赵树理同志生平纪略》，《汾水》1980 年 1 月号，以及 1978 年 10 月 21 日《人民日报》“新华社北京 1978 年 10 月 18 日电”。

后 记

春分一过，再有不足半月，就是清明节祭奠先人的日子。书中提到的多数作家都已过百年诞辰，去了另一个世界；他们经历的时代也与我们渐行渐远，更不被二三十岁年轻人所知。这是再自然不过的。现代生活日新月异，不要说五千年文明史，中国近一百年来的历史知识也无法统统装进每个人大脑。负荷过重，但行不远，何况身处竞争激烈的全球化国际环境，还有大量现代知识信息要读、要记、要掌握呢。

时代对历史研究总有期待，人们不满足于编年史或词条罗列，还须把它们背后的故事讲出来，形成有别于虚构文学的另一种叙事，从而拉近与现实的距离。因此，以尽量贴近作家作品的论述和简洁平实的文字来阐述历史有关方面，是我写作时谨遵尺度之一；同时希望叙述能引发后来者对这一时期小说的关注，而不仅止于权力倾轧、文人内斗方面。其实只要认真地对待作品，就会发现政治运动造成的误读、误判严重，也十分荒唐。然而，历史吊诡之处在于当事者迷。如果说，小说家在时代风潮中还坚持着自己的艺术理念，那么批判者却将他们一勺烩，一厢情愿地把历史看作政治应声虫。

历史使人成熟，并带来思想的智慧。古人把学习历史看作“鉴古今而知兴替”、至高无上的学问。我从没有把自己的写作与如此洪业联系在一起，但我认为，历史是一门科学。如今科技领域不断向高端冲刺，挑战人类智力极限；人文领域的研究和思考也需相应地深入，更加缜密与周详。粗枝大叶、不求甚解，或跟风潮、趋时尚的思维方式，过去令人吃亏不浅，更不适应当今时代，也是我们应该不断地、毫不犹豫地加以摒弃的陋习。

当代小说史上的“大事小情”引发了我这些感想，是以为记。

2016年3月20日为农历春分，完稿于3月22日

图书在版编目(CIP)数据

大事小情/董之林著.—上海:上海人民出版社,2017

ISBN 978-7-208-14556-6

Ⅰ.①大… Ⅱ.①董… Ⅲ.①中国文学-当代文学-文学研究 Ⅳ.①I206.7

中国版本图书馆CIP数据核字(2017)第142720号

责任编辑 陈佳妮

封面设计 余 洲

大事小情

董之林 著

世纪出版集团

上海人民出版社出版

(200001 上海福建中路193号 www.ewen.co)

世纪出版集团发行中心发行 上海商务联西印刷有限公司印刷

开本890×1240 1/32 印张9 插页3 字数226,000

2017年7月第1版 2017年7月第1次印刷

ISBN 978-7-208-14556-6/I·1633

定价 36.00元